悪の女王の軌跡

登場人物紹介

Main Characters

レオニール
女王の近衛《このえ》騎士。
リオンとは、かつて
同じ学舎《まなびや》に通っていた。
ダリウス
カルクーラ王国の
騎士団に所属する傭兵。
不遜《ふそん》な性格だが、実力は確か。
茉莉のことを気に入っている。
ホルグ
女王の近衛《このえ》騎士。
純真な15歳の少年。
ギネヴィア
リオンに忠誠を誓う側近。
“マイダールの紅薔薇《べにばら》”と
呼ばれるほどの美貌《びぼう》を誇る。
フレイアス
カルクーラ王国の宰相補佐。
メアリとは犬猿の仲だったが、
茉莉から事情を聞いて
彼女をサポートすることに。

第一章　戦闘

目を覚まして一番初めに戻ったのは、嗅覚《きゅうかく》だった。生臭く、さびた鉄のような匂《にお》いがする。

次によみがえったのは、味覚。口いっぱいにあるドロリとした液体が、匂い通りのひどく不快な味をもたらした。

「グッ……ガァッ！」

彼女は液体を吐き捨てた。

そして触覚が戻る。堅くザラザラとした地面が、顔や体に当たっていると気がつく。口から首筋にかけて感じる濡《ぬ》れた感触は、たった今、自分が吐いたものだろう。

それを気持ち悪く思う暇《ひま》もなく、突如襲《とつじょおそ》って来た痛覚に神経が引《ひ》き裂《さ》かれた気がした。

「ウッ！　アァアッ！」

彼女はわめきながら目を開ける。おぼろげに世界が形を成《な》し、視覚を得た。

目に映ったのは、赤と茶色がまざった地面。視線を上げると、かなり大きな獣《けもの》の足に、もうもうと舞《ま》い上がる土煙《つちけむり》が見える。視界の端《はし》には、べっとりと真っ赤な血がついた自分の手がある。

「陛下！　陛下！」

懸命な叫び声に耳を打たれ、聴覚が戻ったことを知る。

（……陛下……？　誰のこと？）

痛みに耐えながら、彼女は声のした方を見た。すると、いくつもの蒼白《そうはく》な顔が目に飛びこんでくる。

「陛下が間諜《かんちょう》にお討《う》たれになった！」

「治癒術師《ちゆじゅつし》を、早くっ」

「戦況は、どうなっている？」

頭上では声が飛びかい、彼女はぼんやりと事態を悟《さと》った。

（……戦況？　ここは戦場なの？）

彼女は鈍《にぶ》い頭を無理やり働かせる。彼女の知る限り、生まれ育った日本は今、戦争が起こる状況ではないはずだ。

ふと、この場で一番妥当《だとう》な答えが浮かぶ。

（夢？）

彼女は、以前から同じ夢を繰《く》り返し見ていた。目を覚ますと夢の内容はあまり覚えていないので、確信は持てない。でも、中世風の世界と戦《いくさ》の断片が、頭のすみに残っていることがあるのだ。

（いつも見る夢の中？　それにしても、ひどい夢。この痛みは、なんとかならないの？）

「グウッ！　アァア……」

体中に走る痛みに、彼女は再び獣《けもの》じみた悲鳴《ひめい》をあげる。

彼女……東條茉莉《とうじょうまり》は日本で暮らす、ごく普通の大学生だ。仲のいい男女がまざった五人グループで行動することが多く、それなりに楽しい大学生活を送っている。彼氏がいないのは、年頃の女の子としてはちょっと寂《さび》しい。でも気心の知れた友人の存在は、その寂しさを補《おぎな》ってあまりある。事情があって少し特殊な環境で育ったが、充分、普通と言っていいだろう。特に目立つことのない、どこにでもいる女子大生……それが茉莉だった。

彼女が思い出せる最後の記憶は、アパートの自室にいたこと。大学二年の夏が終わり、そろそろ所属するゼミを選ばなければと資料を見ていたはずなのに、どうやら眠ってしまったらしい。

そして今、夢を見ている。

おそらくここは戦場で、茉莉は負傷して倒れているようだ。

焼けそうなほどの痛みに苛《さいな》まれながら、状況を把握《はあく》すべく必死に視線を巡《めぐ》らせる。

（っ！　……あれは？）

右往左往《うおうさおう》する人の中に、フッと違和感を覚えた。

そちらに目をやれば、一人だけ冷静に周囲を観察している男がいる。

黒い短髪に、焼けた肌。整った顔立ちで、瞳は髪色と同じだ。歳は二十代後半といったところだろうか。馬に似た獣に乗っているので正確にはわからないが、かなりの上背《うわぜい》で、引《ひ》き締《し》まった体つきをしている。

男はまるで馬鹿にしているかのような目で周りの騒動を見ていて、その場から浮いていた。その彼の目が、茉莉に向く。

その目は見開かれて、面白いものを見つけたみたいに輝いた。

（——なっ⁉）

彼の様子を見て、茉莉の頭に血が上《のぼ》る。なぜか、彼にひどく見下された気分になったのだ。

一瞬、ほんの一瞬だが、怒《いか》りで痛みを忘れた。そして唐突に、思う。

（立たなければ……）

体を引《ひ》き裂《さ》くほどの痛みに耐え、手足を無理やり動かす。

（立たねば。……私は、こんな姿を無様《ぶざま》に晒《さら》し続けるわけにはいかない！）

なんとか両手を地面につき、体を起こそうとする。

「グッッ！」

茉莉は口から漏《も》れかけた悲鳴《ひめい》を噛《か》み殺した。

「陛下⁉」

周囲からあがる、驚愕《きょうがく》の声。

両手が痛みに耐えきれず、わずかに持ち上がった体はまたグシャッと地に倒れた。

「陛下！　お手を……！」

体を支えようと伸ばされるいくつかの手を、彼女は乱暴に振り払う。

（立て！）

茉莉は自分を叱咤《しった》した。再び体に力を入れる。

そしてやっとのことで、体を起こした。頭のてっぺんから爪先《つまさき》まで、全身から抗議の悲鳴があがる。それでも、立たねばならないという思いは、強迫観念《きょうはくかんねん》のように茉莉を突き動かした。

文字通り血反吐《ちへど》を吐きながら、茉莉は立つ。

「ガァッ！」

体が震えて、めまいに襲《おそ》われる。

（横になりたい。……せめて膝をつきたい）

そんな弱々しい欲求を断ち切り、昂然《こうぜん》と顔を上げた。

「陛下！」

あたりが歓喜と驚きの声で沸《わ》き立つ。

（うるさい！）

それは茉莉にとって騒音でしかなかった。群がり、縋《すが》りつかんばかりの者達を無視する。彼女は痛みに耐えながら周囲を見回して——呆然とした。

やはり、ここは戦場だった。

茉莉が立っているのはなだらかな丘の中腹で、遠くがよく見える。

見渡す限り、土が剥《む》き出しの荒野《こうや》が広がっていた。そこに、緻密《ちみつ》なデザインが施《ほどこ》された美しい鎧《よろい》と深紅《しんく》のマントを身につけた、中世ヨーロッパの騎士のような男達がひしめいている。歩兵が多い。

けれど目立つのは、馬に似た獣《けもの》に乗る騎士達だ。彼らは、袖の縁や襟元《えりもと》をきらびやかな刺繍《ししゅう》で飾り立て、金の飾緒《しょくしょ》のついた軍服を着ている。

壮麗《そうれい》な大軍団がそこにあった。

茉莉が見上げると、同じ紋様《もんよう》の旗がいくつも掲げられ、風を受けてバタバタと翻《ひるがえ》っていた。

呆気《あっけ》に取られる茉莉の耳に、何頭もの騎獣《きじゅう》のあげる咆吼《ほうこう》が届く。その獣《けもの》は、よく見ると馬よりはるかに大きい。体つきは馬に近いが、もっと堂々とした風格のある生き物だった。

茉莉の隣には、周りの獣より一際《ひときわ》大きなものが倒れてもがいている。おそらく自分が乗っていたもので、一緒に斬《き》られたのだろう。太い足から血を流していた。

現代日本では決してありえない光景に、茉莉は目を奪《うば》われる。

まるで映画のワンシーン。それもファンタジー映画のクライマックスシーンに見えた。

(現実じゃない。……これは、間違いなく夢だ)

ガンガンと痛む頭で、茉莉はそう結論づける。

「陛下！　御無事で！」

(だから、陛下って、誰？)

自分に押し寄せる騎士達に少しも興味を持てず、茉莉はさらに遠くを眺《なが》めた。

延々と続く深紅《しんく》のマントの軍の向こうに、青い旗をかかげる小規模な集団を見つけた。

(……あれが敵)

なぜだか、そうわかる。怒号《どごう》と悲鳴《ひめい》が飛びかう中、敵軍のものらしい雄叫《おたけ》びが聞こえてきた。

「女王を討《う》ち取ったぞっ」

「我らの勝利だ！」

(え？　…………誰を討ち取ったって？)

どうにか状況を整理しようと、茉莉は考える。

倒れていた自分。

周りの男達は自分に、「陛下」と呼びかけてくる。そして敵は、「女王を討ち取った」と叫んだ。

(頭が痛い)

外的要因でなくこの状況からくる痛みに、茉莉は文字通り頭を抱《かか》えた。

(ひょっとして、女王陛下って私のこと？　しかも、敵に討たれて倒れたの!?)

それは、にわかには信じられない状況だ。

(……………駄目でしょう)

ガックリと肩を落とし、彼女は自分に駄目出しをする。

第一に、女王が戦場のど真ん中にいることがありえない。戦場の指揮官は王ではなく、将軍だ。

王は軍の方針を決定したあとは、口を出すべきではない。王が戦場に赴《おもむ》けば、戦場に混乱を招《まね》く。

指揮系統は明確でなければならず、そのトップは戦場をよく知る将軍であるべきだ。

(何をやっているの……。それとも、よほど将軍があてにならないとか？)

茉莉に縋《すが》らんばかりの情けない顔をした男達を見れば、それもあるかと思う。

だが、こちらを面白そうに眺めている黒髪の男と再び目が合った途端《とたん》、なぜか違うと確信した。

茉莉の口から、ため息がこぼれる。

(しかも、敵に討たれているし。王が討たれるなんてありえない)

はっきりとわかる。これは負け戦《いくさ》だった。

（まぁ、死ななかったみたいだけど）

おそらく茉莉は〝陛下〟で、敵に斬《き》りつけられて騎獣《きじゅう》から落ちたのだと思われた。その拍子に口の中を切り、血を吐いた。首か肩のあたりを傷つけられたのだろう。あちこちが痛む中で、特に左肩に鋭《するど》い痛みがあった。だが、茉莉は命の危険までは感じなかった。徐々《じょじょ》にだが、その痛みも引いてきているようだ。

（……だとしても、この状況はまずい）

自軍は茉莉が一度倒れたことで動揺《どうよう》しているし、敵はすでに勝利を確信して意気が揚がっている。このままでは、すぐにその通りになるだろう。ざっと見て、あきらかに味方の方が兵の数は多いのに、敵軍の勢いに押されていた。

（でも、絶体絶命のこの窮地《きゅうち》を脱することができれば、こちらにも勝機はある）

夢とはいえ、自分が原因で戦に負けるのは後味が悪い。何より、負けたくない。

（やるだけ、やってみるか……）

幸い茉莉は、シミュレーションゲームには自信があった。

（とにかく、この自軍の雰囲気をなんとかしないと。それには……）

彼女は視線を下げ、まだもがいている自分の騎獣を見る。

「立て！」

傷を負《お》って苦しむ獣《けもの》に、無情にも命令する。惨《むご》いことだと思うが、同情している場合ではなかった。

負ければ、どのみち殺されるのだ。

「立て！　アルウェア！」

呼びかけてから、それがこの騎獣の名だと気づく。

（さすが夢ね。都合よくできている）

自分の頭に〝アルウェア〟の情報が湧《わ》き出てきて、彼女は小さく笑った。

普通の騎獣は、馬よりも一回りほど大きな体格をしている。アルウェアはその中でも一際《ひときわ》大きな体と力を持つ、軍の騎獣達のリーダーだ。がっしりとした太くて長い足で、発達した筋肉に包まれた体を支えている。首は長く、顔は馬というには小さくて、空想上の生き物であるグリフォンや竜を思わせる。その爛々《らんらん》と光る大きく鋭い眼差《まなざ》しに、高い知能がうかがえる。たいていの騎獣は色素の薄い白か茶色の毛並みを持つのだが、アルウェアは全身真っ黒の毛で、威容《いよう》を誇《ほこ》っている。

こんな風に地面に倒れることが許される獣ではなかった。

「立て！」

茉莉の三度目の命令に、アルウェアは体を震わせ、逞《たくま》しい四本の足で立ち上がる。

その体長は三メートルを軽く超えていた。

「いい子だ」

自分を簡単に踏みつぶせそうな獣の足に恐《おそ》れも覚えず、茉莉はそこをポンポンと叩いてやる。

それにしても、アルウェアは思っていたより大きくて、驚くと共に不安になった。

（負傷した私の体で、この怪物《かいぶつ》に乗れる？）

とはいえ、弱気になっている場合ではない。茉莉は高い位置にある鐙《あぶみ》を見上げ、どうやって上《のぼ》ろうか考える。一人では無理だと結論づけた時、騎獣《きじゅう》に乗ったあの黒髪の騎士が、ひしめく男達を押しのけて近づいてきた。

露骨《ろこつ》に顔をしかめる彼女に、騎士はひどく楽しそうな顔で騎獣の上から手を差し伸べる。

「陛下に何をする。無礼な！」

叫んだのは、押しのけられた男達だった。

騎士の手を前にして、茉莉の中に猛烈《もうれつ》な嫌悪感が湧《わ》き上がってきた。なんとなくわかっていたが、どうやら女王である自分はこいつが嫌いらしい。

その感情のままに睨《にら》みつけても、男は出した手を引かなかった。

男達の中で唯一《ゆいいつ》彼だけが、茉莉の思考に気づいている。

だからといって嫌いな男の手を借りたくはなかったが、意地を張っている場合でもない。仕方なく――本当に仕方なく、茉莉は男の手を取った。

すると男は自分の騎獣の鐙に足をかけるよう言い、従《したが》った彼女を軽々と引き上げる。その勢いで力強く、いささか乱暴にアルウェアの上に茉莉を放った。痛みに悲鳴《ひめい》をあげそうになって、茉莉は必死に歯を食いしばる。そしてなんとか、アルウェアの鞍《くら》にしがみついた。

男はクックッと笑っている。その姿に、茉莉は喉まで出かかっていた礼の言葉を呑みこんだ。

(これじゃ、女王に嫌われるはずだわ)

こんな男にかまっているわけにはいかないと、茉莉は姿勢を正し、騎獣に座り直す。

アルウェアの上からは、延々と広がる軍勢の遥《はる》か後方に、蜃気楼《しんきろう》のような街並みが見えた。そのさらに向こうには、霞《かすみ》がかった険《けわ》しい山脈。空は澄《す》み渡り、日差しが暑い。

かざしたくなる手を握り、ここからが勝負だと気を引《ひ》き締《し》めた。

「嘶《いなな》け!! アルウェア！」

簡潔に命ずる。次の瞬間、周囲を圧して騎獣の咆吼《ほうこう》が響き渡った。

リーダーたるアルウェアの声に、他の獣《けもの》は一瞬押し黙《だま》る。次《つ》いでアルウェアに追従《ついじゅう》するように一《いっ》斉《せい》に声をあげ、頭を垂《た》れる。

戦いの喧噪《けんそう》がおさまり、静寂《せいじゃく》が自軍に、そして敵軍にも広がっていった。

誰もが、驚きをもって茉莉を見る。

茉莉はこの機を逃《のが》さず、アルウェアの上で背筋を伸ばした。そして声を張る。

「誰が討《う》たれたと!?」

凛《りん》とした声が戦場に響き渡る。思ったより大きな声が出せたと心の中で安堵《あんど》した。

「戯言《たわごと》も大概《たいがい》にせよ!! 討たれるのは、我が敵だ!!」

茉莉の声に、あまりに鮮烈《せんれつ》な彼女の姿に、その場にいる誰もが息を呑む。

彼女は、美しかった。

泥と血がこびりついた青白い、しかし整った顔。強い意志を宿《やど》す彼女の大きな黒い瞳は、他を圧するように輝いてる。結《ゆ》い上げていた腰まである長い黒髪はほどけ落ち、砂塵《さじん》の中で舞《ま》い上がる。

戦場に不似合いな豪奢《ごうしゃ》な真紅《しんく》のドレスを着ていたが、肩口あたりが破《やぶ》れて布がずり落ち、血まみれ

の左胸が半分ほど見えてしまっていた。

その胸に視線を送った例の黒髪の騎士が、ひゅうと口笛を吹く。

茉莉は、ジロッと彼を睨《にら》みつけた。

(まぁ、仕方ないわ。どうせ夢だし……)

茉莉は腕を振り上げて叫んだ。

「叩きつぶせ!!」

その神々《こうごう》しく威厳《いげん》に満ちた姿に周囲は魅《み》せられ、そしてはじけた。

ワァッッ!! と大歓声があがる。突如《とつじょ》、意気消沈《いきしょうちん》の様子だった自軍が息を吹き返し、猛烈《もうれつ》な勢いで敵に向かいはじめる。

茉莉はホッと息をこぼした。なんとか態勢を立て直せたようだ。

その瞬間——

(えっ!?)

強い視線を感じ、目をそちら——敵軍に向けた。そこで何かが陽光をはじいて光る。

肉眼でかろうじて見分けられるくらいの距離から、射抜くような視線を送られている。

茉莉の脳裏に、輝く金髪が浮かんだ。

(……何? 今のは)

そう疑問に思ったものの、なぜかすぐに答えがわかった。

あれが敵の指揮官だ。

背筋を這《は》い上がる何とも言いようのない感覚と共に、自分を睨《にら》みつける青い目を思い出す。整った顔に苦しそうな表情を浮かべ、必死に茉莉に何かを言い縋《すが》っている彼の姿を。

そのやりとりこそ、この戦争の原因だと悟ったが、肝心の内容をさっぱり思い出せない。そんな自分が情けないが、迷いを振り切るように茉莉は頭を左右に振った。

(今がチャンスだ。悩むのはあとにしよう)

乾いた風の中、自軍のあげる雄叫《おたけ》びが拡大する。

興奮の坩堝《るつぼ》と化したその士気は膨《ふく》れ上がる一方で、なかなかおさまらない。

(やりすぎたか)

茉莉は心の内で舌打ちした。

「各軍の長《おさ》は、意気を保ちつつ軍を統制せよ！　むやみに突出させず手綱《たづな》を握れ」

自分の意識をはっきりさせ、勢いがつきすぎた自軍を引《ひ》き締《し》めるために、注意を叫ぶ。

とはいえ、今が好機なのは確かだ。敵軍を一気にたたみかけ、勝敗を決《けっ》する必要がある。茉莉は、じろじろと自分を……自分の胸を見ている黒髪の男に、嫌悪感を抑えつつ声をかけた。

「戦力比は？」

男が面白そうに答える。

「三対一くらいか？　さっきまでは四対一だったが、誰かさんが派手にこけてくれたからな」

その言葉に茉莉はグッと詰まる。失った自軍の戦力は、そのまま命の数だ。いくら夢とはいえ、罪悪感を覚える。

（数千？　それとも万単位？）

顔が青ざめるのがわかった。

「そうか。……すまない」

彼女の弱々しい謝罪に、男が信じられないものを見たかのように目を見開く。そして言った。

「頭でも打ったのか……？」

本当にいやな男だ。しかし、使えそうなのはこいつぐらいしかいないと茉莉は思う。これ以上犠《ぎ》牲者《せいしゃ》を出さないためにも、一刻《いっこく》も早く決着をつけなければならなかった。

「正面から波状攻撃をかけたい。用兵が得意な将は？」

絶えず攻撃し、敵軍の勢力を弱めるのが目的だ。そのためには用兵——兵を動かす力のある者が指揮を取るのが得策だろう。

茉莉は嫌悪感を堪《こら》え、アルウェアを騎士に近づかせる。

「ヘッ？　……俺に聞いているのか？」

彼の問いに茉莉が頷《うなず》くと、ますます驚いたような顔をされる。それでも彼は茉莉の言葉に答えた。

「……レオニール少将とバスツール中将といったところか。もちろん、俺の次にということだが。全軍に号令をかけるなら、バスツールだろうな」

思った通りの、不遜《ふそん》な返事だ。しかし嘘をついている様子はない。

「では、バスツール中将をここに。……お前には別動隊の指揮を任《まか》せたい」

茉莉は前半を大きな声で周囲に命令し、後半を小さく男に伝える。

「へぇ？　傭兵《ようへい》上がりの俺に、隊の指揮？」

自嘲気味《じちょうぎみ》な言葉に、気になるのはそんなことなのかと茉莉はうんざりした。傭兵だろうとなんだろうと、使えるものは使うべきである。だいたい、傭兵ならば戦争のプロだ。茉莉は騎士を手招《てまね》きした。彼は面白そうに騎獣《きじゅう》を近づけ、再び茉莉の胸に視線を注《そそ》いでくる。

その顔を叩きたくなる気持ちを抑え、茉莉は男の耳元で囁《ささや》いた。

「敵の注意をこちらに引きつける。お前は必要な兵を見繕《みつくろ》い、間隙《かんげき》を縫《ぬ》って敵陣《てきじん》に潜入しろ。敵の指揮官を捕まえてきてほしい」

茉莉の言葉に、呆《あき》れたようなため息が返ってきた。

「言うのは簡単だがな」

その不敬《ふけい》な態度に腹を立てたのは、周囲にいながらほとんど茉莉――王に無視されている男達だった。先刻から不遜《ふそん》にも王のそばに居座り、あまつさえふざけた返事をする騎士に、彼らの非難が向く。

「ダリウス！　貴様！」

「傭兵ごときが！　なんて口を！」

（……そうか、ダリウスという名前なのか）

茉莉はあの程度の返事は想定内で、腹も立たなかった。フッと笑うと、騎士――ダリウスに、声に艶《つや》をのせてもう一度囁く。

「敵はこの大軍の中で私に斬《き》りつけてきた。お前は同じことをできないと言うのか？」

これ見よがしな挑発に、ダリウスはくくっと笑い、囁き返す。

「殺すのと、攫《さら》うのでは難しさが違う。第一、俺なんかにそんな仕事を任《まか》せていいのか？　逃げ出すかもしれないぞ」

「お前は、逃げないよ」

なぜか確信を持って、茉莉は断言した。嫌悪感はあっても不信感はないのだ。自分の感覚を茉莉は信じる。

茉莉の言葉に、ダリウスは一瞬虚《きょ》を突かれたような顔になった。そして体を離し、正面から茉莉を見つめてくる。

「へぇ？　……ならば、成功報酬《ほうしゅう》は当然、望みのままなんだろうな？」

（これは、承諾《しょうだく》したということよね）

彼の答えに満足し、茉莉は鷹揚《おうよう》に頷《うなず》いた。

「領地でも、金でも、なんでも好きなものをくれてやる」

何せ夢なのだ。茉莉の懐《ふところ》は痛くも痒《かゆ》くもない。その言葉を聞いて、ダリウスの目が妖《あや》しく輝いた。

「そんなものには興味がない。……今、俺が欲しいのはあんただ。……あんたを抱きたい」

途端《とたん》に周囲から怒声が湧《わ》き上がった。実際、斬りかかりそうな者もいる。殺意のこもった視線がダリウスに集中した。

茉莉は、内心呆れ返る。

（バカなの、この男？　……そんなものを命がけの任務の対価にするなんて）

「好きにしろ」

これが夢だと信じていた茉莉は、そっけなく承諾《しょうだく》した。

「陛下！」

悲鳴《ひめい》のような声が、今度は茉莉に集中する。

「約束したぞ」

「あぁ、かまわない」

とっとと行けと、茉莉は手を振った。

ニヤリと満足そうに笑うと、ダリウスは轡《くつわ》を返し、そのまま去っていく。振り返りもしなかった。

「陛下！」

「……バスツール中将はまだか？　各自、自分の隊を完璧《かんぺき》に把握《はあく》しろ。命令を徹底し、即座に動く準備を整えよ」

言いつのろうとする周囲の声を封じるため、茉莉は命令を下す。

賽《さい》は投げられた。ダリウスが成功すれば、狙い通り短時間で勝利を得られるだろう。失敗した場合、損害は増える。しかし波状攻撃さえ順調に進めば、この戦力差で負けることはない。

ダリウスの策を確実にするための方法を考えていると、声がかけられた。

「陛下。バスツール、参りました」

そう言って地に膝をついたのは、ダリウスとは正反対の礼儀正しい騎士だった。

（彼が、バスツール。少しは使える男だといいけれど……）

茉莉はバスツールに今後の戦略を指示する。

「軍を小隊に分け、正面から波状攻撃を仕掛けろ。敵に休息を与えるな。隊の編成と用兵は任《まか》せる」

茉莉にバスツールの落ち着いた視線が向けられる。

背筋の伸びた、生真面目《きまじめ》そうな立ち姿だと、茉莉は彼を見て思う。歳は四十前後といったところだろうか。確かに全軍を動かせる毅然《きぜん》とした雰囲気を、目の前の男は持っていた。

「畏《おそ》れながら、申し上げます。この戦力比と勢いならば、総力をぶつけての正面攻撃か包囲戦が確実かと思われます」

バスツールは正攻法を進言する。戦況を冷静に分析する彼の能力に、茉莉は笑って頷《うなず》く。

「敵を殲滅《せんめつ》するつもりはない」

茉莉はきちんと自分の考えを説明する。すると、バスツールはわずかに目を見開いた。

「窮鼠《きゅうそ》、猫を噛《か》む。追いつめては必死に抵抗され、敵だけでなくこちらにも被害が増えるだろう。攻撃はしても、敵の退路を断つようなことをするつもりはない。逃げてくれれば戦力が削《そ》げる。降伏してくる者は丁重《ていちょう》にこちらの軍に迎え入れろ。当然、捕虜《ほりょ》の迫害は認めない」

きっぱりと言う茉莉に、バスツールは感嘆《かんたん》して静かに頭を下げた。

「敵とはいえ、自国民。陛下の慈悲《じひ》、確かに承《うけたまわ》りました」

今度は、バスツールの言葉に茉莉が驚愕《きょうがく》する。

（自国民⁉　……なら、これは反乱なの？）

「陛下、それならば……」

続けて言葉を重ねようとするバスツールを、茉莉は遮《さえぎ》る。何を言いたいかは想像がついた。

「すでに、別働隊としてダリウスを出した」

それで通じるはずだと茉莉が思った通り、バスツールは深く頷《うなず》く。

「承知しました。いらぬことを申し上げました」

「かまわない」

すぐにでも作戦にかかれと命じたいところだが、茉莉は逡巡《しゅんじゅん》した。

頭には先ほどの反乱という言葉がこびりついている。なぜ反乱を起こされたのか知りたい。

しかし、この場で聞くのはいくらなんでもまずいだろう。結局、不自然にできた間をごまかすため、別のことを尋《たず》ねた。

「なぜ、進言した？」

バスツールの態度は好ましい。女王の命令に唯々諾々《いいだくだく》と従《したが》うのではなく、己《おのれ》の考えを述べ納得してから動く。しかし、これが自軍のスタイルだったとしたら、女王が戦闘に出しゃばり、ましてや討《う》たれるなんてことが起こるはずない。自分が目覚める前の女王は、配下の意見など聞かぬ、いや意見などさせぬ傲慢《ごうまん》な支配者だったはず。なのに自分に進言したバスツールの真意を聞いておきたかった。

「もう、後悔したくなかったからです」

バスツールはまっすぐに茉莉を見て答える。

「開戦時、私は陛下が戦場に出られることに反対でした。しかし、保身のため言えませんでした。陛下が討たれたと聞いた時、私は自分の罪に打ちのめされました。保身に走ったばかりに主君を失ったのだと……。あんな絶望は、二度と味わいたくありません」

やはり女王は自分の意思で戦《いくさ》に乗り出したのかと思うと、頭がますます痛くなる。

「……すまなかった」

呻《うめ》くように謝る茉莉に、バスツールの方が慌《あわ》てた。

「陛下！　謝罪するのは我々です。お守りできず、尊《とうと》き御身《おんみ》におけがをさせてしまいました」

「いい」

言いつのる言葉を遮った。どう考えても、悪いのは女王だ。

「それに、謝罪は受けておけ。今までの分と――これからの分だ」

茉莉は一転、人が悪そうに笑いながら言った。

「まさか、陛下！」

「前線に立つ。生きて私を守りきれる者を推挙《すいきょ》せよ」

茉莉は静かに言い放《はな》つ。バスツールをはじめ、周囲の全員が驚愕《きょうがく》した。

「陛下！　危険です！」

「承知の上だ。……ダリウスに隙《すき》を作ってやらねばならん」

前半は全員に聞かせるように、後半はバスツールにだけ聞こえるように話す。

「……陛下」

「討《う》たれはしない。私が倒れては元も子もない。だからこそ、守護の兵の推挙《すいきょ》を頼む」

バスツールは茉莉の言葉に頷《うなず》かない。

「囮《おとり》が必要なのだ。敵とて波状攻撃をかけられているとわかるはず。攻撃の合間に、こちらが何か仕掛ける可能性も考えるだろう。一度、撤退《てったい》することもありうる。その上で逃げ出さずに、なお戦場に留《とど》まらせなければならない。私以上の餌《えさ》はあるまい？　……私が前線にいれば、奴は必ず食いついてくる。たとえどんなに危険でもな」

茉莉は、確信を持って言いきった。

……輝く金髪、縋《すが》りついてくる青い瞳を思い浮かべ、苦しそうに声を絞《しぼ》り出す。

「兵の推挙を」

重ねての命に、バスツールは唇を噛《か》んだ。

「……生きて陛下を守り抜ける者ですか？」

「当然だ。盾になって死ぬような愚《おろ》か者はいらない。そいつが死んだあと、私はどうするのだ？　最後まで立って私を守りきれる者を推挙せよ」

茉莉の言葉に苦笑が返される。

「ダリウス少将がいれば確実なのですが」

「馬鹿を言え。あれは危険になれば私を見捨てて、自分は必ず生き残る。そもそも、別働隊を任せているのだぞ」

バスツールの言葉を茉莉は即座に否定した。言いながら、茉莉はダリウスが少将だということを少し意外に思う。傭兵《ようへい》上がりには過ぎた地位のように感じるが、実力でもぎとったのだろう。

ダリウスに対する女王の評価に、バスツールは複雑そうだ。しばらく悩み、二人の名を挙げた。

「では、レオニール少将とホルグ大尉を」

レオニールはダリウスからも聞いた名だ。彼は用兵が得意だと聞いていたが、戦闘力もあるらしい。ホルグの名は初めて聞く。二人共、名を聞いても姿が浮かばない。これはバスツールも同じだった。女王にとって、三人共気にかけていない存在だったのだろう。

(見る目がなかったのね。……しかも、反乱を起こされているし)

際限なく落ちこみそうな思考を遮《さえぎ》るように、茉莉は頭を振った。反省はあとだ。

背筋を伸ばし、凛《りん》とした声をあげる。

「現将軍の任を解き、新たにバスツール中将を将軍に任ずる。今後は、作戦の全権をバスツール将軍に委任する！　全軍、彼の指揮下に入れ！　レオニール少将とホルグ大尉はこちらへ！　行け！」

茉莉の言葉に、バスツールは顔を紅潮《こうちょう》させて返事をし、騎獣《きじゅう》に乗って離れていく。

一方、周囲にいる派手な飾りをつけた男達が、不満そうな視線を向けてくる。

しかし、茉莉が高圧的に睨《にら》みつけると、その誰もが慌《あわ》てたようにバスツールに続いた。

(本当に自分は見る目がない)

落ちこむ材料しか見つけられない現状にため息をつきつつ、茉莉は自分に向かってくる二人の兵を待つのだった。

そのあと、茉莉は背中にいやな汗をかき、必死の思いで前線に立っていた。ガタガタと震えだしそうな体を無理やり押さえつけて、襲《おそ》ってくる吐き気を堪《こら》えながら。

ここは本物の戦場なのだ。

（……夢だけど）

しかし、夢とは到底思えない感覚があった。

何といっても、匂《にお》いがひどい。むせかえるような血の匂いと、獣《けもの》の生臭さ。

テレビや映画を見ているだけでは決してわからない、本物の恐怖が間近にある。

前線といえど、茉莉がいるのはさすがに最前線ではない。味方の陣《じん》に放《はな》たれた敵の弓矢が、ぎりぎり届く距離だ。これ以上前に行くことは、バスツールが許してくれなかった。

それでもあたりに目をやれば、ひどいけがを負《お》った者がごろごろいる。

死体や、動けないほどの重傷者はいない。戦闘の邪魔になるので、すぐに奥に連れていかれるようだ。形勢を立て直し、攻め入る余裕《よゆう》がある分、まだましな戦況だろう。負け戦《いくさ》では、動けない者は放っておかれる。

戦場には殺気が満ち、悲鳴《ひめい》と怒声がやむことはない。茉莉の右側にいる将が、敵の弓矢に腹部を貫《つらぬ》かれて騎獣《きじゅう》から地に落ちた。彼は泣きわめき、のたうち回る。

……前線に出て数分間で、茉莉は後悔していた。

（なぜ私は、こんなところにいるの？）

「夢だから」なんて理由では、とても耐えられないような場面。それなのに茉莉が逃げ出さないのは、無理を通したバスツールへの意地からだ。そして、この戦況の元凶が自分なのだという苦い思いと、こんな自分を守るために戦う兵士への申し訳なさがあるからだった。

(逃げ出すわけにはいかない。絶対に!)

震える手を握りしめる茉莉を守っているのは、二人の騎士。

彼女の左前方にいるのがレオニール少将で、右前方がホルグ大尉だ。

レオニールは明るめの茶髪と緑の瞳をした、とても背の高い青年だった。年齢はダリウスと同じくらいに見える。整った容姿をしているが、ダリウスの華やかさとは異なり、落ち着いた優しそうな雰囲気だ。

ホルグはどう見ても十四、五歳の少年だった。ふわふわの金髪と茶色のくりっとした瞳を持つ、可愛い外見。その丸みのある頬を紅潮《こうちょう》させ、ホルグはボーイソプラノの声で挨拶《あいさつ》した。彼は茉莉の破《やぶ》けたドレスを見て、恥《は》ずかしそうに自分の着けていたマントをそっと差し出してくれた。気配りのできる優しい子である。

二人の人のよさそうな外見に、茉莉は初め不安を覚えた。けれど、バスツールが推挙《すいきょ》するだけあって、二人は凄腕《すごうで》の戦士だ。絶《た》え間《ま》なく茉莉めがけて飛んでくる矢を、完璧《かんぺき》に叩き落としている。

茉莉はその腕前に素直に感嘆《かんたん》し、ほんの少し落ち着く。

「戦況は?」

声の震えを押し隠し、茉莉は短く聞いた。

「我が軍が押していますが、敵もなかなか崩れません」

レオニールが落ち着いた声で答える。

「どう見ても勝ち目はないのに、必死ですよね」

ホルグの声にも、焦った様子はない。二人共、淡々と敵の攻撃を防ぎながら会話する。その余裕《よゆう》が、張りつめた茉莉の緊張を解《ほぐ》していく。

「引き続き、降伏を勧告せよ。捕虜《ほりょ》の待遇《たいぐう》は保証し、話し合いに応じると伝えろ」

茉莉はなんとか震えずに言い終えることができた。近くにいた兵が、その言葉をバスツールに伝えに走る。

「お優しいですね、陛下」

チラリと振り向いて、ホルグが嬉しそうに笑いかけてきた。

(……優しいもんですか)

茉莉は苦く思う。優しい人間は、戦《いくさ》なんかしない。今も次々と人が倒れて死んでいる現況に、茉莉の心はますます重くなる。

(急げ。ダリウス)

茉莉は祈るように思った。


戦いに決着がついたのは、それから間もなくした頃だった。

敵の後方《こうほう》に回りこんだダリウス率《ひき》いる一軍が、敵の指揮官を捕らえたのだ。指揮官を失い混乱する敵軍をかき分けて、悠々《ゆうゆう》とダリウスが引き上げてくる。

「マイダール辺境侯を捕らえたぞ！」

ダリウスとその一隊の声に、味方は歓声を、敵は悲鳴《ひめい》のような怒号《どごう》をあげた。

（……マイダール辺境侯）

それが敵の指揮官の名前らしい。

茉莉に近づいてくるダリウスの騎獣《きじゅう》の背には、縄で縛《しば》られた男が乗せられている。男の金髪が太陽に照らされて輝く。

それを見た茉莉の胸は、なぜかドクンと音を立てた。

「アルウェア」

静かな呼びかけに、茉莉を背に乗せたアルウェアは咆吼《ほうこう》を周囲に轟《とどろ》かせた。

先ほどと同じように、他の騎獣達――敵の騎獣までもアルウェアに追従《ついじゅう》して嘶《いなな》き、頭《こうべ》を垂《た》れる。

アルウェアは騎獣の王たる力を持つ。強さが絶対の獣《けもの》の世界で頂点に立つアルウェアに、他の騎獣は服従する。たとえ敵の騎獣であっても、それは変わらない。その一点だけを見ても、今回の戦いは敵にとって圧倒的に不利な戦いだったのだ。しかも、戦力差も大きかった。

女王が目立つ真紅のドレスを着て戦場に出てこなければ、きっと反乱はすぐに女王軍に制圧されていた。女王が反乱軍に攻撃を受けることだって、なかっただろう。

にもかかわらず、相手には反乱を起こす理由があったと思うと、茉莉が胸が苦しくなる。

「勝敗はついた！　降伏せよ。待遇は保証する」

茉莉は声を張り、凛《りん》と戦場に響きわたらせた。

ウォウー！　と、地鳴りのような歓声が自軍からあがる。

反対に敵兵達は呆然として、力なく武器を落とす。だがその中には、いまだ目をぎらつかせ、女王に刃向《はむ》かう者もいた。

「悪魔の女王！」

「死ね！」

剥《む》き出しの敵意が、茉莉を突き刺す。

（……こんなに憎《にく》まれるなんて、女王は一体、何をしたの？）

だが、すぐにその者達は自軍の騎士に捕らえられた。相手を乱暴に押さえこみ、容赦《ようしゃ》なく殴《なぐ》りつける騎士もいる。茉莉は怒鳴《どな》った。

「捕虜《ほりょ》の虐待《ぎゃくたい》はするな！」

騎士は驚いたように茉莉を振り向いた。彼だけではない。敵も味方も一様《いちよう》に、目を見張る。

当たり前のことを言った自分に対しての反応を訝《いぶか》しく思いながら、茉莉は言葉を続けた。

「捕虜は人道的に扱わなければならない。暴行や脅迫、侮辱《ぶじょく》に尋問《じんもん》――そのすべてを禁じる。肉体的にも精神的にも、彼らに苦痛を与えることは許さない。報復《ほうふく》や拷問《ごうもん》も一切禁止だ。もちろん、財産の略奪《りゃくだつ》も。負傷者には治療と休養を与えよ。同じ人間として尊重《そんちょう》し、平等に扱え」

いつだったか学校で学んだ人権の内容を懸命に思い出し、茉莉は言葉を並べる。

そんな彼女を、呆気《あっけ》にとられたらしい多くの顔が見返した。一瞬静まった戦場で、はじけるように誰かが叫ぶ。

「嘘をつけ！　この悪魔め」

「騙《だま》されるか！」

さらに茉莉は、かばった敵兵から怒声を浴びせられる。

「そんな甘言《かんげん》、信じられるものか！　それが本心なら、なぜ俺の息子は飢《う》え死《じ》にしたんだ？」

「俺の両親もだ！　お前が城で贅沢三昧《ぜいたくざんまい》している陰で、民《たみ》は野菜屑《やさいくず》のひとつも食べられずに飢えて死んでいくんだ」

「税金を払わなかったからと、俺の娘は連れて行かれてしまった……」

「妻は城に向かって石を蹴ったというだけで足を切られ、その傷のせいで死んでしまった」

次から次へと、耳を塞《ふさ》ぎたくなるような話を聞かされる。

その内容に茉莉は呆然とした。

(……なんて、ひどい。それを女王は……自分はしたの？)

反乱を起こされるのも斬《き》りつけられるのも、当然だ。

(ひょっとして私、あのまま死んでしまうべきだったの？)

「黙《だま》れ！」

再び騎士が敵を殴りつけようと手を上げる。

「やめろ！　虐待は禁止だ。何度言わせる！」

咄嗟《とっさ》に茉莉は制止の声をかける。

「しかし！」

騎士はそれでも、上げた手を下ろさずに茉莉を見つめた。

「先ほど言った通りだ。捕虜《ほりょ》は丁重《ていちょう》に扱え。何があろうと、この命令は撤回《てっかい》しない」

静かな茉莉の言葉に、騎士はしぶしぶ手を下ろす。

周囲がしんと静まり返った。

人々の戸惑《とまど》いによって生まれた静寂《せいじゃく》を破《やぶ》ったのは、ダリウスの騎獣《きじゅう》に乗せられた金髪の男――マイダール辺境侯だった。

「なんの茶番ですか？　女王陛下」

彼の青い瞳が侮蔑《ぶべつ》の色を浮かべ、茉莉を見ていた。

「先日私が登城し民《たみ》の窮状《きゅうじょう》を訴《うった》えても、あなたは一顧《いっこ》だにしなかった。どんなに言葉を尽《つ》くしても耳を貸さないどころか、ティータイムを戯言《たわごと》に削られたと私を鞭《むち》打ち、追い出した。つまらない芝居はやめてください」

茉莉の脳裏に、縋《すが》りつくように彼女を見る青い瞳がよみがえる。

(どうして私は、彼の絶望に気づかなかったの？)

言葉に詰まり、茉莉は手足が凍《こご》えていくのを感じる。

なおも茉莉を突き刺すかのごとく睨《にら》みつける青い視線を遮《さえぎ》ったのは、ダリウスの拳《こぶし》だった。傭兵《ようへい》上がりの男は縛《しば》られたままのマイダール辺境侯を容赦《ようしゃ》なく殴《なぐ》りつけ、さらに騎獣から蹴り落とす。

「ダリウス！　捕虜の虐待《ぎゃくたい》は……」

「これは、捕虜の虐待じゃねぇ！」

茉莉の制止をダリウスは否定する。

「女を泣かせる男を殴っただけだ」

憤然《ふんぜん》としたダリウスの言葉に、そこにいた誰もがポカンとした。

「……女を泣かせる？」

殴られたマイダール辺境侯が呆然と繰《く》り返し、その視線が茉莉に向かう。

そこには、蒼白《そうはく》な顔の女王がいた。彼女の頬を一筋の涙が流れていく。

茉莉が慌《あわ》てて瞬《まばた》きすると、もう一粒涙がこぼれ落ちた。

（……うわぁ。私、最低だ……）

茉莉はごしごしと頬を拭《ぬぐ》った。

「陛下」

いつの間にか近くにいたバスツールに静かに声をかけられ、ハッとする。

「帰城の準備が整いました」

ダリウスもそばに寄ってきて、アルウェアの轡《くつわ》を取る。

「帰るぞ。凱旋《がいせん》だ」

（……凱旋。こんなにひどい凱旋、ない）

それでも、懸命に戦った騎士達に無様《ぶざま》な王の姿を見せるわけにはいかなかった。

大きく息を吸いこみ、茉莉は背筋を伸ばす。

「帰城する！　全軍、進め！」

静かな戦場に響く女王の声に、歓声があがる。凱旋する騎士達は陽を浴びて煌《きら》めき、まるで夢のような光景だと、茉莉はぼんやりと思った。

（………夢だったら、よかったのに）

胸を突き刺す〝痛み〟が、茉莉に現実を突きつける。

悪魔と罵《のの》られ、剥《む》き出しの敵意にさらされた痛み。そして体の痛みのあまりのリアルさに、茉莉はこれが夢でないと感じはじめていた。

◆

縛《しば》られたまま女王の去った先を眺《なが》めていたマイダール辺境侯を、レオニール中将が助け起こした。そして彼の戒《いまし》めを解く。

戦いの勝敗はついたのだ。レオニールの知る彼は、負けが決まって逃げ出す性格ではない。

「大丈夫かい？　リオン」

「……エル、あれは本当に女王か？」

国の辺境を治めるリオン・マイダール侯爵。彼とエルンスト・レオニール伯爵は、同じ学舎《まなびや》に通ったかつての学友だ。学舎を卒業して侯爵位を継《つ》いだリオンは、民《たみ》の困窮《こんきゅう》を見過《みす》ごすことができず女王と敵対した。一方で騎士として女王に忠誠を誓ったレオニールは、主君に背《そむ》くことができなかった。

結果として敵と味方に分かれた二人だったが、友情をなくしたわけではない。レオニールはマイダール辺境侯の服についた埃《ほこり》をはたきながら、彼の質問に応じる。

「俺は以前から陛下のそばに仕《つか》えていたわけではない。陛下のひどい噂《うわさ》はいやと言うほど聞いていたが、実際にお会いしたのは今回が初めてだ。俺のお会いした陛下は、心優しい女性だったよ」

夢見るような表情で、レオニールは続ける。

「戦いを怖がっていらした。人が傷つくのを憂《うれ》い、蒼白《そうはく》な顔で手を震わせて……。それでも決して、戦いから目を逸《そ》らされなかった」

「本当に、お優しいよね」

いつの間にそばに来たのか、ホルグが頬を紅潮《こうちょう》させてレオニールに話しかける。

「敵の兵にまで気を配っていらっしゃった。反乱軍を一気に全滅させることだってできたのに、一番被害の少ない、一番手間のかかる作戦を選ばれたし」

「……だから、それはどこの女王だ？」

リオンには信じられない。そんな行動を取る人物は、絶対に彼の知る女王ではなかった。

女王にその欠片《かけら》でも優しさがあったのなら、彼は反乱など起こしていない。

リオンはかつて、誰よりも女王を気にかけていたのだから。

ここ、カルクーラ王国の北部辺境で、前マイダール侯爵の長男としてリオンは生まれた。彼と女王との出会いは、十七年前にさかのぼる。

隣国との交渉を一手に引き受ける辺境の諸侯を重要視していた前王は、定期的に各辺境を訪《おとず》れていた。その年、前王は王妃と共に、初めて当時三歳の愛娘《まなむすめ》を北部に連れてきた。

王のたった一人の子として、溺愛《できあい》されて育った王女。彼女は、当時から手に負《お》えない我儘《わがまま》ぶりで、滞在中の世話役に任命された十歳のリオンを大いに振り回した。

リオンは日頃から四人の幼い弟妹《ていまい》達の面倒を見ていた。そのおかげで台風のような彼女に対応できた。しかし、それはそれでたいへんだった。王女に気に入られてしまい、出立の時に何がなんでもリオンを一緒に連れて行くと、大泣きされてしまったのだ。

自分の欲望に忠実で我儘な王女は、リオンの丁寧で根気強い説得を受け、生まれて初めて折れた。リオンが王都に行った際には、必ず王女に会いに行くこと。父王が再びマイダール領を訪《おとず》れる際は自分も同行すること。三歳児にはとても無理だろうと思われる、手紙のやり取りをすることを約束した。そうして王女はしぶしぶリオンの手を離した。

それを見た国王夫妻や随従《ずいじゅう》の者達は奇跡だと感涙《かんるい》し、今度は国王自身がリオンを王城に連行しようとして、もう一騒《ひとさわ》ぎを起こしたのは笑い話だ。

――しかし、約束は守られなかった。

王都への帰還の途中、事故で国王夫妻が亡くなったのだ。

幼い王女だけは、二人に守られて助かった。

事故は、マイダール領を離れた王都に近い場所で起こった。マイダールに落ち度はなく、もちろん処罰はなかった。しかし、口さがない者達はマイダールを不吉の地として、根も葉もない噂《うわさ》を流した。国王夫妻の葬儀に参列したリオンの父は、憔悴《しょうすい》しきって帰ってきた。

当然のように、王の辺境訪問はなくなった。

リオンは翌年から騎士になるために王都にある学舎《まなびや》に通ったが、一学生が女王となった少女と簡単に会えるわけもない。またリオン自身も気後《きおく》れしてしまい、会いに行けなかった。

一度だけ、リオンは手紙を書いた。

ごくありふれたお悔《く》やみとお見舞《みま》いの手紙だ。マイダールからの手紙が女王の手に渡ったのかどうか――また渡ったとしても、文字の読めない三歳の子供にきちんと読み聞かされたのかどうか、リオンが知るすべはなかった。そして当然、返事は来なかった。

幼い女王を気にしながら過ごしていたリオンの耳に、女王の悪評が聞こえはじめたのは、八年ほど前。政権を執るための教育を終えた十二歳の女王が、後見者の執政に口を出すようになってからだ。最初はたわいのない悪口だった。それにすら憤慨《ふんがい》していたリオンを追いつめるかのごとく、悪評は日毎《ひごと》にひどくなっていった。

いわく、政《まつりごと》に興味がなく、見向きもしない。そのくせ、お気に入りの者ばかりを重用し、逆《さか》らう者には懲罰《ちょうばつ》を与えている。自分の贅沢《ぜいたく》のために徴収《ちょうしゅう》する税を上げる――などど、次第に内容は過激で、信じられないものになっていった。

リオンはそれを聞くたびに沈んだ。そして前王の死後めっきり弱った父が隠居《いんきょ》を言い出したため、学舎を卒業すると同時に逃げるように王都から離れた。

父から継《つ》いだ辺境侯の領地で、リオンはよき領主になるため一心不乱に努力した。日々政務に追われていれば、女王のことを気にかけずに済む。後ろ向きな考えからの行動ではあったが、彼の努力の甲斐《かい》あって、マイダール領は繁栄《はんえい》し、住みやすい領地だと評判が立った。

その結果、女王の悪政に耐えかねた民《たみ》がマイダールに流れてくるようになった。

難民の対応に忙殺されるリオンに追い打ちをかけるかのごとく、女王の悲惨《ひさん》な執政《しっせい》の被害情報がもたらされる。高額な税金のため衣食住を奪《うば》われ、浮浪者《ふろうしゃ》達が路上に溢《あふ》れる。保健衛生や福祉等の国民のための予算が削られたせいで、街に病気が蔓延《まんえん》しているという。病人もけが人も、治療を受けられない状況。餓死《がし》者や病死者が増え、埋葬《まいそう》場所にも困っているらしい。

一方で、女王と一部の貴族達は贅沢三昧《ぜいたくざんまい》で遊び暮らす。

女王の暴挙に絶望するリオンのもとに、女王に対する反乱を起こしてほしいと嘆願書《たんがんしょ》が届いた。

リオンは女王と対極をなす、民からの人望《じんぼう》が厚い統治者《とうちしゃ》になっていたのだ。

それでも彼は、ぎりぎりまで堪《こら》えた。

彼女が目を覚まし、悪政を正してくれるのではと期待を抱《いだ》いていたから。

自省《じせい》もあった。気後《きおく》れなどせず女王のそばに自分がいたなら、この現状を変えられたかもしれない。幼い王女は我儘《わがまま》でも、リオンの言葉を聞き入れることができたのだから。それをしなかった自分が、今更どうして彼女に口出しできるというのだろう。

――女王の治世《ちせい》になってから、十七年の時が経《た》った。難民の数が対処の限度を超え、ついにマイダールも共倒れになる危機に陥《おちい》った先日、リオンはようやく重い腰を上げた。

反乱ではなく、女王を説得するために。

王都に行き、けんもほろろの扱いを受けながらなんとか再会を果《は》たした女王は、リオンを覚えていなかった。それでもリオンは言葉を尽《つ》くし、一心に民の困窮《こんきゅう》を訴《うった》えた。

きっとわかってくれると信じるリオンに返ってきたのは、拒絶の言葉と叱責《しっせき》。

女王は、民にも国にも興味がなかった。なんの思いも責任も抱いていない。王として傅《かしず》かれ、どんな望みも叶《かな》えられて当たり前という気でいる。

女王に何かを要求するリオンは、ただの不躾《ぶしつけ》な身のほど知らずだった。

不敬罰《ふけいざい》として鞭《むち》打たれた時、彼が痛みを感じたのは心だ。

行動を起こすのが遅すぎた自分。そのせいで、かつて一緒に遊んだ幼い王女は、永遠に失われてしまった。残ったのは、民《たみ》に圧政を強《し》いる暴君だ。

そしてリオンは、反乱を決意した。

自分の責任放棄に決着をつけなければならないと思ったのだ。

そんな悲壮《ひそう》な覚悟で反乱を起こしたのに——戦いのあとで再び顔を合わせた彼女は、あの時の女王とはまるで別人のよう。

まず、纏《まと》う雰囲気が違う。居丈高《いたけだか》な振《ふ》る舞《ま》いはなく、毅然《きぜん》としている。さらに静かで穏やかな空気を醸《かも》し出していた。騎獣《きじゅう》の一声で場を制し支配する姿には、王の威厳《いげん》を感じた。興味がなかったはずの捕虜《ほりょ》の身を案じ、命令を下す女王。詰《なじ》られながらも態度を変えず、暴力を振るおうとした騎士を制しさえした。

リオンは呆気《あっけ》に取られたと言っていい。

彼女に非難の言葉を浴びせたのは、混乱していたからだ。

(なぜ、どうして？　……このような面を持っていたのなら、どうして自分に見せなかった。見せてくれさえすれば、反乱など起こさなかったものを！)

その上、リオンは女王を泣かせてしまったのだ。

自分を殴《なぐ》った黒髪の騎士にその事実を指摘された時は、愕然《がくぜん》としてしまった。

戦いのせいで血と泥にまみれた女王。

それでも彼女は美しく、流す涙はリオンの胸を締《し》めつけた。

女王の去った今もまだ自分を取り戻せないリオンに、レオニールが話しかける。

「リオン、信じられないかもしれない。けど陛下は、陛下が討《う》たれたことを悔《く》やむバスツール様に、すまないと謝罪されたそうだよ」

「――っは⁉」

今までの女王の行《おこな》いからは考えられない話に、リオンは固まった。

「陛下の噂《うわさ》が間違っていたとは言わない。真実であった証拠も俺は知っている。でもリオン、俺は――俺が今日見た陛下を信じようと思う」

迷いのない声でレオニールは言った。

それに続いてホルグは語る。彼は少年らしい純粋な憧《あこが》れに、茶色の瞳を輝かせていた。

「僕は絶対、陛下をお守りする近衛《このえ》騎士になるんだ。ねぇ、なれるよね、レオニール様？」

「そうだな。今回、俺達は陛下をお守りする任を成《な》しとげた。俺は与えられる褒賞《ほうしょう》のかわりに、近衛への転任を願い出るつもりでいるよ」

「そっか、僕もそうする！」

リオンはいまだに信じられない思いで、友と少年を見つめた。

「……何が、どうなっているんだ？」

混乱する彼の頭を占《し》めているのは、涙を流す儚《はかな》げな女王の姿だった。

◆

凱旋《がいせん》する女王に付き従《したが》うダリウスは、どこか悄然《しょうぜん》としている女王の姿を気にかけながら、かつてないほど自分自身に戸惑《とまど》っていた。

(俺があの女王をかばうなんてな……)

この戦いがはじまる前の自分が聞いたら、大爆笑しそうな話だ。

ダリウスは、女王の治めるカルクーラ王国での生活に、ほとほと飽《あ》きていたのである。

彼がこの国に来たのは、数年前だ。カルクーラの金払いがいいところと、傲慢《ごうまん》な女王が相手かまわずケンカをふっかけるため戦《いくさ》が絶《た》えないところが気に入った。傭兵《ようへい》である自分が仕事に困らないおかげで、彼にしてはめずらしく長く住みついていた。

しかし、最近はその生活にも飽き、そろそろ潮時だと思っていたところだった。

なんだかんだと地位を上げて少将にまでなってしまったが、この国の未来には期待できない。女王の美貌《びぼう》は称賛《しょうさん》に値《あたい》するが、高慢《こうまん》すぎて愚《おろ》かだ。それに他の貴族達も、バスツールやレオニールのような一部の例外を除き、間抜けな腰巾着《こしぎんちゃく》ぞろい。

この戦争が終わったら、できるだけ金を搾《しぼ》り取って出ていこうと、ダリウスは決心していた。

だから、戦いの最中に女王が敵に討たれた時は、落胆《らくたん》した。

報酬《ほうしゅう》が得られなくなってしまうからである。戦場を見渡して負けを確信したダリウスは、さっさと逃げ出そうとした。

その時、てっきり死んだと思った女王と目が合ったのだ。

（あれには驚いたな……）

何せ、女王は首を断《き》られて派手に血飛沫《ちしぶき》をあげ、騎獣《きじゅう》ごと倒れたのだ。普通は即死だろう。なぜ生きているのかと凝視《ぎょうし》していたら、女王に睨《にら》みつけられた。以前から女王が自分を嫌いなのは知っていたが、まさか瀕死《ひんし》の状態で睨まれるとは、さすがのダリウスも思わなかった。

（しかも、あの状況で立ち上がろうとするか？）

ぶるぶると体を震わせ、血反吐《ちへど》を吐きながらも立ち上がる。そして昂然《こうぜん》と頭を上げた彼女には――呆《あき》れると同時に、見惚《みと》れてしまった。

血だらけの凄惨《せいさん》な姿。なのに決して、哀《あわ》れみを感じさせない。

……ただただ、美しい女がそこにいた。

一目で魅入《みい》られたダリウスを、女王は思いもかけぬ行動でさらに惹《ひ》きつける。

騎獣に乗ろうとしていた彼女は、ダリウスが差し伸べた手を取ったのだ。血だらけのほっそりした白い手が自分の手に重なった瞬間、ダリウスの心臓はうぶな少年のように飛び跳ねた。

（……柔《やわ》らかい）

力を入れれば、ひねりつぶせそうなその手に驚き――そんな自分に何よりも戸惑《とまど》った。

しかも、女王はダリウスに礼を言おうとした。ありえない事態に、ダリウスの思考は混乱する。

それを、女王の騎獣アルウェアの咆吼《ほうこう》が正気に引き戻した。

戦場の阿鼻叫喚《あびきょうかん》を黙《だま》らせ、支配した女王の力に感嘆《かんたん》する。

神々《こうごう》しく威厳《いげん》に満ちた、目の前の女王。しかし彼女の手は、小さく柔らかい。

ダリウスの心は、女王に完全に囚《とら》われていた。彼はなんとも言えない高揚感に満たされる。

（囚われたのなら、女王の心も囚えるだけだ）

ダリウスは作戦の成功報酬として、女王の体を要求した。拍子抜けするほどあっさりと得られた承諾《しょうだく》。その時のことを思い出し、ダリウスは悪そうな笑みを浮かべる。

（絶対、意味をわかっていないよな）

ダリウスは女王との関係を一夜だけで終わらせるつもりはない。

（ぐずぐずに――骨抜きにしてやる）

ダリウスの笑みに腹黒さがにじむ。

女王の後ろ姿を見ながら、ダリウスは心を踊《おど》らせるのだった。

第二章　帰城

茉莉が連れてこられたのは、信じられないほど大きく威容《いよう》を誇《ほこ》る城だった。中世ヨーロッパの古城を思わせる城に入るなり、たちまち大勢の臣下達に取り囲まれる。彼らは茉莉にまとわりつき、媚《こ》びへつらい、勝利を褒《ほ》め称《たた》えてくる。

閉口した茉莉は自室に案内させると、風呂に入ると言って彼らを全員下がらせようとした。

すると、体や髪をお洗いしますと美形の若い男達が近寄ってきて焦った。茉莉が慌《あわ》てて出ていけ!! と怒鳴《どな》れば、蜘蛛《くも》の子を散らすみたいに全員逃げていく。

なんでもいい。茉莉には一人になる時間が必要だった。

洋画で見たような豪奢《ごうしゃ》なバスルームの湯船に、首までつかる。

茉莉はどっぷり落ちこんでいた。

「はぁ――」

ため息しか出てこない。

（一体どうしてこんな羽目《はめ》になったの？）

戦場の〝女王〟を見た者が今の〝女王〟に会ったら、同一人物と認識できないかもしれない。

威風堂々《いふうどうどう》と騎士を従《したが》え、女王然としていた茉莉は、本来の茉莉ではないのだ。

（だって、夢だと思っていたし……）

もちろん、理由はそれだけではない。戦場には、独特の空気があった。茉莉はその空気に呑まれてしまっていた。

そしておそらく、女王の体に残っていた彼女の意識――女王の残滓《ざんし》に引きずられてしまったのだろう。

帰城後、ようやく我に返り、血まみれ泥だらけという自分の姿に呆《あき》れた。風呂に逃げこまなければ、やっていられなかった。

もっとも茉莉の傷は、派手な出血量の割には浅い。かすり傷ばかりで、かけつけた治癒術師《ちゆじゅつし》もどこを治療していいのか迷ったほどだ。血を吐いたことを治癒術師に告げたら、内臓が傷ついた可能性もあるからと体全体に術をかけてくれた。傷を治してくれたため、風呂に入ってもピリピリしないのがありがたい。

聞けば、治癒術師とは、生き物が持つ自然治癒力を高めさせる力を持つ者らしい。彼らがアルウエアの足の傷に手をかざすと、みるみる塞《ふさ》がっていった。その光景に、茉莉はいたく感動した。

そして、実感する。

（やっぱりここは異世界なのね）

そんな馬鹿なとは思うのだが、目の前で起こる出来事は、茉莉に逃避《とうひ》を許さない。

（しかも私、悪の女王になってるし）

茉莉は再び、がっくりと肩を落とした。このまま風呂で溺《おぼ》れ死にたいとさえ思う。

目を上げれば、壁にかかった鏡に情けない顔をした黒髪黒目の美女が映っていた。茉莉が頭に手をやれば鏡の中の美女も頭に手をやり、顔を覆《おお》えば同じく顔を覆う。

茉莉は元々、日本人にしては色白で目鼻立ちもはっきりした顔だった。それでも、ここまで白くきめ細やかな肌はしていなかったし、こんなにきりっと美しく、整った顔ではない。

この体は間違いなく悪の女王陛下のものであり、そして今の自分の器《うつわ》だった。

反乱を起こした民《たみ》やマイダール辺境侯から投げつけられた言葉が、耳によみがえる。

(あんなひどいこと、本当にやったの?)

やったからこそ、戦いになったのだろう。そして茉莉はそれを制してしまった。

(あぁ。どうしてあの時……マイダール辺境侯を思い出した時に、私はもっとしっかり考えなかったの?)

茉莉は、心の底から泣けてきた。声を殺して泣きじゃくる。なんで、どうしてと思っても、答えは出ない。

どのくらい、そうしていたのだろう。頭がくらくらしてきた。風呂にたっぷりつかって泣いていては、無理もない。湯あたりしたのかもしれない。

茉莉は、ゆっくり顔を上げる。そしておもむろに湯船から出て、冷たい水で顔を洗う。水を拭《ぬぐ》い、パン! パン! と自分の頬を叩いた。

(泣いていたって仕方ない)

茉莉の育ての親である叔父《おじ》の顔が、頭に浮かぶ。

母の弟である叔父は、戒律《かいりつ》の厳しい宗派の僧侶《そうりょ》だ。叔父が育て親なのは、両親の死や離婚が理由ではない。子供が育てられないほど親が貧しいわけでもなく……とにかく、茉莉は叔父の寺で彼に厳しく育てられた。

とはいっても、叔父は仏教の教えを茉莉に強《し》いることはなかった。人道をはずれてさえいなければ、むしろ許容範囲は広いといえる。

『人道をはずれない』。これが叔父に徹底的に叩きこまれた教えだった。

（なのに今、無茶苦茶はずれてる……）

また落ちこみそうになって、茉莉はブンブンと頭を振る。

『道をはずれたならば、正しい道に戻ればいい』

叔父の言葉を思い出す。中学時代、知らない間にいじめに荷担《かたん》していた茉莉に言ってくれたのだ。

（正しい道に戻ろう）

茉莉は決意して、そのためにはどうすればよいのか考えはじめる。

戦場では夢だと思っていたから、自分が女王でないことを誰にも言わなかった。でも、この状況が続くのなら、誰かに正直に話した方がいいかもしれない。その反面、こんな馬鹿げたことを誰が信じてくれるだろうか、とも思った。

今までの女王の行《おこな》いは最悪だ。

下手《へた》すれば、責任転嫁《てんか》のために嘘をついていると言われても、おかしくない。

（私が女王でないとわかったら、どんな扱いを受けるか……。ひどいことばかりしてきた女王を恐《おそ》れる必要はなくなる。今まで女王に対して不満を持って我慢してきた者達に、何をされるかわからないわ。最悪の場合、鬱憤《うっぷん》を晴らすために復讐《ふくしゅう》してきたら……）

熟考《じゅっこう》のすえ、茉莉はこのまま女王になりすますことにした。そして女王の行《おこな》ってきた悪政を少しでも正しい道に戻していくしかないという結論に至る。

それが最善にして唯一《ゆいいつ》の道のようだ。

――しかし、茉莉の決意はあっという間に崩れそうになる。

湯上がりの茉莉を待っていたのは、またもや美形の男達。今度は羞恥《しゅうち》で固まってしまった茉莉は、反抗できなかった。体を拭《ふ》かれて、髪を乾かされる。その上、豪奢《ごうしゃ》なドレスの着付けも髪の手入れもされてしまう。やたらべたべたと触り、マッサージらしきものまでしようとするので、茉莉は悲《ひ》鳴《めい》みたいな声で彼らに退室を命令した。

（一体何がどうなっているの？　しかも、なんで男？　普通あいうことって、メイドとか侍女とか……とにかく女性がするものじゃないの？）

相手が女性でもされたくないが、茉莉にはこの湯上がり騒動は狂気の沙汰《さた》としか思えなかった。

茉莉は疲れきり、ぐったりとして自室のソファーに腰掛ける。

この自室がまた、茉莉を疲れさせる内装だった。何から何までキンキラキンなのである。傷をつけたらどうしようと怖くなるほど、豪華な飾りや宝石がついた家具。高そうな置物ばかりの派手な部屋に、めまいがしてくる。

（この部屋、総額いくらするの？）

一般人の自分には、見当もつかない。こんな部屋で気が休まるはずがない。

全部売り払おうと決意しながら、茉莉は部屋の中を見回した。すると、執務《しつむ》用と思《おぼ》しき立派な机の奥で、書類に埋《うも》れるようにして一人の少年が座っているのに気がつく。十二、三歳ほどに見える少年は、何やら一生懸命に作業をしていた。

「何をしているの？」

茉莉の問いかけに、彼は驚いた顔を向けてくる。あどけなさの残る、可愛い男の子だ。

「あっ、あっ！　すみません！　陛下の帰城のごたごたで、しょ、書類の奏上《そうじょう》が遅れてしまっておりまして……すぐに終わらせます！」

見ていて可哀想になるくらいに、少年は慌《あわ》てていた。

自分――女王はそんなに怖い存在なのかと、茉莉は頭を抱《かか》える。しかし、今はどうしようもないことなので、再び問いかけた。

「何をしているの？」

少年は、ぱちくりと目を瞬《またた》かせる。

「えっ？　あ、はい。陛下のお言いつけ通り、王印を押しています」

（王印？　王印って王様の決裁印よね？　それをなんで、この子が押すの？）

「なぜそれをあなたが押しているの？」

少年を怯《おび》えさせないように、茉莉はできるだけ優しく聞いてみる。

「ですから、陛下が、押せと……」

「私が？」

頭が痛みはじめた気がした。こめかみに指を当てた茉莉を見て少年は焦り、必死に言いつのる。

「僕、っと私は、もともと書類を運ぶ係で。で、でも、以前、書類を持ってきたら、面倒だから押しておけって……陛下、お、おっしゃいましたよね？」

彼の話に、茉莉はため息をついた。彼女は泣き出しそうな少年をなだめる。

「大丈夫よ。あなたにため息をついているわけではないわ」

ため息をついたのは、もちろん女王に対してだ。

(面倒だからって決裁を他人任《ひとまか》せ？　しかもこんな子供に？　無責任にもほどがあるでしょう)

茉莉はソファーから立ち上がり、机に向かった。少年を立たせて、自分が座る。

ふかふかの椅子なのに、ものすごく座り心地が悪かった。

書類に目を落とし、読めることに安堵《あんど》する。もちろんそれは日本語ではなかったが、不思議なことに意味がわかった。しかし――

(…………うん？)

文字は読めても、内容が理解できない。

書類の山の一番上にあるものに、とりあえず目を通してみたのだが――

「これって、事業計画書よね？」

茉莉は青い顔の少年に聞く。少年はぷるぷると頭を横に振った。

「ぼ、僕は、内容はわかりません」

茉莉の眉間《みけん》に寄ったしわを見て、彼がヒッと悲鳴《ひめい》をあげる。茉莉は再び書類に目を落とした。

(どうして事業計画書なのに、実施《じっし》方針や概要が記載されていないの?)

茉莉は以前、サークルの仲間とボランティアを行《おこな》うにあたって法人格が必要となり、NPO法人を立ち上げたことがある。その際、事業計画書やら収支予算書でものすごく苦労したのだ。なのに、目の前にあるのはその時の苦労を嘲笑《あざわら》うかのようなもの。表題だけが悪目立ちし、計画日時や予算見込みはいい加減な、内容のまったくない事業計画書だった。

(しかも、計算、間違っているし……)

簡単な予算見込みは、電卓がなくても一目でわかる計算ミスがある。

(どうしてこんなものが、女王の決裁に回ってくるの?)

誤《あやま》って紛《まぎ》れこんだのかと、他の書類をパラパラとめくってみた。しかし、どれも似たり寄ったりだ。

眉間のしわを指で伸ばしながら、茉莉は少年に話しかける。

「誰か——この書類の内容がわかる人を呼んでくれる?」

「ハ、ハイイィッ!!」

少年は飛び上がって返事をすると、脱兎《だっと》のごとく出ていった。

茉莉はなんとなくいやな予感を覚え、机の上に山と積まれた書類を睨《にら》む。そうして、自分に明確な説明をしてくれるであろう誰かを待った。

少年に引きずられながら連れてこられたのは、今にも倒れそうな老人だった。

（大丈夫なの？　このおじいちゃん……）

予想に違《たが》わず、彼は茉莉の質問を聞いて心臓発作を起こしそうなほど狼狽《ろうばい》した。老人は説明らしい説明もせず、別の者と交代する。次に来たのは、中年の太った顔の赤い男。彼は汗をダラダラと流し「え？」と「う？」しか声を出さない。ただただ汗を拭《ふ》いていたハンカチをびしょびしょに濡《ぬ》らし、次の者とかわった。

茉莉が自分の質問に答えてくれる人物にようやく会えたのは、赤ら顔の男から三人目のことだ。

（うわぁ……）

執務机《しつむづくえ》をはさんで目の前に立つ人物に、茉莉は見惚《みと》れてしまった。

流れるような銀の髪に、深い海のような碧《みどり》の瞳。顔立ちは整いすぎていて、もはや神々の領域に思える。茉莉と歳は近く見えるのに、親近感がまったく湧《わ》かなかった。

スラリとした長身を優雅に折り曲げ、彼は茉莉に礼をとる。

「お呼びと聞き、参上しました」

魅惑《みわく》の低音が響く。

しかしそれと同時に、茉莉の心中になぜかいやな気分が広がった。

（これって、ダリウスにも覚えた嫌悪感？　……いやいや、なんで？　こんな美形なのに。しかも、部屋に二人きりなのよ。ドキドキするような場面で、これだけテンションが下がるって……）

茉莉は、自分の中の悪感情に無理やりふたをする。

（考えたくない……）

そんなことよりと、問題の書類を差し出し、彼に説明を求めた。

しかし、書類をチラッと見た、見目麗《みめうるわ》しい青年は、あろうことかチッと舌打ちする。

(えっ?)

「あれほど、私を通していない書類を紛《まぎ》れこませるなと言ったのに……」

茉莉が戸惑《とまど》って目を見張ると、彼は何やら小さく呟《つぶや》いた。

「間違ってお手に渡ってしまったようです。すぐに破棄《はき》いたします」

彼の口調は丁寧だが、あきらかに不機嫌そうだ。

「あっ、それならこれと、これと……」

茉莉は待ち時間にざっと目を通していた、不備のある書類をまとめて彼に渡す。

「……これが、書類として整っていない分」

青年は綺麗な目を瞬《またた》かせ、黙《だま》って書類を受け取った。

「あと、こっちは……」

体裁《ていさい》は整っているものの、内容が理解できなかった書類を青年に見せる。

「この『夏の離宮《りきゅう》の建設』ってなんですか?」

青年は茉莉の言葉に言葉を詰まらせた。

「……以前より陛下が所望《しょもう》されていた、夏季にお過ごしになる離宮の建設ですが?」

その答えに茉莉は天井を仰《あお》ぎたくなった。

(やっぱり、女王なのね)

女王の所業に呆《あき》れ果《は》てる。

「『夏の』ってことは、すでに春とか秋とかもあったりします？」

「冬もお持ちでございます」

本気で頭を抱《かか》えたいと思った。

茉莉は『夏の離宮《りきゅう》の建設計画書』を、八つ当たり気味《ぎみ》に青年に突き返す。

「この計画をやめた場合の損失は？」

「場所の選定のために事前調査を少々しただけですので、それほどではないかと」

「ならば、すぐに中止してください。他の離宮も、必要ないものは、できるだけ経費をかけないようにして廃止するか、売却する方向で検討を。もちろん、働いている人や関係者に不利益があってはいけません。便宜《べんぎ》を図《はか》った上でお願いします」

茉莉は苛立《いらだ》ちながら言った。

（離宮が四つもあるなんてありえないでしょう。箱物は作るのにも維持するのにも、ものすごくお金を使うのよ。こんなことだから、反乱なんて起こされるのよ！）

茉莉の耳に、息子が飢《う》え死《じ》にしたと言っていた男の悲痛な声がよみがえる。

「だいたい、なんで戦後処理のための話が私のところに来ないのです？　処理は進められていますか？　こんなものより、そっちが最優先でしょう!?」

書類を見た時から鬱々《うつうつ》とたまっていた不満を、ついぶつけてしまう。

この綺麗な彼が悪いわけではないだろうが、どうにも止まらなかった。

「陛下のおっしゃる通りです」

それまで黙《だま》って聞いていた青年が、静かに言う。

その雰囲気に不穏《ふおん》なものを感じて、茉莉の興奮が一気に冷めた。

「しかし、陛下は戦後処理などに興味をお持ちでないと思いましたので」

碧《みどり》の瞳が茉莉を見る。

茉莉は返事ができなかった。自分の失敗に気がつく。以前の女王は、確かにこんなことに興味はなかったはずだ。何せ、王印を押すのさえ他人任《ひとまか》せなのだから。

ゆっくりと青年が執務机《しつむづくえ》を回り、茉莉に近づいてきて——すぐ隣に立った。

「……〝陛下〟。あなたは、何者です?」

とてつもなく美しい笑みを浮かべ、青年は茉莉の肩に手を置く。

背中にゾクッと寒気《さむけ》が走った。

「え?　……えっと、何者ってどういう意味ですか?」

白々《しらじら》しく聞き返すと彼の手に力が入り、茉莉の心臓は飛び跳ねた。

こんなに間近に超絶美形がいるのに、ドキドキの種類が違う。

「そもそも陛下は、私にそんな話し方をなさらないのですよ。彼女は私を毛嫌いしていましたからね。この部屋に呼ばれること自体、ありえません」

魅惑《みわく》の声で語られる話に、ああやっぱりと納得する。先ほど茉莉が感じたのは、嫌悪感だったのだ。

「〝あなた〟は、誰ですか？」

重ねて聞かれて、茉莉は白旗を上げた。どの道、どこかでぼろが出る。そもそも、最初から正直に話してもよかったのだ。ただ、誰も信じてくれないだろうと思っていたし、女王があんまりな人間だったから、言えなかっただけ。

茉莉が女王でないと確信しているこの人ならば、信じてくれるかもしれない。

(それに、女王が嫌悪感を持っていることは、まともな人である可能性も……)

その判断基準を情けなく思いつつ、茉莉は口を開く。

「私の名は、東條茉莉です」

心のどこかで嘘をつかなくていいことにホッとしながら、茉莉は話し出した。

本来の自分は、女王でもなんでもない一般人で、おそらくここことは別の世界にいたこと。突然気がついて、わけのわからないまま戦ったこと。今現在も、状況がさっぱりわからないこと。戦場で話し相手を得て、茉莉は今まで言いたくとも言えなかったことを吐き出す。

「私はここがどこか知らないし、あなたの名前も――女王の名前すらわからないんです！」

(だって、みんな私を陛下と呼んで、名前を呼んでもくれないのよ！)

茉莉は話の最後、やけくそ気味《ぎみ》に叫んだ。

美しい青年はしばらく首を傾《かし》げて考えこみ、ようやく茉莉の肩から手を離す。

「私の名は、フレイアス・フォン・カルヴァン。このカルクーラ王国においてカルの姓を名乗ることを許された、カルヴァン公爵の嫡子《ちゃくし》です。職務は、宰相補佐。女王のはとこに当たります」

「はとこ？」

「私の祖母と前々国王、つまり女王の祖父君が兄妹《きょうだい》なのですよ。私とあなたの顔は、よく似ているでしょう？」

（……似ている？　私が、この超絶美形に？）

茉莉は聞き間違いかと思ったが、そうではなかった。今の茉莉は女王の姿なのだ。

フレイアスは銀髪に碧眼《へきがん》、女王は黒髪に黒目と色合いは随分《ずいぶん》違う。けれど確かに、どちらも神々《こうごう》しいほどの美貌《びぼう》を持っている。

「あなたの名は、メアリ・フラウ・カルクーラ。このカルクーラ王国の女王です」

メアリ。初めて耳にしたこの体の持ち主の名を、心の中で呟《つぶや》く。

「……どうやら女王は蘇生術《そせいじゅつ》を使ったようですね」

確信を持った様子で、フレイアスは言った。

「蘇生術？」

茉莉は聞き慣れない言葉の説明を求めて聞き返す。

「そうです。蘇生術は直系の王族がある条件下でのみ使える、特殊な術です。この術を発動させる条件は三つ。一つは、術者が死を避けられない状況であること。二つめは、術者以外に直系の王族がいないこと。そして最後は、術者の体のかわりとなる相性のいい体が存在すること。……戦いで、女王は敵に斬《き》られたと聞きました。首から派手に血飛沫《ちしぶき》をあげて、もう亡くなられたと誰もが覚悟したと。でも、あなたは生きている」

フレイアスの言葉に茉莉はゾクリと震える。

「そ、それは、出血の割に深い傷ではなかったからで……」

茉莉の言葉は即座に否定された。

「治癒術師《ちゆじゅつし》に、あなたの傷はかすり傷ばかりだったと聞きました。血飛沫《ちしぶき》の上がるようなものは、一つもなかったそうです。女王は今、この国で直系最後の王族。おそらく、女王が死に瀕《ひん》して使った蘇生術《そせいじゅつ》で、相性のよかったあなたの体が選ばれたのでしょう。術はあなたの体をいけにえとして、女王の体を蘇生した」

「……いけにえ？」

茉莉は、背中に冷たい汗が流れ落ちるのを感じた。

「自分の体の状態を、いけにえとなった相手の体の状態と入れかえるのが蘇生術。女王の体が傷ついていた場合、その状態があなたの体の無傷の状態と入れかわるのです。残念ですが、あなたの元の体は首を切り裂《さ》かれ、出血多量で死んでいるものと思われます」

「……死んでいる？」

ザッと血の気が引いた。

狭《せま》いアパートの一室で首から血を流して死んでいる自分の姿が、茉莉の脳裏に浮かぶ。

（……確か、部屋の鍵、かけていたわよね。すごい……リアル密室殺人事件？）

そんなことを考えたのは、現実逃避《とうひ》以外の何ものでもなかった。

（——私、死んだの？）

思いながら、茉莉は気づく。

（なぜ私は今まで、本当の私の体がどうなっているのか気にならなかったの？　普通はそれが一番気になって、元の自分に戻りたいと思うんじゃないの？）

その瞬間に、頭が混乱した。

（当たり前に、この世界で女王として生きていこうと思っていた私って何？　もう、一生向こうに戻れないと告げられるまで、気がつかないなんて）

真っ黒な絶望が茉莉の心に広がる。女王の体で生きることに、とてつもない違和感を抱《いだ》く。

「……帰して、ください」

かすれた小さな声が、やっと喉から出た。

「無理です。それに、『死んでいる』と言いましたでしょう？」

「『死んでいるものと思われる』って言ってました！　早く帰してっ！　帰ったらすぐ、救急車を呼ぶから！　そしたら!!」

怒鳴《どな》る茉莉にフレイアスが返すのは、冷静な言葉だ。

「無駄です。あなたがこちらに来て、何時間経《た》ちましたか？　それでなくても即死の傷です。生きていられるはずがありません」

「……お母さんに、電話しなくちゃいけないのよ！　お母さん、私を育てられなかったことを負《お》い目に思っていて、毎晩電話しないと泣くし……。弟も、一緒に暮らせなかったからか、馬鹿みたいに私に懐《なつ》いていて。それに、叔父《おじ》さん。若いうちに私なんか引き取ったから、お嫁さんもいなくて……叔父《おじ》さんの老後は私が見ないと……！」

自分が何を言っているのか、茉莉はよくわからなかった。

「無理だと言っています。それに、あなたは運がよかったのですよ」

冷静なフレイアスの声に、呆気《あっけ》にとられる。

「——運がいい？」

「そうです。本来であれば、女王のみが蘇生《そせい》し、あなたはわけもわからずあちらで死んでいたはずです。でも、あなたの心はここにある。これは推測なのですが、術が女王の精神は病《や》んでいると判断したのかもしれません。蘇生術は体の悪い状態を、そっくり入れかえる術です」

フレイアスは淡々と言う。そこには、女王の身がわりとして亡くなった茉莉に対する同情はもちろん、女王の心が失《な》くなってしまったことへの悲しみも哀《あわ》れみも、ないように聞こえた。

「こうなっては仕方ありません。あなたはこのまま、女王として振《ふ》る舞《ま》ってください。フォローは私がします」

「……何を言っているの？」

フレイアスの言っている意味が理解できず、茉莉は問う。

「そうするより、他にありません。この国は、女王を失うわけにはいかないのです」

「……どうして？」

「カルクーラ王は神の血を引く、神からの加護《かご》を持った人間です。王がいる限り、国には災害が起こりません。地震に洪水、津波《つなみ》や台風……干《かん》ばつや冷害だって、この国とは無縁です」

フレイアスに明かされた理由に、茉莉は目を瞬《またた》かせる。

(災害が起こらない?)

「神の加護を持つのは、王とその子供達。次代にその加護を残せるのは、王位を継《つ》いだ者だけです。女王に兄弟はなく、故前王にも兄弟はありません。前々国王の兄妹《きょうだい》は私の祖母一人だけ。前々国王も祖母もすでに亡くなって久しい。今現在、この国に加護を持つ存在は女王だけです」

黙《だま》りこむ茉莉を、絶世《ぜっせい》の美貌《びぼう》が見据《みす》える。

「この国には、あなたが必要です」

正確には、加護を持ち、次代にその加護を継承することのできる女王の体が必要なのだ。

茉莉はギュッと唇を噛《か》む。悲しみで鈍《にぶ》っていた頭が、段々はっきりしてきた。フレイアスに質問をぶつける。

「必要な存在なのに、女王は反乱を起こされたの?」

「神の加護が王家にあることは、王族や政治の中枢《ちゅうすう》にいる者しか知りません。他の者は国そのものが加護を受けていると信じています。この反乱の首謀者《しゅぼうしゃ》に担《かつ》ぎ上げられたマイダール侯も、辺境の要《かなめ》の人物とはいえ、このことを知りません。反乱に荷担《かたん》した他の諸侯も、同じような立場の者達。それだけに反乱の規模は小さく、兵力に圧倒的な差がありました。万が一にも、この反乱で女王に危険が及ぶわけがないと思っていたのですが……。さすが、リオン・マイダールということでしょうか」

わが身に起こったことの全貌《ぜんぼう》を知り、思わず茉莉は叫んだ。

「そんなことのために、私は死んだの⁉」

「そんなこと？　災害はそんなことではありませんよ」

荒ぶる彼女に対して、フレイアスは静かに返す。

「災害になれば多くの命が失われます。あなた一人の命が、その無数の命より価値があるとでも言うのですか？」

冷静というよりも冷淡な物言いが、ますます茉莉を激昂《げっこう》させた。

「女王が特別なのだと、みんなに言っておけばよかったじゃない！　そうすれば反乱なんか起こらなかった。誰も死ななくて済んだのよ！」

茉莉の指摘に、フレイアスは馬鹿にしたような笑みを浮かべる。

「そんなことをすれば、今頃この国には王がいなくなっていたでしょう。加護《かご》は王にあるのです。王さえ手に入れれば、どの国でも加護を受けられる。その事実を知れば、多くの国がカルクーラ王を奪《うば》い合うでしょう。きっと大きな戦いになります。戦いにより、カルクーラ王の血筋も絶《た》えていたかもしれません」

「………でもっ」

なおも言いつのろうとした茉莉に、突如《とつじょ》フレイアスが怒鳴《どな》った。

「黙《だま》りなさい！　――私がっ、どんな思いで女王の暴挙に耐えていたと思うのです？　災害は民《たみ》に多くの犠牲《ぎせい》を強《し》いる。しかしその災害がないことを、この国の民は当然のこととして甘受《かんじゅ》している。災害の恐《おそ》ろしさも、対処法も知らない。この国は王を失うわけにはいかなかった。たとえ、どうしようもない王であっても！」

冷たく見えた男の激情。

その様子に、ようやく茉莉は気がついた。

神のような美貌《びぼう》の男も人間なのだと。彼があまりに落ち着いているから、何も感じていないのかと茉莉は思っていた。けれど、違った。彼は起こったことを悔《く》やんでいる。

女王の暴挙、反乱とその結末を。

そして、それらすべてを止められなかった自分自身を責めている。

自分の死に動揺《どうよう》していた茉莉の心が、落ち着いてきた。先ほどの決意を思い出す。

（道を正すと決めたじゃない……）

なのにまだ、茉莉の気持ちは揺《ゆ》れている。どうして自分がこんな目に遭《あ》わなければならないのかと、憤《いきどお》っている。そんな茉莉の心に、叔父《おじ》の言葉が浮かぶ。

『茉莉、どうしたらいいのかわからない時は、その時点で自分のできることをしなさい』

（今の、私ができること）

それが何か、茉莉にはよくわかっていた。女王として生きていくしかないのだ。でも今、素直にそれを認めるのは抵抗がある。

だから、フレイアスに上から目線で高飛車《たかびしゃ》に聞いてやった。

「私が必要だから女王として生きろと言う前に、言わなきゃいけない言葉があるでしょう？　女王の蘇生術《そせいじゅつ》の犠牲《ぎせい》になった私に、申し訳ないとは思わないの？」

一瞬、彼の碧《みどり》の目が虚《きょ》を突かれたように見開かれる。

だがそのあと、フレイアスはさもいやそうに美しい顔を歪《ゆが》めた。

「陛下の顔に言うのが、いやなのですが」

「あなたと同じ顔でしょう？」

観念したのか、フレイアスは苦笑した。スラリとした長身を優雅に折り曲げ、改めて茉莉に礼をとる。

「あなたを、私の国の事情に巻きこんでしまい、すみませんでした。どうか、力を貸してくださいませんか？」

それを聞き、茉莉は顔をしかめる。

「あなた、随分《ずいぶん》女王に嫌われていたんですね。今、背中に悪寒《おかん》が走りました」

「お互い様です」

フレイアスも顔をしかめている。クスリと茉莉は笑い、大きく頷《うなず》いた。

「承知しました。フレイアス・フォン・カルヴァン公爵子息様」

「茉莉。どうか、フレイとお呼びください。毛嫌いしていた私を女王が愛称で呼ぶのです。驚き慌《あわ》てる女王の腰巾着《こしぎんちゃく》共の姿が、目に浮かぶようですよ」

楽しそうにフレイアスが言う。

「わかりました。フレイ、協力してこの国を正しい道に戻しましょう」

進む以外に道はないのだ。そう自分に言い聞かせ、茉莉は泣き叫ぶ心にふたをした。

執務机《しつむづくえ》から豪華なソファーに場所を変え、茉莉とフレイは向き合う。

「そもそも、どうして内乱が起こったの？」

共同戦線を張った超絶美形の宰相補佐に、茉莉は改めて尋《たず》ねた。

「……もっと高飛車《たかびしゃ》に話せませんか？」

しかし、質問にはなかなか答えてもらえず、言動に対する注意を受ける。

どうもフレイは、茉莉の庶民的な態度が気に入らないらしい。

そんなことを言われても、茉莉は女王のようには振《ふ》る舞《ま》えない。先ほど戦場にいた時みたいな、自分が自分でない感覚は、もうなかった。ここにいるのは高そうなドレスを汚さないかと心配し、超絶美形の宰相補佐に気後《きおく》れする、一般庶民の茉莉である。

茉莉の方こそ、フレイに丁寧な口調をやめてもらいたかったが、美しい笑みできっぱりと断られた。不敬罪《ふけいざい》で牢《ろう》に入るのはいやなのだそうだ。

（つまり、そういう理由で牢に入れられた人もいたってことよね）

女王が本当に悪政を行《おこな》っていたことが、充分に理解できた。

それでも今回の反乱は、その戦力差を見れば無謀《むぼう》な戦いと言わざるをえないだろう。にもかかわらず民《たみ》に決起を決断させたのには、何か原因があるはずだ。

ひとしきり茉莉を注意したフレイは、ようやく質問に答えてくれた。

「今回の反乱の中心は、戦場のそばにあるドウシャという街です。ドウシャは王都に近く、以前は

「王都の衛星都市として繁栄《はんえい》していました」

茉莉は頷《うなず》く。戦場からの帰城にかかったのは、一時間ほど。あまりに王都に近く、驚いた。

「王都に近いため悪政の膿《うみ》も溜まりやすく、路上に浮浪者《ふろうしゃ》が溢《あふ》れるなど、ひどい環境になっていました。そこで、対処に手を焼いた領主のアウター伯爵が、浮浪者の一斉《いっせい》排除をはじめたのです」

語るフレイの顔が嫌悪に歪《ゆが》む。

「軍を使って強制的に彼らを立ち退《の》かせ、抵抗する者は容赦《ようしゃ》なく切り捨てたと聞きます。立ち退き先を用意するでもなく、街から身一つで追い立てたそうです。ドウシャに近い荒野《こうや》に、なんの庇護《ひご》もなく放り出された浮浪者の死体の山が築かれたと報告がありました」

茉莉は息を呑んだ。

「どうしてそんな横暴《おうぼう》がまかり通ったの!?」

「……アウター伯爵は、女王のお気に入りでした。先ほどの夏の離宮《りきゅう》も、アウター伯爵の提案です。女王の威光《いこう》を示すため、是非《ぜひ》にと」

「最低！」

茉莉の胸に、やるせなさがこみ上げる。

(どうして女王はこんなにも間違ってしまったの？)

茉莉の気持ちを察したのか、フレイが穏やかに続ける。

「大丈夫ですよ。アウター伯爵には、今回の反乱の責任を取らせますから。領地、財産共に没収。爵位を剥奪《はくだつ》し、政治の場からは永遠に去ってもらいます」

「そんなこと、できるの？」

「女王の寵《ちょう》を失った彼には、なんの力もありませんよ。今回反乱が起きたことで焦って、ご機嫌取りのために『夏の離宮の建設計画書』を上げてきたのでしょう」

フレイが底意地悪そうに笑う。どんな風に笑っても、美形は美形なのだなと茉莉は変なところに感心した。

「ドウシャですが、報奨《ほうしょう》がわりにダリウス少将に下賜《かし》しようと思っています。あと、ダリウスが二軍の将軍に昇格する話が持ち上がっているのですが……」

「ダリウスって、傭兵《ようへい》だったんじゃないの？　自国民じゃないのに将軍にまでして、大丈夫？」

不安げな茉莉に答えるフレイは、しぶしぶといった様子だ。

「はじめに戦場で指揮を取っていた将軍が女王に任を解かれたことで、軍の配置替えをすることになりました。そこで、女王の腰巾着《こしぎんちゃく》達がご機嫌取りのため、ダリウス少将を将軍に担《かつ》ぎ上げようとしています。彼の性格と出自には難があるものの、実力と今回の働きを考慮《こうりょ》すれば、頷ける話ですね。ほかに適当な者がおりませんし、彼は地位には無関心なので、一時的に将軍にしておいてもよいと考えております。もっとも本人は迷惑がっていますけどね」

「……そういう事情なら、仕方ないわね」

茉莉は、悩みながらも同意する。

確かに、領地でも金でもやると言ったら、彼は興味がないと答えていた。

（…………あれ？）

そこまで考えて、茉莉の思考に何かが引っかかった。

（かわりに、何か欲しいと言っていなかった？）

「どうせ、ダリウス少将は領地の統治《とうち》を面倒がる。名目だけ彼にして、統治はこちらでしてしまいましょう。一刻《いっこく》も早くあの街を、そして国全体を正常な状態に戻さなければなりません」

「そうね。頑張らないと」

その意見には大賛成なので、引っかかるものがありながらも茉莉は頷《うなず》いた。

「ええ、お願いします。ですが、今日はさすがにお疲れでしょう？　お休みにならないと。お食事はどうされますか？」

そう言われれば、戦場から戻って風呂に入り、それっきりだったと茉莉は思い出す。確かに疲れているが、空腹は感じなかった。というより、戦場の光景がまだ頭の中にちらつき、とても食欲は湧《わ》かない。

「食事はいらないわ」

「そうでしょうね。戦場帰りは剛胆《ごうたん》な騎士でさえ、食事より休息を求めると聞きます。戦場から戻ったばかりで食欲が旺盛《おうせい》なのは、ダリウス少将をはじめとした傭兵《ようへい》連中だけですよ」

「……ダリウス」

やはり、ダリウスの名前に思考が引っかかる。

茉莉の様子にフレイが気がついた。

「ダリウス少将が、何か？」

茉莉は考える。戦場でダリウスと話していた時は、場の雰囲気や女王の意識の残滓《ざんし》があったせいで、自分が自分でなかったような気がする。勢いで、とんでもないことを約束してしまった覚えがあった。

「……確か彼に、成功報酬《ほうしゅう》は？　と聞かれたの」

「成功報酬？」

「敵の指導者を生《い》け捕《ど》りにする作戦の、成功報酬よ。金にも領地にも興味がないって言って、確か…………!!」

ボン！　という効果音を出しそうな勢いで、茉莉の顔は真っ赤に染まった。耳まで赤く染め、茉莉はあたふたしはじめる。

「……キャッ！　うわっ、エッ!?」

やたらと叫び、身を捩《よじ》る茉莉。

「茉莉？」

フレイは、叫びながら顔を伏せた茉莉をのぞきこもうとした。

「えっと、その、だって！　そんなつもり……なかったわけではないけれどっ！　嘘をついたわけでは、ないけれどっ！　でも、あの時はっ」

茉莉は完全にパニックを起こしていた。

フレイは小さく舌打ちすると、茉莉の両肩を掴《つか》み顔を上げさせ、視線をしっかり合わせる。

「茉莉！　わかるように説明しなさい」

迫力のある美形のアップ――しかも背中を這《は》う悪寒《おかん》つきのそれに、茉莉はようやく我に返った。

「や、約束したの。ダリウスに。作戦が成功したら、抱かせるって！」

茉莉の発言に、フレイの理解は追いつかない。

「抱かせるって……何を？」

訝《いぶか》しそうに、彼は聞いた。

「私を！」

「誰に？」

「ダリウスにっ」

茉莉は真っ赤になって怒鳴《どな》る。やっと意味を悟《さと》り、フレイは盛大に舌打ちした。

「どうして、そんな馬鹿な約束を？」

「だって、だって、あの時は必死で！　何がなんでも勝たなくっちゃって思って。それに、そこまで大《たい》したことに思えなかったの……！」

再びパニックの兆候《ちょうこう》を示しはじめた茉莉の両肩を、フレイが押さえつける。

「落ち着きなさい。私がなんとかします」

「えっ、本当に？」

藁《わら》にもすがる思いで、茉莉はフレイを見つめた。

「大丈夫です。そうなれば、私の計画にも支障が出ますから。絶対に回避してみせます」

「……計画？」

フレイの言葉になんだか裏を感じるのは、気のせいだろうか？

その時、計《はか》ったように扉が叩かれた。

「私が出ます」

フレイはそう言いながら、茉莉を優しくソファーに座らせる。そして、パニックを起こしたせいで乱れてしまった茉莉の髪を、そっと撫《な》でてくれた。

自分を力づけるように微笑《ほほえ》み、扉へ向かうフレイの後ろ姿を見つつ、茉莉は鳥肌の立った腕を残念な思いでさする。

（美形で優しいのに、この嫌悪感……本当に、仲が悪かったのね）

申し訳ないが、茉莉にはどうにもできない。胸中でこっそりため息をつく茉莉に、扉のそばでやりとりをしていたフレイが声をかけた。

「陛下、ダリウス少将がお目通りを願っています」

恐《おそ》れていたダリウスの登場に、茉莉の顔から血の気が引く。

青ざめる茉莉を安心させるように、フレイは頷《うなず》いた。

今更じたばたしても仕方がない。彼に背中を押されて、茉莉は答える。

「通して」

茉莉はフレイと並んで入ってくる男をしっかりと見た。

ソファーに座った茉莉から二メートルほど離れた場所でフレイは立ち止まり、ダリウスにもそれ以上近づくなと目で合図する。

一瞬不快そうに眉をひそめたダリウスだが、さすがに自重したのだろう。フレイと並んで立ち止まり、茉莉を見て楽しげに笑った。

その笑みに、茉莉の胸はドクンと大きく高鳴る。美形の笑顔の破壊力は、こんな時でも変わらない。

しかも今はダリウスに加え、フレイもいるのだ。

茉莉は正面に並んだ二人の対照的なイケメンに、心の中で感嘆《かんたん》のため息を漏《も》らした。

騎士服を脱《ぬ》ぎ、シンプルな黒い上下の平服に着替えたダリウス。スラリと背が高く、細身なのにしっかり鍛《きた》えられた筋肉を感じさせる体つきだ。精悍《せいかん》な顔には、人を食ったような笑みを浮かべている。そのせいか、どこか生意気な子供みたいに見える。

人間離れした美しさを放《はな》つフレイが隣にいるのに、見劣《みおと》りしないのが恐《おそ》ろしい。

ダリウスは上機嫌に笑った。

「報酬《ほうしゅう》をもらいに来た」

艶《つや》めいたダリウスの視線に、茉莉は寒気《さむけ》を覚える。

「そのことについてですが、ダリウス少将」

口をはさむフレイを、ダリウスは睨《にら》みつけた。

「カルヴァン宰相補佐。まさかこの部屋で、あんたにお目にかかれるとは思ってもみなかったな。いつの間に女王の腰巾着《こしぎんちゃく》に仲間入りしたんだ？」

「同じ台詞《せりふ》をお返しいたしますよ、ダリウス少将。それどころか、戦《いくさ》が終わった今、あなたがまだこの国にいらっしゃるのが不思議です。逃げ出す準備をされていたはずでは？」

いやみの応酬《おうしゅう》に、聞いている茉莉の方がげんなりしてしまう。

ダリウスの顔がますます歪《ゆが》む。

「なんでお前がそれを知っているんだ。相変わらず、胡散臭《うさんくさ》い男だな。……まあいい、今はお前に用はない。俺はいくら美人でも、男には興味がないんだ。出ていけ！」

「私も、そういった意味ではあなたに興味ありませんよ」

フレイはさらりとダリウスの言葉をかわし、続ける。

「私の用件は一つです。今回の報酬ですが、かわりのもので我慢していただけませんか？」

「断る！」

ダリウスは即答だった。

「ドウシャの領地と、お好きなだけ金をお渡ししますよ」

「興味がない。出ていけ！」

茉莉の背筋を凍らせるほどの迫力ある声だったが、フレイは軽く肩をすくめるだけだ。

(どっちも怖いわ)

茉莉は、口をはさむこともできずに傍観《ぼうかん》していた。

「悪い話ではないと思うのですが……仕方ありませんね。百歩譲《ゆず》って、報酬の履行《りこう》を延期していただけませんか？」

「どうして、お前が譲るんだ？　……というか、延期？」

訝《いぶか》しそうに、ダリウスが聞き返す。

「そう、延期です。実は、陛下は戦場に避妊薬を持って行き忘れたのです。性交すれば、今の陛下は妊娠される可能性が高い。――ダリウス少将には、王父になられる覚悟がおありですか？」

突如《とつじょ》フレイの言い出した言い訳に、茉莉は固まってしまう。

どうやらこの世界での避妊は、女性が薬を呑むことで行《おこな》われるらしい。フレイは、女王を妊娠させてその責任が負《お》えるのか、とダリウスに聞いているのだ。

(断るにしたって、理由がぶっ飛びすぎているでしょう!?)

茉莉は心の中で叫ぶ。美形の宰相様は、思考もとんでもなかった。

「……殺されるのはごめんだ」

しかし、ダリウスにとっては、それほどおかしな理由ではなかったようだ。驚きはしても理由自体には突っ込まずに低く唸《うな》ると、ポツリとそんな言葉を返してくる。

(殺されるって……)

茉莉は驚いてしまった。

「そうですね……。あなたにとって、自由を奪われることは殺されることに等しいのでしょう」

フレイは頷《うなず》きながら続ける。

「王父となったとしても、わが国があなた自身に権力を与えることも、あなたを重用《ちょうよう》することもありません。ダリウス少将が他国へ行こうとも、敵国の傭兵《ようへい》になろうとも、問題ないのです。国にとって大切なのは、未来の王その人なのですから。しかし他国は、以前のようにあなたをただの傭

兵として扱うことはなくなるのでは？　どこへ行こうと、『カルクーラ王国次期王の父』として見られ、きっと不自由を強《し》いられることでしょう」

ダリウスは真顔で、考えこみながら言う。

「……俺は王権はいらない。政治に興味もなければ、枷《かせ》をつけられるつもりもない」

「それでも、カルクーラの次期国王の父なんて存在を、他国が一傭兵《いちようへい》として扱い続けるわけがないと思いませんか？」

そういうことかと茉莉は納得した。茉莉がダリウスに抱かれて彼の子を身籠《みごも》れば、その子が次の王になる確率は高い。なんといっても最初の子だ。

ダリウスが、その時に生じる不自由を容認するとは思えなかった。

「避妊薬の効きめが出るまで、待てということか？　あれは効果が切れるのは早いが、効きはじめるのに数週間もかかるだろう」

苛立《いらだ》たしげに、ダリウスは髪をかき上げる。そんな彼に、フレイは爆弾を落とした。

「もう少し長くなるでしょうね。陛下が私の子を妊娠するまで、待っていただかねばなりません」

（えっ？　えっ!?　えぇっっっ!!）

茉莉の頭は真っ白になる。

ダリウスはひどく顔をしかめる。彼の醸《かも》し出す雰囲気はもはや最悪だ。

「今回、戦いで陛下が負傷されたことを知った高位貴族の間に、危機感が生まれています。当然の流れとして、今後の万が一に備《そな》え、陛下には一刻《いっこく》も早くお世継《よつ》ぎを産んでいただこうという話になりました。私以上の王配候補はいないでしょう？」

聞かれても、茉莉は答えられない。しかしダリウスが否定しないということは、間違いではないのだろう。

「女王の妊娠が確認されたあとでなら、いつでも好きなようになさってください。もちろん、ダリウス少将が王配位を引き受けてくださるのなら、即お譲《ゆず》りいたしますよ。とにかく、ドウシャの領地は受け取ってください。お待たせするお詫《わ》びです」

すらすらと、事もなげに話すフレイに対して、茉莉は軽い殺意を抱《いだ》く。

(他人事《ひとごと》だと思って……あ、でも、そういうわけではないの？)

「領地はいらない」

そう答えるダリウスは相変わらず不機嫌だ。

「受け取っておきなさい。管理はこちらでします。あなたには領地から上がってくる税が入るだけですよ。将来、気が変わって王配になるにしても、肩書きは多いに越したことはないでしょう」

「……俺の名前だけ欲しいというわけか」

「あなたは、思ったより賢いのですね」

ダリウスの解釈をはぐらかしもせずに肯定すると、フレイは嬉しそうに笑った。

「反乱の中心となった土地です。英雄ダリウス将軍の名前は、抑制力になります」

「あんたは、俺が思った通りの腹黒だな」

ダリウスは眉をひそめ……大きくため息をついた。そして、茉莉の方を向く。

「お前は、それでいいのか？」

真剣さを帯《お》びた黒い瞳が茉莉を見ていた。

その言葉が自分に向けられたものであることに気がつき、茉莉はびっくりする。

（えっ、何？　この人、私を気遣《きづか》ってくれているの？）

先刻からいろいろな話に翻弄《ほんろう》されて、混乱していた。思いがけない人から突然気遣いを受け、茉莉の心には驚きと共に喜びが湧《わ》き上がる。そういえばダリウスは、戦闘が終わったあとも、マイダール辺境侯からかばってくれたのだった。

（まぁ、やり方はちょっと乱暴だったけど）

茉莉は、自然にふんわりと微笑《ほほえ》んでいた。改めて言うまでもないことであるが、女王は美しい。何せ、茉莉が超絶美形だと思うフレイと同じ顔のつくりをしているのだ。

整いすぎて冷たい印象まで与える綺麗な顔が、温かく柔《やわ》らかい笑みを浮かべる。

いまだかつて見たことのない女王のどこか幼い笑顔に、ダリウスとフレイは目を丸くした。

「ありがとう」

いいと答えるのもよくないと答えるのも、どっちもうまい手ではなさそうだ。茉莉はとりあえず、ダリウスにお礼だけ伝える。

（っていうかフレイ、ひどいわ。この場をおさめるためだけの嘘だと思いたいけれど――さっき確かに計画と言っていたし……）

抗議の意味をこめてフレイを軽く睨《にら》む。すると、なんだか彼に似合わない慌《あわ》て方で、視線を逸《そ》らされてしまった。

「くそっ！」

ダリウスが悪態《あくたい》をつく。グシャグシャと乱暴に髪をかくと、茉莉に歩み寄った。

（うわぁ！　ち、近づかないでぇ～）

女王の名残《なごり》らしい嫌悪感がこみ上げてきて、茉莉は顔が引きつりそうになるのを必死で堪《こら》える。

（いい人なのよ。多分？　……頑張れ、私！）

そう自分に言い聞かせるものの、咄嗟《とっさ》にソファーから立ち上がってしまった。座ったままで見下ろされるのは我慢できないと、体が動いたのだ。……やっぱり、女王の性格には問題がある。

キンキラキンの部屋を背景に、目立つ黒い服のダリウスが茉莉に迫《せま》った。

「待つのは了承した。だが、利息をつけさせてもらう」

「えっ？」

（利息って……！　てか、近いっ）

迫力ある美形将軍のアップに、悪寒《おかん》しか感じられない。

（うわぁ!?　もう、いろいろいやだぁ！）

助けを求めて、フレイに視線を向けようとした茉莉の顔が捕まえられる。

――そのまま、唇が重なった。

（えっ!!）

強く押しつけられ、噛《か》みつくみたいに覆《おお》われる。温かな舌が茉莉の唇を何度もなぞった。

（わ、私のファーストキス⁉）

自慢ではないが、茉莉は異性と付き合った経験がない。姪《めい》を溺愛《できあい》していた叔父《おじ》が男女交際には厳しかったこともあり、まったくの恋愛初心者なのだ。

手慣れた男は茉莉を翻弄《ほんろう》する。

「あっ……」

ダリウスは抱きしめた茉莉の背中を優しく撫《な》で、彼女が声をあげた隙《すき》に舌を滑りこませた。

茉莉の口内を舐《な》め上げ、歯列をたどり、舌を絡《から》ませる。

「ふ、うぅ、ん……」

自然に漏《も》れる喘《あえ》ぎ声。悪寒《おかん》とは違う何かが体の内を走り、腰が砕《くだ》けそうだ。

（……だめ！）

ぐったりと力が抜けた体をダリウスに預《あず》けかけていた茉莉は、いつの間にか手をついていたソファーの背もたれをぐっと握りしめた。

絶対に、倒れるわけにはいかない。

（……そんな醜態《しゅうたい》、晒《さら》せるものか）

茉莉は強く思った。

思いが伝わったのか、ダリウスはようやく長い口づけから彼女を解放する。茉莉の朱に染まった顔は、どんな男も一目で虜《とりこ》にするほど扇情的《せんじょう》で美しい。

ダリウスは、茉莉の様子をじっくりと眺《なが》める。

そこで、指先が白くなるまでソファーを握っていた茉莉の手に目を留め、満足そうに笑った。

「やっぱり、お前はイイ」

「――満足されたのなら、お引き取り願えませんか」

ひどく冷淡なフレイの声が、思いのほか近くから茉莉の耳に届いた。

見れば、ダリウスの肩にフレイの手がかけられている。

（ひょっとして、引き離してくれたの？）

フレイの手を軽く払い、ダリウスはあっさり踵《きびす》を返した。

「早く、妊娠しろ。俺が王配になってもいいと、血迷わないうちにな」

捨て台詞《ぜりふ》のような言葉を置いて、ひらひらと手を振りながらダリウスは部屋を出ていった。

茉莉は大きく息を吐くと、ヨロヨロとソファーに沈《しず》みこむ。

「大丈夫ですか？」

心配そうに、フレイが茉莉の顔をのぞく。

「……大丈夫じゃない」

「まぁ、そうでしょうね」

フレイは強張《こわば》ったままの茉莉の手にそっと触《ふ》れた。まるで宝物を扱うみたいに優しく撫《な》でる。

茉莉はその様子に気恥《きは》ずかしくなり、素早く手を引いた。早くそうしないと悪寒を感じてしまうかもしれない、という思いもある。

自分の反応が残念すぎて、茉莉は半泣きだった。おまけにずっしりと疲れも感じる。

「……あっ！　助けてくれてありがとう」

心底疲れてはいても、茉莉はきちんと礼を言う。このあたりは叔父《おじ》の教育の賜物《たまもの》だ。

「礼は不要ですよ。口づけは防げなかったのですから」

「あれは、不可抗力！　それに、抱かれることに比べれば、なんともないわ！」

そうだ。とりあえず、茉莉の貞操《ていそう》は——守られたはずだ。

「……あの、私が、に、妊娠って。あれはダリウスから私を守るための方便よね？」

真っ赤な顔で茉莉はフレイを見る。すると彼は大丈夫と言うように、美しい笑顔で頷《うなず》いた。

「もちろんです。私も王配などという立場には、なりたくありませんから」

「あ、そうなの？」

あっさり否定されてほっとすると同時に、心配して損した気分になる。

「私がなりたいのは、王配ではなく宰相です。王配位……この国では大公ですが、その地位は、力はあっても対外的な顔の側面が大きく、実際の政治には関わりにくいのです。宰相は政治が本分ですからね。誰にも遠慮《えんりょ》なく、腕を振るえます」

美しい微笑《ほほえ》みが黒く見えるのは、勘違《かんちが》いだろうか？

今感じている寒気《さむけ》は、嫌悪感とは違う気がする。

「とはいえ、王族や高位貴族が陛下のご懐妊《かいにん》を待望しているのは事実です。王配位の白羽《しらは》の矢が、私に立っているのも」

笑みをますます黒くして、フレイが茉莉を見つめた。

「ダリウスにああ言ってしまったことですし、茉莉には協力していただきますよ」

「きょ、協力!?」

どういうことかと訝《いぶか》しむ茉莉に、フレイはしれっと言う。

「陛下には、私と一緒に寝ていただきます」

茉莉はあまりのショックに涙目だ。思わず、フレイを詰《なじ》る。

「方便だって言ったじゃない！」

「方便ですよ」

「寝るってどういうことよ!!」

「寝るだけです」

「寝るだけって……寝る？」

そこでようやく、茉莉はフレイの言葉を理解した。

「本当に、本当の意味で寝るだけ？」

「そう言っています」

「同じベッドで？」

「陛下のベッドは、四、五人は楽に眠れる特大サイズと聞いています」

茉莉はフレイに最終確認をする。

「……セ、セックスなし？」

「もちろんです。ダリウスや周囲の者を欺《あざむ》くために、寝食を共にしましょう。できるだけ一緒に行動してください。私があなたを補佐するにも、恋人同士だと思わせておく方が得策です」

計画とはそういうことか、と茉莉はホッとする。

優しく笑いながらも、フレイの碧《みどり》の瞳が不安定に揺《ゆ》れていることに、茉莉は気づかない。

「さあ、休みましょう。明日から忙しいですよ。寝る前のお支度《したく》をするよう、信頼できる侍女を寄《よ》越《こ》しますね。私は仕事を片付けてから参ります。先に寝ていていただいてもよろしいですよ」

「ありがとう」

危機を回避し、休息を与えられて、茉莉は今度こそ本当に安堵《あんど》した。この世界で目覚めて、ようやく息がつけた気がする。感謝の思いをこめて、茉莉はフレイに笑いかけた。

◆

夜遅く、フレイは女王の寝室を訪《おとず》れた。すると新たにその部屋の主《あるじ》となった少女は、ぐっすり寝入っていた。

天蓋《てんがい》付きの広く豪華なベッドの端《はし》に、彼女は小さく体を丸めて眠っている。その腕には、箱を抱《かか》えていた。眠る前に触っていたのだろうか。派手な調度品《ちょうどひん》ばかりの室内で、どちらかといえば質素なこの箱を選んだ彼女に、フレイは複雑な思いを抱《いだ》く。

両の手のひらにおさまるほどの箱は、王の証《あかし》である玉冠をおさめたものだ。

彼女がそのことを知っているはずはないのだが。

（女王の記憶が、多少は残っているのか？）

彼女の寝顔は、以前の女王と同じ。高慢《こうまん》で、たとえようもなく愚《おろ》かな、はとこ。自分と同じ血が流れているかと思うと吐き気がするくらい、フレイは彼女のことが大嫌いだった。

静かにベッドに上がると、フレイはそっと茉莉に近づいた。

以前であれば、半径二メートル以内にいるだけで、お互い鳥肌を立てていた。

フレイが近づくたびに、背中を小さく震わせていた茉莉の姿を思い出す。やはり茉莉の中には、どこかに女王の記憶があるのだと思われた。

今、眠っている茉莉は無反応だ。

フレイは、自分の白い腕を見つめる。前は立っていたはずの鳥肌は……ない。かわりに感じるのは、トクン、トクンという胸の高鳴りだ。

彼女が女王ではなく、茉莉にしか見えなくなるまで、あっという間だった。自分でも呆《あき》れてしまうくらいに。

わけもわからず、異世界からこの世界に来てしまった女性。どれほど不安で心細いことだろう。なのに彼女は、この国を助けてほしいという虫のよすぎる自分の願いに、笑って頷《うなず》いてくれた。

茉莉に惹《ひ》かれるのに、他に理由が必要だろうか？

いや、そんな理由はいらないのかもしれない。

話をしてそばにいるだけで、茉莉に惹かれていく自分がいた。

（私に限ったことではない）

ダリウスの様子を思い出し、フレイの眉間《みけん》にしわが寄る。ダリウスが他人を気にかける言葉など、フレイは初めて聞いた。今まで得ているダリウスの情報にも、そんなものは一つもない。

(いや、あるか……。戦況報告に、マイダール辺境侯に詰《なじ》られた女王をかばったとあったな)

それも、茉莉絡《がら》みだ。

フレイアスは優《すぐ》れた情報網を持っている。当然、フレイは傭兵《ようへい》であるダリウスの情報も掴《つか》んでいた。もしかして、ダリウス自身より詳《くわ》しいかもしれない。だから、ダリウスがこの国を出ていくつもりだったことも知っていたのだ。

そして、ダリウスが自己中心的な性格であることも。そんな男が、茉莉を気遣《きづか》っていた。

(しかも、『王配になってもいい』だと!?)

仮定だけだとしても、ダリウスという男がそんな台詞《せりふ》を口にするなんて、フレイには考えられなかった。

おそらく、ダリウスも急速に茉莉に惹《ひ》かれているのだろう。

そしてそれは、茉莉に接した者のほとんどに言える兆候《ちょうこう》だった。

女王に心酔《しんすい》してしまったバスツール将軍。戦場で彼女の護衛をしたレオニールやホルグに至っては、昇進を断り女王の近衛《このえ》への転属を願い出る始末だ。

フレイは静かに茉莉の傍《かたわ》らに身を寄せる。起こさないように、壊れ物を扱うよりも優しく大切に抱きしめた。小さな、柔《やわ》らかい体が、すっぽりとフレイの腕の中におさまる。

我慢できずに、触《ふ》れるだけの口づけをした。

同じ唇にダリウスがした乱暴な行為を思い出し、湧《わ》き上がる荒々しい衝動《しょうどう》を堪《こら》える。あんなに腹が立ったのは初めてだった。殴《なぐ》りかかるのを我慢するために、どれほどの努力が必要だったか。

王配になりたくないのは、フレイの本音だ。

だがこのままでは、ダリウスが言ったみたいに、茉莉を得るためにフレイも王配位を引き受けてしまいかねない。

（一刻《いっこく》も早く、計画を進めよう）

フレイは決意する。今の自分では、その計画を冷静に進められるか不安だ。

腕の中にいる大切な人を、一層強く抱きしめる。眠れないだろうと確信しつつ、フレイは碧《みどり》の目を閉じた。

◆

明け方、女王は静かに目を開けた。

空が夜明けの藍色《あいいろ》に染まる時間で、太陽はまだ出ていない。鳥の声が、窓の外から聞こえた。

傍らには、ようやく眠りについた、はとこの気配。

彼は夜中《よるじゅう》、茉莉の存在を確かめるかのごとく、何度も抱きしめ直した。彼女の首筋に顔を埋《うず》めては、身じろぎする気配に怯《おび》え、眠っていると確認し、安堵《あんど》する。

そんな、らしくないはとこの姿に、女王は呆《あき》れてしまった。

目を周囲に向ける。白い天蓋《てんがい》に、レースの向こうに透《す》ける見慣れた豪奢《ごうしゃ》な部屋。
手元を見れば、手になじむ質素な箱があった。
女王の目から、一筋の涙がこぼれる。
再び目を閉じ、彼女は眠りについた。

第三章　現状

まぶたの裏に感じる光が、思いのほかまぶしい。

起床時のまどろみに浸《ひた》りつつ、これは寝過《ねす》ごしたかなと茉莉は思う。

(大学、今日は何時からだっけ？)

寝返りを打とうとして、自分の体が何かに拘束されていることに気づいた。

柔《やわ》らかく、しかししっかりと、何かは茉莉の体を包んでいる。

「……まだ、もう少し……。ようやく、眠れた……ばかり……」

茉莉の耳元で、低く心地よい声が聞こえた。

「……えっ!!」

バチッと開けた目に、信じられないほどの美形のドアップが飛びこむ。同時に走る悪寒《おかん》に、茉莉の心臓は止まりそうになった。

「っ、っ、つぎゃあぁ!?」

情けない悲鳴《ひめい》に、フレイの美しい顔が迷惑そうに歪《ゆが》む。彼はゆっくりとまぶたを開き、綺麗な碧《みどり》の瞳を茉莉に向けた。

「おはようございます」

「……えーと……フ、フレイ？」

「はい」

そして茉莉は思い出す。信じられない昨日の出来事を。

（そうだった……。でも、何？　この状況？）

「……おはようございます」

混乱の中でも挨拶《あいさつ》を返すのは、茉莉の習慣によるものだった。茉莉の口をフレイの白く長い指がそっと押さえる。

「敬語は、駄目ですよ」

優しい微笑で駄目出しされ、茉莉の背中を再び悪寒《おかん》が走った。

鳥肌の立った茉莉の腕を、フレイが優しく撫《な》でる。

「可哀想に、せっかくの美しい腕が」

そう思うのなら、触らないでほしい。

涙目で睨《にら》む茉莉の様子にクスクスと笑いながら、フレイはやっと離れた。

「あなたが随分端《ずいぶんはし》で寝ていたものですから、落ちないように捕まえていたのですよ」

とんでもない理由を、フレイはさも当然と言いたげに説明してくれる。

「それに、今日から体を許し合った恋人同士を演じるのです。恋人同士が抱き合って眠るのは、当然でしょう？」

当然と言われても、恋人がいた経験がない茉莉にはわからない。

（これが当然なの？）

わからなかった茉莉は記憶を辿《たど》り、友人とその恋人の様子を思い浮かべてみる。

（確か、いつも一緒にいたわよね。……手は、いわゆる恋人つなぎってやつで、人前でも恥《は》ずかしくないのかしらってくらい、べたべたしていて……）

茉莉の友人は、いわゆるバカップルだった。茉莉は絶望する。

（無理だ。……鳥肌立つし）

茉莉が情けない顔をしたのを見て、フレイが苦笑した。

「大丈夫ですよ。陛下と私は恋人同士であっても、王と臣下です。人目もはばからずにくっついていることはできません」

そう言われてホッとした。しかし、今度は別のことが心配になる。

（その状況で、どうしたら恋人同士だって認識してもらうの？）

茉莉は再び友人を思い出す。恋人同士の証《あかし》みたいなものが何かなかっただろうかと。

「あっ!!」

ふと、茉莉は思いついた。

「あったわ！　恋人同士の証！」

「証？」

フレイが不審《ふしん》そうに茉莉の目をのぞきこむ。

「そう！　キスマークよ!!」

「キス――――」

得意そうな茉莉の発言に、フレイは絶句《ぜっく》した。

「友達がね、つけていたの。あれって恋人の証明みたいなものでしょう？　私もキスマークをつけていればいいのよ！　ねっ」

茉莉はあくまで真面目《まじめ》だ。

真剣に同意を求める茉莉に、なぜかフレイはあとずさる。

「キスマーク……私がおつけしてもよいのですか？　鳥肌が立ってしまうのでしょう？」

「大丈夫！　目をつぶっているから。あのね、服の襟《えり》から見えるか見えないかってところにつけるのが、ベストなんですって。できる？」

「……陛下がよろしいのであれば」

堅苦《かたくる》しくフレイは答える。

「よろしいわよ。もちろん」

茉莉は笑って頷《うなず》く。さあ、と目をつぶり、白く細い首筋と豊かな胸をフレイに突き出した。

「……拷問《ごうもん》ですか……」

「え？」

フレイの呟《つぶや》きを聞き返そうとした茉莉の肩は、フレイにそっと抱きしめられた。茉莉の夜着の襟が引かれ、絹のようにさらさらなフレイの髪が彼女の首元に触《ふ》れる。

鎖骨の窪《くぼ》みに温かな息がかかり、やわらかなもの……おそらく彼の唇が押しつけられた。思わずビクンと震える茉莉の体をなだめるみたいに、肩を抱く手が腕へと滑り落ちてくる。そして――

「っ！　……つッ」

強く吸われた。思わず漏《も》れた声が思ったより高く、茉莉は羞恥《しゅうち》で顔を赤く染める。唇が離れないまま肌を吸う力が抜け、かわりに濡《ぬ》れた何かが這《は》った。

(もしかして……舐《な》められているの⁉)

茉莉は軽いパニック状態だ。どう反応していいかわからないうちに、また強く吸いつかれる。

「あっ……」

繰《く》り返し、肌を舐めては吸われる。

(キスマークをつけるって、こんなにたいへんなの？)

そういえば、色白の友人が恥《は》ずかしそうに見せてくれたキスマークは、驚くほど赤かった。

(あれだけ赤くなるんだもん、当然……なの？)

残念ながら、経験のない茉莉にはわからない。

「は……ぁッ……んっ」

変な声まで出てきてしまい、茉莉は戸惑《とまど》う。胸はドキドキうるさく鳴り、体中が熱い。

今更ながら、とんでもないことをお願いしたのだろうかと茉莉は不安になった。

フレイは茉莉の腕を支えていた手を腰に回し、グイッと彼女を引き寄せる。胸を突き出す形で茉莉の体が反《そ》り返り、露《あら》わになった胸の谷間に口づけられた。

「きゃ！」

フレイは白くなめらかな肌を堪能《たんのう》するかのごとく、吸いつく。そして舐《な》められた。その行為が繰《く》り返され、茉莉は恥ずかしさと体に走るしびれに耐える。

「……ふぅ……あ」

茉莉にしてみたら永遠にも感じるほどの時間が終わる。

フレイが離れる際、名残惜《なごりお》しそうに劣情《れつじょう》を宿した瞳を向けていたことなど、茉莉は知らない。彼女が目を開けた時、フレイはただ優しく微笑《ほほえ》んでいた。

「それほど赤くなっておられては、どこにキスマークがついているかわかりませんね」

今の行為だけで、茉莉は顔だけでなく胸まで赤く染めていた。

「えっ？　きゃ、ごめんなさい！」

「よいのですよ。落ち着かれたら見えるようになります。それより、初めてでしたのによく頑張られましたね。これから、毎日練習しましょう」

なぜだか上機嫌なフレイに慰《なぐさ》められる。

よろしくお願いしますと返して、敬語は駄目だと、また注意を受けた茉莉だった。


そのあとの着替えで、茉莉は昨晩と同じ侍女にお世話になった。フレイの乳母《うば》らしい彼女は、アンナという名前で、五十二歳。ちょっぴり太めでパワフルなアンナは、大切に育てたフレイに初めて女性の世話を頼まれたと、大喜びだった。

茉莉は女王のドレスの中では比較的装飾《そうしょく》の控《ひか》えめなものを選ぶと、アンナに着付けてもらう。手入れに困るほど長い黒髪も、彼女に結《ゆ》ってもらった。

そうしてようやく、茉莉は自室にセットされた朝食の席に着いた。

一緒に席に着こうとしたフレイは、アンナに呼び止められ、厳しく叱《しか》られる。いわく、見える場所に印をつけるなんて、配慮《はいりょ》が足りない！　だそうだ。

まさか自分が頼んだとも言えず、茉莉ははらはらしながら見守る。すると、フレイは苦笑しながら謝り、堂々と言い放《はな》った。

「どうにも、止まらなかった」

その言葉に、茉莉の顔がまた赤く染まった。

「あぁ、陛下。私をそんなに誘わないでください」

フレイに蕩《とろ》けそうな笑みで甘い台詞《せりふ》を言われて、恥《は》じ入るように茉莉は身を震わせる。……残念なことに、八割方は悪寒《おかん》のせいなのだけれど。

アンナをはじめ、朝食の用意をしていた使用人達は、そんな茉莉とフレイを信じられないという様子で見てくる。二人きりで食べたいのでと言い、フレイが皆《みな》を下がらせる時も、目が落ちるのではないかと心配になるほど、彼らは目を見開いていた。

茉莉はフレイと二人きりになり、ようやく落ち着く。そして大きなため息をこぼした。

「気を張らなくても大丈夫ですよ。何かあれば私がフォローします。朝食は食べられそうですか？」

フレイの気遣《きづか》いに感謝しつつ、茉莉は朝食とは思えないほどの量の料理を見る。何十人分なのかと思ってしまった。

（見てるだけでお腹いっぱいになりそう）

実際まだ、食欲は湧《わ》かない。しかし考えてみれば、昨日から何も食べていないのだ。何かお腹に入れなければまずいだろう。

茉莉は、パンに似たものと青菜のサラダらしきもの、スープの入った皿を手元に寄せた。

「お口に合うといいのですが」

「大丈夫です。私、好き嫌いはありませんよ」

気になるのは、食材が自分の知っているものと微妙に違うことぐらい。茉莉はパンもどきをちぎり、思いきって口に入れた。柔《やわ》らかくてほんのり甘い。

「おいしい」

茉莉の言葉に、フレイは嬉しそうな表情を浮かべる。しかし、彼は向かいの席を立ち上がり茉莉の隣に移ると、パンもどきをそっと茉莉の手から取り上げた。

「気に入っていただけて嬉しいのですが、それは、食事のあとでこちらの果実と一緒に食べるものです」

茉莉の動きがピタリと止まる。考えてみれば、元の世界でもテーブルマナーを習ったことはない。固まる彼女を、フレイが励《はげ》ますように言う。

「わからないのが当然です。私が食べさせてさしあげますから、それを見て覚えてください」

（食べさせる？）

何を言われたのか理解できていない茉莉の目の前で、フレイはヨーグルトみたいなものをスプーンに一さじ掬《すく》う。

「まず最初に、このゾーラを食べます。さわやかな酸味が食欲を増進させるのです」

そう言うと、フレイはそのスプーンを茉莉の口元に差し出してきた。

（え？　え？　……何、この状況？）

「はい、口を開けてください」

言われるままに口を開けた茉莉はスプーンを口に入れられて、ゾーラを呑みこんだ。確かに酸味があっておいしい。

（おいしいけど!?）

「さあ、もう一口。次は野菜のサラダですよ」

呆然とした茉莉は唯々諾々《いいだくだく》とフレイに従《したが》う。

普段ならば感じるはずの悪寒《おかん》も、どこかに吹っ飛んでしまっていた。

（……これって、〝あ～ん〟とかいうのじゃないの？）

マナーを教えるにしても、ただ手本を見せてくれればよいのでは、と茉莉は不思議がる。

限りなく恋人同士っぽいやりとりだが、二人きりのこの場所では必要のない行為だろう。件《くだん》の友人だって、やっているのを見たことはない。

（他人《ひと》の見ていないところでやっていたのかもしれないけど。……ってことは、これは恋人同士として正しいの？）

茉莉の頭の中に、ぐるぐると疑問符が回る。

ニコニコとフレイは嬉しそうだ。今度は肉らしきものを一口大にナイフで切って、茉莉に差し出す。

「これは、クレタという魚です。さすがに昨日の今日で肉は無理かと思いましたので、香草で蒸《む》し焼きにさせました」

フレイはたいへん親切だが、茉莉に文句を言わせない雰囲気がある。

覚悟を決めて、パクッと口に入れる。それはものすごくおいしかった。

（………あきらめよう）

これだけよくしてもらっていて文句を言ったら、罰《ばち》が当たるだろう。

異世界勉強の一環《いっかん》だと、茉莉は言われるままに口をあ～んと大きく開け続けたのだった。


「そういえば、ドウシャの現状はどうなっているの？」

羞恥《しゅうち》プレイのような食事を終え、茉莉は食後のお茶を飲みながらフレイに話しかける。

「反乱の拠点《きょてん》だったため、攻撃も多分に受けましたからね。ひどい有様《ありさま》です。とりあえず、けが人の世話、死体の回収と処理、住民の避難場所の確保を命じてあります。しかし、人手が足りません。我が国では、もう随分《ずいぶん》、反乱は起こっていませんでしたから、対応に慣れていないのです。住民が通常の生活に戻るには、まだまだ時間がかかると思われます」

茉莉は眉間《みけん》にしわを寄せた。

（街の人は、夜、眠れたのかしら？　食べものはあるの？）

気にしはじめると、きりがない。

「人手が足りていないの？」

「えぇ。ドウシャの生活や産業の基盤《きばん》は、ほぼ壊滅《かいめつ》状態です。ダリウスの名の下《もと》に整備を急いでは
いますが、さすがに昨日の今日ではまだ何も」

それはそうだろうと茉莉は頷《うなず》く。

「自衛隊——と、ここでは軍隊よね。軍隊は派遣しないの？」

日本では災害復興《ふっこう》に自衛隊が派遣されていたことを思い出し、茉莉は尋《たず》ねた。

「反乱軍の完全制圧や治安維持のための軍隊は、ドウシャに残っていますが？」

「違う、違う。災害復興のお手伝いをする軍隊よ」

「……復興の手伝いですか？」

不思議そうにフレイが聞き返す。

「えぇ。地震とか洪水の時に、被害があったところへ派遣するでしょう？　……って、そっか！」

口に出してから気がついた。この国には災害が起こらないのだ。

幸せなことだけれど、それだけにこうした事態への対応経験が本当に少ないのだろう。

(どう説明したら、わかってもらえるかしら？)

考えながら茉莉は話す。

「えっと、軍隊って自己完結できるじゃない？」

「自己完結？」

「そう。もともと軍隊って、なんにもないところでも自前で動ける組織でしょう？　機動力があるし、補給部隊《ほきゅう》や医療部隊もある。だから、どんな状態の場所でも活動可能よね。荒れた地でも、人の世話やお手伝い、保護ができる」

「そう言われれば……そうですね」

フレイは綺麗な碧《みどり》の瞳をゆっくりと瞬《また》かせた。

「でしょう！　私のいた国では、災害が起こってそこの自治体で対応できなくなった時、自衛隊……じゃなくて、軍隊の派遣を要請《ようせい》するのよ。軍隊は、そこで炊《た》き出しをしたり瓦礫《がれき》を除いたりして、復興《ふっこう》のお手伝いをするの」

フレイは茉莉の説明を熟考《じゅっこう》しているのか、目を閉じて黙りこむ。

「いい考えかもしれません」

しばらくして、フレイは力強く答えた。

「機動力として騎士を数十名、あとは一般兵士を中心に揃《そろ》えましょう。兵士の中には、今回の反乱に同情的な者も多い。命じれば、喜んで行くはずです」

茉莉は、うんうんと頷《うなず》く。

「補給部隊も必要ですね。食料も生活用品も用意しなくては。バスツール将軍と相談して早急に動きます」

事態はいい方に動きそうだ。茉莉は嬉しくなり、自然と笑みをこぼす。

フレイはその笑みを見て眩《まぶ》しそうに目を細めたが、ふと表情を引《ひ》き締《し》めて懸念《けねん》を漏《も》らした。

「ただ、ドウシャの住民が軍隊を受け入れるかどうか……。不安ですね」

そう言われれば、そうだ。つい昨日まで軍隊は敵としてドウシャにいた。それが、急に態度を変えて助けの手を差し伸べてきても、素直に受け入れられる者は少ないだろう。

ましてやそれが、憎《にく》き女王によるものならば、なおさらだ。

「私の家、カルヴァン公爵の名で軍を私的に動かすことはできません。もしできたとしても、民《たみ》にとっては女王も公爵家も同じようなものでしょう」

「ダリウスに指揮させるのはどう？　領主になったのでしょう？」

茉莉の提案に、フレイは首を横に振った。

「逆効果です。英雄ダリウスは彼らの恐《おそ》ろしい敵。畏縮《いしゅく》させるだけです」

「じゃあ、どうすれば……」

（せっかく、いい案だと思ったのに）

歯嚙《はが》みしたくなった茉莉に、フレイが問題の突破口《とっぱこう》を示す。

「マイダール辺境侯の名を借りましょう。ドウシャの悲惨《ひさん》な現状を心配したマイダール辺境侯の願いを聞いて、陛下が軍隊を動かしたことにすればいいのです。彼の名があれば、きっと民《たみ》は受け入れます」

女王とは反対に、民から絶大な信頼を得ているマイダール辺境侯だからこそ、できることだ。その事実に、茉莉は複雑な思いを抱《いだ》いた。

女王を侮蔑《ぶべつ》し、睨《にら》みつけていた青い瞳を思い出す。

茉莉の胸は小さく震えた。なぜか茉莉の記憶の中で、その冷たい瞳が懇願《こんがん》の色を浮かべ……そして優しく見つめてくる。

（……これは、何？）

しかし今は、そんなことを考えている場合ではなかった。茉莉は頭から青い瞳を追い払い、考えをフレイの言葉に戻す。

「いい案だと思うけれど……素直にマイダール辺境侯が、了承してくれるかしら？」

今まであれほどの怒《いか》りを向けられた経験は、茉莉にはなかった。

「了承など必要ありません。どの道、彼は城内の部屋に監禁されているのです。外のことなど知りようもないですし、勝手に借りればいいのですよ」

（え？　いいの、それで？）

思わず突っ込みそうになって、茉莉は自重する。確かにマイダール辺境侯は生真面目《きまじめ》そうで、名前だけ貸してくれと言ってもいやがりそうだ。だったら、黙《だま》っていた方が得策なのかもしれない。

「あぁ。でも、とりあえず、会うだけは会っておいた方がいいかもしれませんね。会ってもいないのにどこで嘆願《たんがん》を受けたなどと、横槍《よこやり》を入れられる事態は避けたいので」

（誰か、横槍を入れる人物がいるの？）

それにしても、目的のためには手段を選ばないフレイの性格はいかがなものか。

茉莉は絶対、彼を敵に回したくなかった。女王はよく反発できたものだと半《なか》ば感心する。

「それでは、すぐにマイダール辺境侯に会いに行きましょう。本当は呼びつけたいのですが、何分監禁している相手ですから。こちらが赴《おもむ》く方が自然です。護衛にダリウスを呼びますね。マイダール辺境侯は剣の腕もなかなかと聞きますから、私だけでは心配です。少しお待ちいただけますか？」

ダリウスと聞いて心がざわついたが、まさかいやだとも言えずに承諾《しょうだく》する。

フレイは茉莉の返事を得ると、扉の外に控《ひか》えていた近衛《このえ》騎士に声をかけた。二人いたうちの一人が、ダリウスを呼びに行ったようだ。残り一人がフレイと言葉を交わす。聞き覚えのある高い声に、茉莉は扉に近づいた。

「やっぱり、ホルグ！」

呼ぶと、彼のまだ細い体がしなやかに跳ねて、茶色の瞳が茉莉を見た。

「陛下」

ホルグは嬉しそうに茉莉に笑いかけた。彼女もつられて頬をゆるめる。

「ここで、何をしているの？」

「歩哨《ほしょう》に立っています。僕、陛下の近衛に入れてもらえたんです」

まるで尻尾《しっぽ》を振る子犬みたいに、喜びを前面に押し出すホルグ。柔《やわ》らかそうな彼の金髪が、ふわふわと揺《ゆ》れた。

（うん、可愛い。弟と同い年くらい？）

「ホルグは何歳なの？」

「十五歳です」

（弟の一つ下か。そんなに小さいのに、もう騎士として働いているんだ）

茉莉は素直に感心する。十五という若さで大尉という地位にあり、戦場で女王の守護を任《まか》せられたホルグの有能さには気がつかない。

「ずっと立っているの？　何時から？」

たいへんだなぁと思いつつ茉莉が尋《たず》ねると、ホルグは元気よく返事をする。

「朝の六時からです」

「まぁ、そんなに早くから？　朝ごはんは食べた？」

「実は……嬉しすぎて、食べられませんでした」

（……嬉しすぎて食べられないって、どういう状況？　っていうより、本当に何も食べていないの？　ダメじゃない）

ホルグに対し、茉莉の心境はすっかり弟の世話をする姉になっていた。

「ちょっと、待っていて」

茉莉は慌《あわ》てて部屋に戻り、衣装部屋の小物入れから、白いハンカチを一枚取り出す。そのハンカチに、テーブルの上のお菓子入れにあったクッキーらしきものを数枚包んだ。そして急いでホルグの元に戻り、ハンカチごと差し出す。

「お腹が空《す》くでしょう？　食べて」

「っ！　陛下……僕に、これを」

なぜか、ホルグが真っ赤になってうろたえた。茉莉からハンカチを受け取る手まで震えている。

そのやりとりを見たフレイが、頭を抱《かか》えた。

「……嫌い？」

持ってきたお菓子の名前がわからなかったので、言葉足らずに聞いてみる。

「大好きです!!」

ものすごい勢いでホルグが答えた。

「あぁ……ホルグ大尉？」

フレイが横から、なんとも複雑そうな表情で口をはさむ。

「はい！　カルヴァン宰相補佐様」

元気のいい返事に、茉莉のホルグへの好感度はますます上がった。

それに比べ、眉間《みけん》にしわを寄せながら小さな子に話しかけるフレイの態度に、ちょっとむっとする。

「陛下は、食事をしていない君を心配して、コドゥを下賜《かし》してくださったのです。そのハンカチに意味はありません。勘違《かんちが》いしないように」

フレイの言葉に、ホルグは目に見えてがっかりした。

（ちょっと、何いじめているのよ）

茉莉はフレイを睨《にら》んだが、逆に彼に睨み返されて視線を逸《そ》らす。フレイは、なんだか怒っているみたいに見えた。

「はい。わかっています。僕はまだ子供ですから。……でも、一生大切にします」

健気《けなげ》に微笑《ほほえ》むホルグが、茉莉はとても可愛く思える。

「そうですね。いい思い出になるでしょう。陛下、中でお待ちください」

（……そうか。やっぱりクッキーじゃないのね。あれはコドウ）

部屋に戻りながら茉莉が考えていたことは、ポイントがずれていた。

あとから部屋に入って扉を閉めたフレイが、盛大にため息をつく。

「茉莉。カルクーラでは女性が身に着けるもの……たとえばハンカチなどを男性に渡すことは、相手への好意の表明になります」

「えっ？」

フレイの説明に、茉莉は驚く。

「最近では、遠回しな夜のお誘いに使われています」

「えっ？　えっ？」

「茉莉……。あなたは『私を抱いてください』とホルグを誘ってしまったのですよ」

「えぇぇっ!!」

茉莉は盛大に叫び声をあげた。

「そ、そんなつもりは！」

「えぇ、わかっていますよ。だから私がホルグに釘《くぎ》を刺したでしょう。茉莉、あなたは優しすぎる。それはとても好《この》ましいです。でも、まだこちらの習慣がよくわからないうちは、迂闊《うかつ》に動かないでください」

「はい。ごめんなさい」

いかにも心配そうに注意をしてくるフレイに、茉莉は申し訳なさいっぱいで頭を下げる。彼の行動を意地が悪いと思っていたので、なおさら肩身が狭《せま》かった。

「だいたい、私でさえ、何ももらっていないのに」

ぶつぶつと呟《つぶや》くフレイを、茉莉はそっと見上げる。

「……っだから、そういう態度をやめてください！」

フレイがばっと顔を赤くして叫んだ。

「……どういう態度ですか？」

茉莉はわからないから聞いているのに、フレイは黙《だま》りこむばかり。

そんな中、部屋の扉が叩かれた。フレイが応答すると、ダリウスが入室する。今朝の彼は騎士団の制服を着ていた。もっとも襟元《えりもと》は締《し》めていないし、全体を着崩しているが。

思わず身構《みがま》える茉莉をかばうように、フレイは茉莉の前に移動した。

ダリウスは不機嫌そうに顔をしかめる。

それを見て、茉莉はフレイを自分の背後に下がらせた。考えてみればダリウスを呼んだのはこちらなのだ。呼びつけておいて警戒するなど、失礼千万だ。

フレイはまだ心配している様子ではあるが、茉莉の指示に黙って従《したが》う。

しかめっ面《つら》をやめたダリウスは、正面に立つと茉莉を無遠慮《ぶえんりょ》に見つめてくる。その視線は彼女の襟と肌の境目――キスマークをばっちり捉《とら》えていた。

「お盛んなことだ。これだけあれば、もう一つ増えたところでかまわないだろう」

「えっ？」

言われた意味を理解する前に、ダリウスに抱き寄せられた茉莉は、首筋に顔を埋《うず》められ――強く吸われる。

「痛っ！」

一瞬の痛みを与え、その痕《あと》をペロリと舐《な》めると、ダリウスは離れていく。

（え？　……一回でいいの？）

茉莉の疑問は、やはりポイントをはずしていた。頭の中に浮かぶのは、今朝フレイがキスマークをつけた時のやり方だ。何度も何度も、吸いついては舐め……と繰《く》り返していた。

（ダリウスの方が吸いつく力が強いから、一回でもつくの？）

なんだか茉莉は釈然《しゃくぜん》としない。

「何をするのです！」

怒らない茉莉のかわりに声をあげたのは、フレイだった。

「目立たせてやったのさ」

「下品な。そんなあからさまな場所に痕をつける男だと思われるのは、迷惑です」

「やることやっておいて、下品も何もないだろう」

（いや、あなた達の会話の方が下品でしょう？）

突っ込みどころは満載《まんさい》だが、ここで声に出すほど茉莉も命知らずではない。

「まぁ、いい。何の用だ？」

フレイに絡《から》むのに飽《あ》きたのか、ダリウスは用件を聞いてきた。フレイはもう少し文句がある様子だったが、あきらめたように答える。

「陛下がマイダール辺境侯に会いに行くので、護衛を頼みます」

「なんで、あんな奴のところに？」

そう言うと、ダリウスは顔をしかめた。

「話があるのです」

「近衛《このえ》の騎士がいるだろう。ホルグならマイダール辺境侯にも後《おく》れを取ることはない。あいつを連れて行け」

「もちろんホルグにも、部屋の外まではついてきてもらいます。あなたには、部屋の中に入ったあとの護衛を頼みたいのです」

ダリウスの顔がますます歪《ゆが》む。

「他人《ひと》に聞かれたくない話ってわけか」

「あなたは、思っていたよりずっと使い勝手がいい。陛下のためであれば、口をつぐんでいてくれますよね」

「余計な話をしないのが、傭兵稼業《ようへいかぎょう》を長く続けるこつだ」

ダリウスの言葉に満足そうに頷《うなず》いたフレイは、復興《ふっこう》のためにドウシャに軍隊を派遣すること、その理由づくりのためにマイダール辺境侯のもとに行くことを説明した。

「なんでも利用するんだな」

ダリウスの口調は呆《あき》れている。

「当然です。悠長《ゆうちょう》に構《かま》えている余裕《よゆう》など、どこにもありません」

フレイの言葉に茉莉も同意した。それでも、ダリウスはいやそうな態度を崩さない。

フレイは、そんなダリウスに見せつけるかのごとく茉莉のそばに寄る。そして、耳元に口を近づけて囁《ささや》いた。

ダリウスが眉間のしわを深くする。

茉莉はフレイの囁きの意味がよくわからないながらも、言われた通り実行することにした。

(えっと、もう一歩ダリウスに近づいて……)

ダリウスのすぐ目の前に立つ、茉莉。

(首を曲げて、ダリウスの顔をのぞきこむように見上げる?)

ちょこんと首を傾《かし》げた茉莉の大きな黒い瞳が、ダリウスを見上げる。細い首から豊かな胸元のラインが、絶妙《ぜつみょう》なカーブを描《えが》いた。

ダリウスの目が見開かれる。

(それから、精一杯甘えた声で……)

「ダ、リ、ウ、ス?」

「――っ!」

結局、茉莉の声に折れ、ダリウスは一緒に行くことを了承したのだった。

第四章　対面

カルクーラ王城は、五つの塔を中心に大小様々な建物を周囲に巡《めぐ》らせた、広大な城である。

カルクーラは元来《がんらい》、豊かな国だ。北には、金銀鉄鋼や希少な宝石の原石を多量に産出する山脈を有する。そびえ立つ山々から流れる三つの大河が国を縦断して、大地に恵みを与えている。河口には良好な港を持つ貿易都市が発展し、遠く海を隔《へだ》てた異国との玄関口でもある。

しかも、この国に災害はない。北の山脈は噴火しないし、地震も起きない。雪は降っても豪雪《ごうせつ》にはならず、大河は本流支流を含め洪水を起こさずに豊かな恵みだけを運んでいる。海は資源に溢《あふ》れ、嵐も時化《しけ》もなく、津波《つなみ》もこない。

自然の恵みだけを受けたこの国は、だからこそ、女王の慢心《まんしん》を呼び、贅沢《ぜいたく》を許した。いくら自然の幸《さち》を受けた国であっても、過剰《かじょう》に搾取《さくしゅ》すれば疲弊《ひへい》し、弱っていく。自然の恵みは変わらずあるが、無限ではないのだ。しかし、女王の要求は、際限なく膨《ふく》らんだ。

王城は、その愚《おろ》かさの象徴《しょうちょう》であるといえた。

女王の治世《ちせい》となって十七年。以前は機能美に優《すぐ》れ、すっきりした名城だったカルクーラ城。しかし不必要な建物が次々と増えた。ごたごたと飾り立てられ、城内を熟知した者でも週に一回は迷うと言われる迷城《めいじょう》と成《な》り果《は》てている。

マイダール辺境侯が監禁されている東の塔に向かいながら、茉莉は絶対一人では出歩くまいと固く決意する。すでに自分の部屋に帰れる自信はなかった。

すれ違う者達は皆《みな》、女王陛下御一行様を見てあんぐりと口を開け、慌《あわ》てて道を譲《ゆず》る。カルヴァン宰相補佐に、昇進が発表されたばかりのダリウス将軍、そして同じく近衛《このえ》騎士になりたてのホルグ大尉という三者三様の美形を引き連れて歩く女王は迫力がある。

そんな中、広い廊下のすみに置かれた派手な壷《つぼ》に目を奪《うば》われていた茉莉は、その角から現れた人物に気がつくのが遅れた。

「陛下」

うやうやしく呼ばれ、彼女は声のした方に目を向ける。

七十過ぎほどに見える穏やかな雰囲気の老人が、茉莉に頭を下げていた。周囲には従者だろう数人の男性がいる。

「カルファー公爵」

フレイが茉莉に聞こえるように名前を呼び、頭を下げた。

(『カル』のつく姓の公爵は、王族よね)

茉莉はフレイに教えてもらった知識を思い出す。ホルグはもちろん、ダリウスまでしぶしぶと頭を下げているところを見れば、間違いないだろう。

カルファー公爵は透《す》き通った白髪にうす茶色の小さな瞳、顎《あご》に長い白ひげをたくわえている。茉莉は、魔法使いのおじいさんみたいだと思った。

「拝謁《はいえつ》できて光栄です。昨日はご尊顔を確認できず、やきもきしておりました」

茉莉は黙《だま》ったまま、鷹揚《おうよう》に頷《うなず》く。フレイには、城内で会った者には、言葉をかける必要はないと言われていた。

茉莉自身、どう話をすればいいのかわからないので、喜んでその言葉に従《したが》っている。ボロは出したくなかった。

だが、カルファー公爵は、茉莉の態度に加え、女王のそばにいるフレイやダリウスの存在が気に入らなかったらしい。じとっと一行を睨《にら》むと少し眉をひそめ、矛先《ほこさき》をフレイに向けた。

「めずらしいな、フレイアス。そなたが陛下のおそばにいるなど。天変地異《てんぺんちい》の前触《まえぶ》れか？」

「この国に天変地異など起こりませんよ、カルファー老公《ろうこう》様。昨日、書類の関係で陛下にお召《め》しいただき、そのまま、おそばに仕《つか》える栄誉をいただいております」

さらりと、昨日からずっと一緒だったのだとアピールするフレイ。

カルファー公爵の視線が、女王の首から胸のあたりを彷徨《さまよ》う。そしてあからさまに眉をひそめた。

「書類の関係？　陛下へ奏上《そうじょう》する書類には、孫のクレオも関わっていたはずだが」

クレオ・フォン・カルファーは、フレイと同じく宰相補佐だ。フレイより歳が上で、上司的な位置にいる男である。ちなみに、まだ妻はなく、女王の夫候補にも名前が上がっている。

「クレオ殿も、陛下に召《め》されていらっしゃいましたよ」

フレイはそう言ったが、茉莉には誰かわからなかった。目線で問えばフレイは答えてくれた。

「私の前に陛下がお呼びになったのが、クレオ殿だと聞いています」

茉莉は昨日の役に立たなかった書類説明係の面々を頭に浮かべる。

確かフレイの前は、銀髪に紫色の瞳という実に派手な色彩の組み合わせながら、顔は平凡な若い男性だった気がした。

（そう言われてみると、このおじいさんに似ているかも）

もっとも、迫力や存在感は目の前の老人には到底敵《かな》いそうにない、普通の男性だったが。

（……そうよ。確か言動が不審《ふしん》で、具合が悪いのかしらって本気で心配したのよね）

フレイ以外の人達は概《おおむ》ねそんな感じだったのだが、その男性は突出していた。茉莉は、熱でもあるのかと心配したことを思い出す。余計なことは話さないと約束したものの、カルファー公爵に声をかける。

『お年寄りには親切に』が茉莉のモットーなのである。

「クレオ殿は、快復されたのか？」

フレイに何度注意されても女王らしい言葉遣《づか》いに慣れない茉莉は、戸惑《とまど》いながら話す。敬語は必要ないだろうが、相手が年長者——しかも老人の場合は、どんな風に話せばいいのだろう？

しかし声をかけられたカルファー公爵は、その内容に驚いて言葉遣いなど気にもしなかった。

「快復？」

「彼はあきらかに、具合が悪そうに見えた」

カルファー公爵は首をひねる。孫が病気だとは聞いていないようだ。

「確かに昨日は元気がなかった気がしますが……。それほど具合が悪そうではありませんでした」

考えこみながらも、カルファー公爵は女王にそう答えた。

「……どんな風に具合が悪かったんだ？」

面白くなると思ったのか、ダリウスが口をはさんできた。

女王に対するダリウスの物言いに、カルファー公爵が眉間《みけん》にしわを寄せる。

「熱でもあったとしか思えない。言動がかなりおかしかった」

茉莉にあるのは純粋な心配だ。しかし、続けられた言葉に周囲の者はピタリと固まる。

「私が、『この書類は何だ？』と尋《たず》ねたら、『陛下のおっしゃる通りでございます』と返してきたんだ。会話が成立しないなど、よほどの高熱に違いない」

それ以外にも、『お美しい』だの『神々《こうごう》しい』だのわけのわからない形容詞が、ふんだんについていたことは、茉莉の心の中にしまっておく。正気に戻ったら、本人が可哀想だ。

しばしの沈黙のあと、堪《こら》えきれずにダリウスが噴《ふ》き出した。お腹を抱《かか》えて大笑いする。

「ダリウス！」

(他人《ひと》の不幸に対してなんて無礼な！)

憤然《ふんぜん》として茉莉は叱《しか》りつけた。

フレイは無表情。ホルグはなんだかつらそうな顔で、体を震わせていた。

同情しているのだろうと思い、茉莉はホルグの優しさに感動する。

「あぁ、悪い。悪い………ハハッ」

口では謝りながら、ダリウスの態度には一向に悪いと思っている様子はない。

申し訳なさでいっぱいになった茉莉は、顔を赤くするカルファー公爵に、優しく声をかけた。

「クレオ殿には、無理をしないでゆっくり休むようにと。フレイがいてくれるから、当分私のもとには来る必要はない、とも」

茉莉の言葉に、かすかによろめくカルファー公爵。それを従者の一人が慌《あわ》てて支える。

「カルファー公爵？」

「……大丈夫です」

老公爵《ろうこうしゃく》の顔色は赤から青に変わっていた。

（風邪でも流行《はや》っているのかしら。インフルエンザみたいな感染症が、こっちでもあるのかな）

心配した茉莉は、さらに心遣《こころづか》いを重ねる。

「カルファー公爵も無理をせず、家でゆっくり休むといい」

あくまで具合の悪そうな老人への親切心から、茉莉はそう言った。

しかし本心がどうであれ、周囲から見れば女王はクレオに出仕禁止を言い渡し、その上でカルファー公爵本人にも自宅謹慎《きんしん》を命じていることになる。

これは王に仕《つか》える者に対して、とどめを刺したも同然だ。

「参りましょう、陛下」

茉莉が話し終えると、フレイは涼しい顔で茉莉に手を差し伸べた。

（えぇ、別にいいのに……）

心の中で遠慮《えんりょ》しながらも、茉莉は仕方なくその手を取る。嫌悪感が湧《わ》き上がるが、そんなことを微塵《みじん》も見せずに笑って歩き出した。

そうして女王陛下一行は、やりとりに唖然《あぜん》とする人々を残してその場を離れたのだった。


マイダール辺境侯の監禁部屋には、兵士が二名監視に立っていた。

物々しい警備に茉莉は眉をひそめる。

「牢《ろう》に入れないだけ、特別待遇《たいぐう》です」

茉莉の心中を察したのだろう、フレイが言ってくる。

茉莉とて、それはわかっていた。反乱は大罪《たいざい》。投獄《とうごく》はもちろん、このまま殺されても当然なのだ。女王が捕虜《ほりょ》を丁重《ていちょう》に扱えと言ったからこそ、今のこの待遇で済んでいる。

「他の反乱軍の人達は？」

「陛下のお言葉通りに、バスツール将軍が責任を持って対処にあたっております」

フレイの返事に茉莉は、ほっと息をつく。彼なら大丈夫だと信じられる。

「ホルグ、あなたはここに残りなさい。ダリウス将軍は一緒に。――――扉を開けなさい」

フレイの言葉に茉莉は気を引き締《ひし》める。背筋を伸ばし、くっと胸を張った。

昨日、マイダール辺境侯の前で泣いてしまった茉莉だ。これ以上彼にみっともないところを見せたくなかった。

ダリウスを先頭にして、部屋へ入る。最後にフレイが入室すると、静かに扉が閉められた。

◆

そこは本来、遠方から仕事で城に訪《おとず》れた地方貴族が滞在するための部屋だ。さほど広くも、かといって狭《せま》くもないごく普通のワンルームだった。とはいえ、貴族仕様である。落ち着いたシックな色合いの調度《ちょうど》はもちろん、壁紙や床に至るまで、内装はすべて高級品だ。

リオン・マイダールは、窓際《まどぎわ》に置かれた厚みのある木製の机に肘をつき、スプリングの効いた革張りの椅子に腰かけていた。本来どれも、罪人が使用を許されるものではない。両手を組み、その上に額《ひたい》を乗せて俯《うつむ》く彼からは、疲労がうかがえる。

扉の開閉される音で来訪者《らいほうしゃ》に気づいたリオンは、ゆっくりと顔を入口に向けた。

「――っ⁉」

入室してきた女王の姿を見て、彼ははじかれたように立ち上がる。

そのまま女王は、彼の前へ歩み出る。女王を守るべく傍《かたわ》らで目に鋭《するど》い光を宿《やど》す騎士は、昨日自分を捕らえ、殴《なぐ》りつけてきた男だ。反対隣にいるのは、名家カルヴァン公爵家の嫡男《ちゃくなん》で、名前はフレイアス。宰相補佐を務める切れ者だと評判の若者だった。

そして女王は相変わらず美しく、リオンは目を細めて彼女を見る。艶《つや》やかな黒髪を高く結《ゆ》い、女王にしては控《ひか》えめなドレスに身を包んでいた。しかしそれは、彼女の高貴さを一層引き立たせる。ほっそ女王の魅惑《みわく》的で大きな黒い瞳から形のいい鼻、赤く愛らしい唇へとリオンの視線は移る。ほっそりとした首の下、白い豊かな胸に目を向け――これ見よがしなキスマークに、リオンは釘《くぎ》づけになった。

湧《わ》き上がる苦々しい感情に、彼は驚く。

（これは、何だ？）

「突然失礼いたします。マイダール辺境侯」

カルヴァン宰相補佐が一歩前に出て、優雅に一礼した。

「フレイアス・フォン・カルヴァンと申します」

「存じ上げています、宰相補佐殿。お父上に似て、王政で辣腕《らつわん》を振るっていらっしゃると」

リオンが答える。二人は互いに相手を探《さぐ》るかのごとく、視線を絡《から》ませた。

「敗戦の将に、何のご用でしょう？」

用件を聞く体《てい》だが、敗戦の将と自称した時点でリオンは質問を拒否している。敗戦の将は、何も語らないものだ。

その発言を聞いた女王が唇を噛《か》みしめる姿が、リオンの視界の端《はし》に映る。

「お力を貸していただきに参りました」

宰相補佐は素知らぬふりで続ける。

リオンはそっとため息をついた。評判通り、厄介《やっかい》そうな相手だ。

「こちらの情報は渡せません」

「そのような内容ではありません」

先手を打ったリオンを宰相補佐が否定した。リオンは訝《いぶか》しげな顔をする。

（では、何を聞こうというのだ？）

女王に似た美しい顔で、宰相補佐がにっこりとリオンに笑いかける。

「このたびの戦《いくさ》がはじまる以前より、国は荒れています。あなたは荒廃《こうはい》を憂《うれ》えて、戦を起こされた。戦によってさらに荒れ果《は》てた国を、マイダール辺境侯におかれては、いかに立て直すつもりでいらっしゃいましたか？」

図々《ずうずう》しい質問にリオンは度肝《どぎも》を抜かれた。よりにもよって自分達で叩きのめした相手に、勝ったらどうするつもりでいたかと問うなんて。リオンは宰相補佐を怒鳴《どな》りつけたい衝動《しょうどう》に駆《か》られる。

ダリウス将軍も、宰相補佐を白い目で見ていた。

女王は表情を変えず、何かを考えているかのように無言だった。

リオンは、あからさまにため息をついてみせる。

「何も考えてはおりませんでした」

「まさか!?　名君とたたえられるマイダール辺境侯が？」

（いやみか……こいつは）

リオンは、いい加減このやりとりにうんざりしていた。実《みの》りのある話であればいくらでも付き合うが、不毛《ふもう》な会話を続けられるほど、彼の心は広くない。話を打ち切るために嘘を言う。

「私は、陛下を討《う》ったらあとを追う覚悟でおりました。そのため、自分の死後のことなど考えておりませんでした」

とはいえ、まったくの偽りではなかった。リオンはすべての片が付いたら、死ぬつもりでいたのだ。荒廃した国の立て直しには数年以上かかるだろうから、すぐにとは思っていなかった。しかし、戦後処理が終わり、政治が滞《とどこお》りなく行《おこな》われるようになったら逝《い》こうと――

(でなければ、小さな王女が可哀想だ)

「……なんと、無責任な」

リオンの発言が予想外だったのだろう、宰相補佐がためらいがちに言う。

それを、女王の思いがけない一言が遮《さえぎ》った。

「――つまり、心中《しんじゅう》？」

意表を突かれた三人が、彼女を見つめる。

「女お……私と心中しようと思っていたってこと？」

言われて、リオンは慌《あわ》てた。

(何を言い出すのだ、女王は!!)

「し、心中なんて、何を勝手な」

「だって、そうでしょう？　あとを追うつもりで人を殺すなら、無理心中よね？　マイダール辺境侯は、女……っと、私を愛していたの？」

問いながら、女王は顔を赤くしていく。

「あ、愛!?」

リオンも自分の顔が熱くなり、朱に染まるのを自覚した。戦闘終了後と同様、女王の挙動を疑う。

（この前の女王と、あまりに変わりすぎだろう！）

ちなみに言えば、今の彼女は戦場にいた時とも雰囲気が異なるように思える。

（俺の、あの悲壮《ひそう》な覚悟を返せ！）

リオンは泣きたいほどの情けなさに襲《おそ》われた。

「落ち着いてください。陛下、マイダール辺境侯」

こめかみを揉《も》みながら、宰相補佐が間に入ってくる。

「陛下。陛下は反乱前、申し立てに訪《おとず》れたマイダール辺境侯を不敬《ふけい》だと鞭《むち》打たれました。自分にそんな仕打ちをした相手を、彼が愛していると思われるのですか？」

「勘弁《かんべん》してくれ！」

女王への問いかけに答えたのは、リオンだった。女王はなんだか落胆《らくたん》した様子だ。

相変わらず、リオンには彼女が何を考えているのかわからない。

「もしお二人が想いを通い合わせていらっしゃるとすれば……。陛下、あなたはＳ《エス》で、マイダール辺境侯はＭ《エム》です」

宰相補佐のあんまりな発言に、リオンは固まる。

「ＳとＭって、こっちにもあるの？」

女王ののんきな呟《つぶや》きが聞こえた。

「違うと言っている！」

自分の尊厳《そんげん》がかかっていると思い、リオンは必死に否定した。

「わかっています、マイダール辺境侯。でも、これでおわかりでしょう。下手《へた》な言い訳はいらぬ憶《おく》測《そく》を呼びます。私の質問に素直に答えていただけますか？」

（いらないにもほどがあるだろう）

リオンはどんな尋問《じんもん》よりもひどい精神的ダメージを受けた気がした。何もかもどうでもいいような気分になり、苦りきった表情で彼は頷《うなず》く。

「戦後はまず、民《たみ》の安全を確保した上で、悪政に荷担《かたん》した者達の粛清《しゅくせい》。新たにやる気のある、民を思いやれる人物を登用《とうよう》するつもりでいた。経済政策では、上がりすぎた税を引き下げるべきだ。切り捨てられた福祉、教育などの社会政策は復活させる。王城、貴族の贅沢《ぜいたく》や無駄、特権は廃止。治安維持の徹底も急務だろう。そして、荒廃《こうはい》してしまった都市の再生を考えていた」

リオンがふてくされ気味《ぎみ》に語る内容に、宰相補佐は同意を示して深く頷く。

領主としての統治《とうち》経験を踏まえたリオンの考えを、宰相補佐はお気に召《め》したらしい。

「そのお考えを実行に移されたいとは、思われませんか？」

宰相補佐の言葉に鼻白《はなじろ》む。

「馬鹿を言うな」

思ったことがそのままリオンの口をついて出た。

「犠牲《ぎせい》を覚悟して戦《いくさ》を起こした。そうまでしてやりたかったことを負けてもできるなら、その戦いは無駄だったということだ。私の同志は、無意味な戦いに命をかけ、死んでいったとでもいうのか？　——馬鹿にするのも大概《たいがい》にしろ！」

リオンは激昂《げっこう》して宰相補佐を怒鳴《どな》りつける。

(なんなんだ、こいつらは。……なんなんだ、この女王は!)

リオンは心の中で、何度目かもわからない悪態《あくたい》をつく。

自分がたとえようもなくみじめに思えて、腹が立った。一人になりたい。

「出ていけ!」

「残念ながら、マイダール辺境侯。あなたはその発言をする権利をお持ちではありません」

あくまで冷静な宰相補佐に、リオンは本気で殺意を抱《いだ》いた。

それを察してか、ダリウス将軍がスッと女王をかばう位置に移動する。

宰相補佐は正面からリオンを見返した。

「あなたの起こした反乱は、無駄な戦いではありませんでした」

淡々と――ただ事実を告げる口調で宰相補佐は話す。

「理由は話せません。しかし、あなたが反乱を起こし女王を討《う》ったことは、われわれにとって必然であり、運命でもあります。あなたの反乱があってこそ、私も陛下も、ダリウス将軍でさえも今ここにおり、次に進めるのです」

宰相補佐の言葉に嘲《あざけ》りはなかった。むしろ、真摯《しんし》にリオンに向かっていると感じられる。

それでもリオンは我慢できずに、感情を爆発させる。

「何が、必然で運命だ! そんな言葉で俺の、俺達の戦いを括《くく》るな!! どんな思いで反乱を起こしたと思っている。どれほど苦しんで、耐え、どれだけの思いを抱《かか》えて! ……誰が、好《す》き好《この》んで、戦う？　反乱を起こす？　誰が、ここまで俺達を追いこんだと思っている⁉　戦いたくなどなかった――反乱など起こしたくなかったんだ‼」

悲鳴《ひめい》にも聞こえる叫びだった。

リオンは握りしめた拳《こぶし》を硬い机に叩きつける。握りこんだ爪が手のひらの皮膚を破《やぶ》り、リオンの手から血がにじむ。その血がポタリと滴《したた》り落ちた。

ダリウス将軍の手が剣の柄《つか》にかかる。何一つ武器を持っていないとわかっていても身構《みがま》えてしまうほど、リオンから気迫《きはく》を感じ取ったのだろう。

部屋に沈黙が広がり、空気が凍りついた。

それでも、宰相補佐がなんとか口を開こうとした時――

「……リオン」

かすれた声が、小さく、しかしはっきりと響いた。

「リオン」

女王がリオンを見ていた。その顔は蒼白《そうはく》で、体はかたかたと震えている。

「……リオン、リオン」

目に涙が浮かび、堰《せき》を切ったようにぽろぽろとこぼれだした。

「リオン」

まるで、小さな子供が親に縋《すが》りつき泣いているみたいな、心細そうな声が響く。

「……メアリ、さ……ま？」

リオンは、呆然と女王の名を呼んだ。

「……ごめんなさい」

震える女王の声が、はっきりと謝罪の言葉を紡《つむ》いだ。

「茉――！」

宰相補佐が何かを叫ぼうと声をあげる。だがダリウス将軍が手を伸ばし、女王の体を抱き寄せる方が先だった。

「キャッ‼」

突然きつく抱きしめられ、女王が驚き慌《あわ》てる。彼女は目を見開いて、自分の体に回るダリウス将軍の手を叩いた。

「ダ、ダリウス？」

それでも将軍は、女王を抱く手を離さない。呆然とするリオンをギリッ！　と睨《にら》みつけていた。

宰相補佐が大きく息を吐く。

「……ダリウス将軍、陛下を離してください」

不承不承《ふしょうぶしょう》、ダリウスは力をゆるめる。しかし、ホッとして離れようとした女王の腰を、片手でゆるく引き止めた。完全に女王を離すつもりはないらしい。

「ダリウス！」

「俺の女に手を出すな！」

女王の抗議の声を無視して、ダリウス将軍はリオンに告げる。リオンはようやく気を取り直した。

「何を言っている？」

（誰が、誰の女で――誰が、誰に手を出すって？）

しかしリオンは、すんなりと状況が頭に入ってこない。リオンの中から、嵐のような感情の昂《たか》ぶりは消えていた。不審《ふしん》に思い、リオンは女王と将軍と宰相補佐を見つめる。

「あぁ、もう……」

宰相補佐がめずらしく顔に困惑をにじませ、髪をクシャリとかき上げた。いつも冷静な宰相補佐が感情をにじませた姿は、年相応のものに見える。彼は、まだ若いのだ。

「私が冷静に説得したいと思っていたのに……」

宰相補佐は不満そうに呟《つぶや》く。

「マイダール辺境侯」

そのまま開き直ったみたいに、彼はリオンに呼びかけた。

「リオンでいい。いちいち耳障《みみざわ》りだ」

宰相補佐がリオンに敬意を払うつもりがないことなど、一目瞭然《いちもくりょうぜん》だった。

「……では、リオン様」

リオンは宰相補佐を睨みつける。様などと敬称をつけられても、肌が粟立《あわだ》つだけだ。

抗議するが、宰相補佐は自分の方が年下だからとその呼び方を押し通す。

「明日、改めて話し合いの場を持ちましょう。それまでゆっくりとお考えください。傷の治療もなさいませんと」

宰相補佐は本当に心配そうに、血の滴《したた》るリオンの手に目をやった。

「話し合うことなどない」

拒絶の言葉に、にっこりと微笑《ほほえ》みを返される。

「よく、お考えください。……何より、陛下はあなたに謝罪なされました。それで済むことではありませんが、謝罪を受けて一考もされないのは大人の対応とは申せませんでしょう」

苦虫を噛《か》み潰《つぶ》したような表情で、リオンは黙《だま》りこんだ。

「監禁はお解きしましょう。お部屋も陛下と同じ本塔へ移っていただきます。この塔は遠すぎる」

宰相補佐のとんでもない提案に、リオンは思わず宰相補佐をたしなめる。

「俺は、敵虜囚《てきりょしゅう》だ。もっと警戒しろ」

「あなたが反乱を起こす理由は、もうありません。反乱など起こしたくなかったのでしょう？」

言われて、リオンは再び黙りこんだ。若い宰相補佐は扱いづらく面倒だとリオンは苦る。自分を睨《にら》みつけているダリウス将軍の方がわかりやすくて、まだいい。

（わかりやすくとも、理解はし難《がた》いが）

なぜ、この将軍と自分が女王を取り合わなければならないのか。先刻ダリウス将軍が言った台詞《せりふ》は、そうとしか意味が取れなかった。

もちろんリオンには、そんなつもりは少しもない。

「では、また明日。今度はリオン様から、陛下のお部屋に足を運んでいただきます」

「断る」

「あなたに、断る権利はございません」

宰相補佐の言葉遣《づか》いは丁寧だが言っている内容は高飛車《たかびしゃ》で、リオンの意志など歯牙《しが》にもかけていなかった。優雅に一礼した宰相補佐は踵《きびす》を返し、ダリウス将軍は女王をかばいながら、部屋を出ていく。去り際《ぎわ》に、女王が縋《すが》りつくような目で振り返った。

リオンの名を呼んだ女王は、かつて遊んだ三歳の彼女みたいだった。

もう、どこにもいないと絶望した、小さな女の子。

複雑な感情がリオンの胸に湧《わ》き上がる。それを振り切るために頭を強く振った。

宰相補佐に将軍、そして女王にも、二度と会いたくないとリオンは願った。

◆

自室に戻り、茉莉は疲れを自覚した。座るのがいやだと思っていた豪華すぎる椅子に、遠慮《えんりょ》なく沈《しず》みこむ。

「お疲れ様でした。少しお休みください」

労《いたわ》りのこもった声で、フレイが茉莉に言う。

「大丈夫よ」

「無理はいけません。あとが続かなくなりますよ。私は軍の派遣の件で、バスツール将軍と話してきます。帰りに軽食を持ってきますから、それまで休んでいてください」

「でも！」

休んでいて、いいのだろうか。茉莉は、先ほどマイダール辺境侯が並べ立てた言葉を思い出す。すぐに、あれほどのことを列挙できるのだ。彼が反乱に成功していれば、今頃眠る間も惜《お》しんで改革に取り組んでいたに違いない。

「陛下、マイダール辺境侯とご自分を比べるのはおやめください。リオン・マイダールは、領主として最年少ながら稀代《きたい》の名君です。国中が荒廃《こうはい》していく中、自分の領地であるマイダールを守り、繁栄《はんえい》させて一切の陰《かげ》りを寄せつけなかった。それればかりか、他領からの難民を受け入れ、多くの命を救いました。民《たみ》にとっては、神ともいえる男。あれほどの治政者《ちせいしゃ》は他にいません」

茉莉はごくりと唾を呑む。自分には、どうやったってできないと思う。

「陛下には、私や他の臣下がおります。お一人で頑張る必要はないのです。当面はマイダール辺境侯の名を借り、そのうちに名実共にこちらに引きこんでしまいましょう。彼の理想は私達の理想と寸分変わりません。道を同じくするのは、時間の問題です」

(そんなにうまくいくの？　あんなに怒っていたのに……)

茉莉にはとても信じられない。マイダール辺境侯の怒《いか》りを思い出せば、今でも体が震える。あまりの怒りの大きさに、茉莉の記憶は途中から飛んでいた。

彼の話を聞いていたのに、気がついたらダリウスに抱きしめられていたのだ。

(私、気絶でもしたの？)

とてつもなく恥《は》ずかしかった。情けなさに沈《しず》む茉莉の顔を、フレイが優しくのぞきこむ。

「心配ありませんよ。ゆっくり休んでいてください。ダリウス将軍を警護に残します。扉の外にはホルグもいます。私もできるだけ早く戻りますからね」

自分はよほど情けない顔をしているのだろう。せめてと思い、茉莉はフレイに笑いかけた。

「ありがとう」

フレイはほっとしたように頷《うなず》くと、茉莉の頬に手を添《そ》えて軽いキスを落とした。

それはあまりに素早く、茉莉の背中に悪寒《おかん》が走る暇《ひま》もなかった。茉莉はただ赤くなる。

茉莉の反応に気をよくした様子で、フレイは部屋を出ていく。

彼の後ろ姿を、茉莉は呆然と見送った。

「おままごとだな」

そんな茉莉の背中にポツリと声がかかる。声の主はダリウスだった。一緒に戻ってきたのだと思い出して彼を見ると、なぜかダリウスはひどく不機嫌な様子だ。

「宰相補佐殿は、何を悠長《ゆうちょう》に構《かま》えているんだ。自分の伴侶《はんりょ》が奪《うば》われそうなのが、わからないのか？」

一瞬、ダリウスの言葉の意味がわからなかった。

（奪われるって……誰に？）

宰相補佐の伴侶といえば、今のところそれは女王、茉莉を指すはずだ。茉莉は自分が奪われるという台詞《せりふ》の意味を考えた。

（え？　ダリウスは私を襲《おそ》うつもりなの？）

忘れていたが、自分は目の前の男に「抱きたい」宣言をされていたのだ。

茉莉の顔から怯《おび》えが読みとれたのだろう、ダリウスは笑って首を横に振った。

「違う。俺じゃない。あの野郎だ。……畜生《ちくしょう》、だからあんな奴に会いに行きたくなかったんだ。この殺気をどうしてくれる」

静かに話しているのに、ダリウスからはひどく不穏《ふおん》な空気が感じられた。

◆

ダリウスは、胸の中に荒れ狂う、どす黒い感情を持て余していた。

マイダール辺境侯は、戦闘が終わった時まではダリウスにとって何の意味も持たない存在だった。敵が誰でどんな人間であっても、ダリウスには関係なかった。

だが、あの時——戦闘が終わったあと、すべてが変わった。手に入れられるとほくそ笑んで見つめていた女王が、マイダール辺境侯に責められて涙を見せた時だ。

それはダリウスにとって予想外の事態。

戦闘を通して、ダリウスは女王の強《したた》かさと柔《やわ》らかさを知った。それに惹《ひ》かれ、自分のものにしたいと願った。

しかしその女は、別の男からの言葉にひどく動揺《どうよう》し、涙を流したのだ。

女王はただ詰《なじ》られたからと言って、泣き出す女ではないはず。

ならば、考えられることは一つ。マイダール辺境侯は、女王にとって特別な存在だということ。

ダリウスはまったくもって、面白くなかった。

(せっかく久しぶりに見つけた、執着《しゅうちゃく》できそうな存在なのに)

だからこそ、宰相補佐が女王を妊娠させるまで手を出すなと言ってきた時、ダリウスはあっさりと引いたのだ。女王が若い宰相補佐に入れあげて、マイダール辺境侯を忘れてくれるのなら、それに越したことはないと思った。

マイダール辺境侯に近い年代の自分では、彼を忘れさせることはできないと思ったのだ。若く美しい宰相補佐に堕《お》ちた女王を、あとで自分がじっくり取り返せばいいと企《たくら》んでいた。

綺麗なだけの若造には、負けない自信がある。確実に手に入れるために、口を開けて待ち構《かま》えるのも一興《いっきょう》だと思った。

にもかかわらず、当の宰相補佐が、他ならぬマイダール辺境侯を女王に近づけようとしている。

(馬鹿なのか、あの若造は？　どうして女王とマイダールの間にあるものに気がつかない？)

宰相補佐はよくて、マイダール辺境侯が駄目な根拠は、ダリウス自身にもよくわからない。ただの直感だ。ダリウスの勘《かん》が、危機を告げる。

宰相補佐の行《おこな》いに猛烈《もうれつ》に腹が立った。

(しかも、自分と女王を二人きりにして出ていくときた。女王を抱かないという俺の言葉を信じているのだろうが、甘いにもほどがある。……やっぱり馬鹿だ)

ダリウスは断じ、馬鹿な若者は当てにしないことに決める。ニヤリと笑って、ダリウスはソファーに座る女王に近づいた。黒い気持ちを欲望に変え、彼女を抱きすくめる。

突然の出来事に、女王の体は硬直した。

「――今、俺じゃないって言ったじゃない！」

（あぁ、俺じゃない）

けれど、女王は自分の中の想いに気づいていない。ダリウスは祈るように思う。

（俺でないことに、ずっと気がつかなければいい。そして……俺にしてしまえばいい）

柔《やわ》らかい彼女の体を拘束し、深く口づけた。

ビクリと体を震わせた女王は、次の瞬間には、手や足をばたつかせて思いきり抵抗する。

（抵抗しない女はつまらないから、これでいい）

ダリウスは心の中で呟《つぶや》き、口づけたまま一層強く抱きしめた。

息が苦しくなったのだろう。女王の固く閉じていた口が開く。

素早く彼女の口に舌を捩《ね》じこむと、ダリウスは口内を舐《な》め上げた。

ダリウスが少しでも油断すると、女王は彼の舌に噛《か》みつこうとする。

それを阻止すべく、ダリウスは女王の腰や胸を撫《な》で上げた。耳の穴に指を差し入れ耳朶《みみたぶ》を弄《いじ》り、力を抜かせながら舌を絡《から》める。

（………甘い）

惚《ほ》れた女の味は、なぜこうも甘いのだろうとダリウスは不思議に思う。

ようやく力の抜けた女王の体を軽々と抱き上げ、ダリウスは奥の寝室に向かった。やたらと広いベッドに、女王を少し乱暴に寝かせる。

「ダ、ダリウス……？」

まだ事態についていけていない女王の体を捩《ね》じ伏せ、その唇をもう一度味わった。

長く深い口づけのあとに、女王が息も絶《た》え絶《だ》えに抗議をしてくる。

「私が、に、妊娠するまでは……」

彼女の声が可愛くて、ダリウスは思わず笑みを浮かべた。女王の顔が引きつる。

「中に出さなくても、やり様《よう》はある」

途端《とたん》に女王の顔が真っ赤に染まり、目が泳ぐ。

（……そうか。やり方は知っているみたいだな）

ダリウスは笑みを深くした。彼女が知っているなら話は早い。実行に移すのみだ。

もう一度深く口づけ、ゆっくりと彼女の唇を堪能《たんのう》したあと、顎《あご》、首筋へと舌を這《は》わす。

「う……あ、あぁんっ……」

女王の声が、徐々《じょじょ》に艶《つや》を帯《お》びてくる。

ダリウスは女王のドレスのボタンをはずすと襟《えり》を引き下げ、白く豊満な胸を露《あら》わにした。

「いい眺《なが》めだ」

艶然《えんぜん》と笑い、彼はその頂《いただき》に手を触《ふ》れる。

「はっ！　……あぁ、あ」

ダリウスは柔《やわ》らかな胸を揉《も》む。豊満な胸はその手で好きなように形を変えた。感じているらしい女王の尖《とが》った乳首を口に含み、舌でころがしてやる。

「きゃ！　……あぁ」

「でかいな。しかも感度がよすぎる」

「や……喋《しゃべ》らないでぇ」

口をつぐむかわりに、乳首を軽く噛《か》んだ。

「きゃうぅ!!　……ひっ！　うぅ……」

女王の感覚は、ダリウスが弄《いじ》れば弄るほど鋭敏になるようだった。ピクピクと震える肢体《したい》は男の征服欲をますます煽《あお》る。

女王は声にならない悲鳴《ひめい》をあげて白い喉をのけぞらせ、焦点を失いかけた――

◆

ダン!!　と大きな音を立て、寝室の扉が開け放《はな》たれる。

「ダリウス!!」

血相《けっそう》を変えたフレイが、怒鳴《どな》りこんできたのだ。彼は焦り怒っていた。

「随分《ずいぶん》早く戻ってきたな？」

こちらは驚いた風もなく、ダリウスが扉の方を振り返る。

フレイの目に、上半身裸でぐったりとベッドに横たわる茉莉が映る。彼女に覆《おお》いかぶさるのをやめたダリウスが、彼女の脇《わき》に座った。

フレイの視界は怒《いか》りのせいで真っ赤に染まる。

茉莉の下半身はまだドレスに包まれていて、乱れた様子はない。ダリウスも服を着たままなので、最悪の事態には至っていないと確信する。しかし、ダリウスの行為は許せることではなかった。

「ホルグが知らせに来たのです。ダリウス将軍が陛下を抱《かか》え、寝室に入った気配がしたと」

「……まったく規格外だな、そいつは」

ダリウスが呆《あき》れる。

扉の中の様子を、気配だけでそう詳《くわ》しくわかる者などいないだろう。当のホルグは、扉を入ってすぐのところで顔を紅潮《こうちょう》させ立ちすくんでいた。

「どういうことです？　陛下の妊娠がわかるまでは、手を出さない約束では？」

「宰相補佐様は、随分のんびりしているからな。手伝ってやろうと思ったのさ」

「何を、勝手な！」

「お前、まだ女王に手を出していないだろう？」

フレイはグッと息を呑んだ。やっぱりな、とダリウスは笑う。

「こいつの反応を見ていればわかる。後宮を抱えていた女王が、この反応ってのは腑《ふ》に落ちないが……まぁ、いい。なんだったら、一緒に寝て手伝ってやるぜ」

「結構です。だいたい一緒に寝るなど……何を考えてるんですか」

「別に、三人で楽しめばいいだろう」

「下種《げす》が！」

フレイはダリウスの返事にますます憤《いきどお》った。心底ダリウスを軽蔑《けいべつ》する。

「安心しろ、前に言った通りだ。俺は美人でも男には興味がない」

フレイはこんな男を茉莉と二人きりにしたかと思うと、自分のことが許せなかった。

怒《いか》りに震えるフレイに、ダリウスは言葉を重ねる。

「お前は考えが甘い。妊娠させない抱き方なんて、いくらだってあるだろう。それをあんな言葉だけで牽制《けんせい》できたと信じるなんて、話にならない。おまけによりによって、マイダール辺境侯をこいつに近づけるなど、何を考えている？　その目は節穴《ふしあな》か。こいつをマイダールにくれてやるつもりなのか？」

先ほどまでのふざけた態度とは一変して、ダリウスは苛立《いらだ》ちまじりの真剣な表情だ。

その変わりように、フレイは面食《めんく》らう。

「……何を？」

「気がつかないのか？　こいつは、マイダールに惹《ひ》かれている」

「っ!?　……馬鹿な」

そんなことは絶対にないと、フレイは思う。

マイダール辺境侯と幼い王女の経緯をフレイは承知しているが、それは関係ないはずだった。なぜなら、女王は茉莉なのだ。茉莉は女王の蘇生術《そせいじゅつ》に巻きこまれた、女王とは別の人間。マイダール辺境侯とは、戦場で初めて会った。

（マイダール辺境侯が女王に惹かれていることはあるかもしれない。けれど、茉莉が彼に惹かれて

いるとは、考えにくい）

何しろ、いきなり自分を殺そうとしてきた相手だ。過去に彼を慕《した》っていたわけでもない茉莉が愛を抱《いだ》くのは、難しいのではないか。

「考えすぎです、ダリウス」

「だから、どこに目をつけている。先刻の女王を見ただろう。こいつにとってマイダールは、あきらかに特別な人間だ」

あれはおそらく、茉莉の中に残る女王の記憶が一瞬表に出てきただけの現象だと、フレイは見ている。残滓《ざんし》のようなその記憶も、茉莉が落ち着くにつれ、徐々《じょじょ》になくなっていくだろう。

だが、蘇生術《そせいじゅつ》のことをダリウスに説明するわけにはいかない。ダリウスはすべてを明かすには危険すぎる人物なのだ。図《はか》らずも、それを証明する事件が起こってしまったわけだが——

（どう、説得するか）

迷いながら、フレイは静かに話し出した。

「マイダール辺境侯は、絶対にこちらに必要な人物です。私は、彼を大公にと考えています」

フレイはその点だけは正直にダリウスに告げた。ダリウスの目が見開かれる。

「は!?　……お前がなりたいのじゃなかったのか？」

「大公位なんて、私には不要です。あなたと同じでね」

フレイはダリウスに笑顔を向ける。この点では、彼らの意見は一致していた。

「実際、マイダール辺境侯ほど大公の地位に相応《ふさわ》しい者はいません。高位貴族の一部や軍の名ばかりなお偉方は反対してくるでしょうが、あんな輩《やから》の意見など考慮《こうりょ》する必要はありません。カルヴァンの力でいくらでも捩《ね》じ伏せられます。マイダール辺境侯本人を知る者からは、反対の声は一切出ないはずです。何より、民衆がそれを望んでいる。地に落ちている女王の評判も、彼が大公になり女王を慈《いつく》しむことによって取り戻せます」

ダリウスは不服そうだが、フレイはかまわず続けた。

「マイダール辺境侯は、女王に心を残しています。後追い自殺を考えるほどに。ただ、妙に潔癖《けっぺき》なところも持っています。女王の過去はともかく、今の女王に私やあなたの影があれば、彼は絶対に大公位を受けないでしょう」

「……だから、手を出すなってわけか」

「そう。少なくとも、彼が大公位に就《つ》くまでは。就いてしまえば、こっちのものです。幸いなことに彼女は女王。愛妾《あいしょう》を抱《かか》えるのに何の問題もない」

それはフレイが、自分が愛妾になるのだと言っているのも同然の言葉だった。

「女王がマイダールに惚《ほ》れこみ、愛妾などいらぬと言われたら、どうするつもりだ？」

ダリウスの一番の懸念《けねん》はそこなのだろう。確かに、茉莉がリオンを本気で愛したら、その心を自分に向けるのは至難の業《わざ》に思える。しかしフレイはそれを難しいとは思っても、不可能なことではないと考えていた。

「自信がないのですか？」

「っ!!」

フレイのその一言は、さすがにダリウスの逆鱗《げきりん》に触《ふ》れたようだ。ダリウスは強い殺気をこめてフレイを睨《にら》みつけた。

「先のことはわからない。しかし、物事を決めつけて最善策を棄《す》てるのは、私の性《しょう》に合いません。誠心誠意《せいしんせいい》、努力するだけですよ」

なんの気負《きお》いもなく、フレイはあっさりと言う。

それを聞いて、ダリウスから毒気が抜けた。むしろ、彼は馬鹿にした表情でフレイを見る。

文句を言おうとしたフレイが、ダリウスの背後を見て目を丸くする。

「……どうした?」

訝《いぶか》しげに問うダリウスに、フレイは返事ができなかった。

その時——

いつの間に目覚めていたのだろう。上半身裸の茉莉が、サイドテーブルに載っていたお盆をダリウスに叩きつけた。

ガンッ!! と、ひどく痛そうな音が響く。

突然、お盆で後頭部を殴《なぐ》られたダリウスは、たまらずベッドからころがり落ちた。

胸を隠す素振りも見せずに、茉莉はそのまま大きくお盆を振りかぶり、渾身《こんしん》の力でダリウスに投げつける。

痛みに朦朧《もうろう》としていたからか、それとも女王の姿に目を奪《うば》われたからか。おそらく後者だろうが、常のダリウスならば余裕《よゆう》を持って避《よ》けられるはずのお盆は、くるくると回転しながらガッキィーン!! と大きな音を立て、ダリウスの額《ひたい》にクリーンヒットした。

悪鬼《あっき》の形相《ぎょうそう》でベッドの上に仁王《におう》立《だ》ちし、茉莉は叫ぶ。

「ホルグ！　殺《や》れ!!」

実に明確で、聞き間違いようのない命令だった。

「おい、ちょっと待て！　それは、しゃれにならん!!」

寝室で女王と事に及ぼうとしていたダリウスは、当然丸腰である。慌《あわ》てるダリウスめがけ、天才ホルグが本気で斬《き》りかかった。

（これは、さすがのダリウスでも死ぬのでは？）

呆然とやりとりを見ていたフレイはそう思う。

ホルグの動きを確認した茉莉は、へなへなとベッドの上に崩れ落ちた。

「陛下！」

茉莉に駆《か》け寄ったフレイの胸に彼女が縋《すが》りつく。そのまま、茉莉は声をあげて泣きだした。

「うわぁーん！　こ、怖かったぁ」

「茉莉」

フレイは小さな声で茉莉の名を呼んだ。もっとも、本気で剣を振るうホルグと、必死で逃げているダリウスには、普通の大きさの声でも聞こえないだろうが――

腕の中にある裸の背中に目をやり、フレイはその破壊力にめまいを覚える。慌てて手近なシーツで茉莉の体を包《くる》む。

「すみません。怖い目に遭《あ》わせましたね」

フレイが優しく声をかければ、茉莉はふるふると小さく首を振ってフレイの胸に顔を埋《うず》め、泣きじゃくる。フレイには、その姿がたまらなく愛《いと》おしかった。

「おい！　いい加減に、こいつを止めろ！」

何か雑音が聞こえていたが、フレイは見えない耳栓《みみせん》をする。

茉莉の感触を堪能《たんのう》したフレイが渋《しぶ》る彼女を説得し、ホルグを止めさせたのは、随分《ずいぶん》経《た》ってからのことだった。

◆

「すまなかった」

あちこちの切り傷から血を流し、額《ひたい》と後頭部に大きなたんこぶを作ったダリウスは、不承不承《ふしょうぶしょう》頭を下げる。本気のホルグから小さな傷しか受けずに逃げ切ったダリウスを褒《ほ》めるか、傭兵《ようへい》として百戦錬磨《ひゃくせんれんま》のダリウスに傷を負《お》わせたホルグを褒めるか。そこは評価が分かれるところだろう。

「誠意が感じられない！」

新しいドレスに着替えて椅子に座った茉莉は、フンと横を向く。

「悪いと思っていないからな」

ダリウスの返事は、茉莉の怒《いか》りに再び火をつけた。もう一度ホルグに命じそうな茉莉を、ダリウスは慌《あわ》てて止める。

「俺は、お前が好きだ」

ダリウスからの突然のストレートな告白に、茉莉は頬を赤く染めた。

「好きな奴は、抱きたくなる」

何が悪いとでも言いたげに、ダリウスは堂々と主張する。

「……ケダモノ」

ポツリと茉莉は呟《つぶや》いた。その軽蔑《けいべつ》のこめられた冷たい響きにガックリ項垂《うなだ》れながらも、ダリウスはどこかホッとしたように笑う。

「口をきいてくれなくなるかと思っていたが……。やっぱり、お前はいいな」

嬉しそうにダリウスは言う。

「……二度と、あんな真似《まね》は許さない」

そんな言葉で騙《だま》されるものかと、茉莉は彼をギロッと睨《にら》みつけながら言い放《はな》つ。

「今度同意もなしにあんなことをしたら、軍を総動員して捕まえて、アルウェアの足であそこを踏んづけてやる！」

茉莉の発言はダリウスのみならず、フレイやホルグの顔も青ざめさせた。

「さすがにそれは……」

「間違いなく死んでしまいます」

二人はそれぞれ制止の言葉を口にする。

なのに当のダリウスは苦笑しながら茉莉に聞く。

「同意の上ならいいんだな？」

「同意なんて、しない！」

茉莉は憤然《ふんぜん》として言い返す。そして、怒られているのに上機嫌なダリウスを不審《ふしん》そうに見た。

「ともかく、今後一ヶ月は私に触《ふ》れるな！　利息の支払いもなしだ！」

「一ヶ月!?」

茉莉の言葉に、今度は三人から一斉《いっせい》に驚きの声があがった。

「たった、一ヶ月でいいのですか？」

フレイが信じられないと言いたげに呟く。

「えっ、じゃあ、一年？」

「差がありすぎだ」

訂正《ていせい》した茉莉に、ダリウスがむすっと不満を表した。

「というより……許してさしあげるのですか？」

不思議がってホルグが聞く。言われて、茉莉はもう一度考えた。

（……確かに許しがたいことだけど、未遂《みすい》だし。元々やらせるって言ったのに、お預《あず》けにしているのはこっちだし。きっといろいろ溜まっちゃったのよね。男はそういうの、たいへんだって聞いたことあるし……）

茉莉はうんうんと考えこんで、勝手に納得する。

そんな彼女に、男性三人は変なものを見るような目を向けていた。

「……やっぱり、一ヶ月でいい。キスと胸だけだから。そのかわり、その傷を治癒術《ちゆじゅつ》で治すのは禁じる。しばらく痛みに泣くといい」

お風呂で傷がしみるのが、地味に嫌いな茉莉である。

一方、この程度の傷などなんでもない傭兵《ようへい》商売のダリウスは、拍子抜けしてしまう。

「それだけ……？　そんなに簡単に……」

「キスと胸で、一ヶ月……」

フレイは呆然と呟《つぶや》き、ホルグはなんだか真剣に悩みはじめる。

女王の部屋での大騒動は、こうしておさまった。この騒動は、当日中にトップスクープとして城内に知れ渡る。女王を巡《めぐ》る、将軍と宰相補佐、美少年の三つ巴《みどもえ》の戦いと題されたそれは、噂《うわさ》の数だけ結末が違い、当事者と周囲の者を随分《ずいぶん》悩ませたのだった。

◆

同じ頃、王城にほど近いカルファー公爵邸。

そこは主《あるじ》の不機嫌を受け、ピリピリとしたいやな緊張感に包まれていた。今まで主に溺愛《できあい》され、甘やかされて育った公爵の孫息子は、公爵に散々に罵《ののし》られたせいで部屋に引きこもっている。ちなみに、いち早く危険を察知した息子夫婦は、領地の視察という名目を作り、邸《やしき》を逃走した。

「まぁまぁ、伯父上《おじ》。陛下の気まぐれは、今にはじまったことではないでしょう。数日もすれば元に戻られますよ」

家人の誰もが近寄りたがらない老公爵のそばに、飄々《ひょうひょう》とした男がいる。

彼の名はジェイク・パルミア。公爵の甥《おい》である。

三十代で独身。やせすぎに見えるひょろっとした体形で、灰色の短髪に、老公爵に似たうす茶の瞳をしている。もっとも、似ているのは瞳の色だけだ。パルミアの目は公爵よりも大きく切れ長で、いつも笑みで細められている。

彼の服は、公爵の甥という立場にしては地味だ。髪や目の色と相まって、彼を目立たない凡庸《ぼんよう》な男に見せた。

カルファー公爵は最近、妹の子であるこの男を好《この》んでそばに置いていた。

歳の離れた公爵の妹は寄せられたいくつもの良縁を断り、四十年ほど前に一般の商人に嫁《とつ》いだ。それは家出同然の行《おこな》いで、以後はなんの連絡もなかった。

しかし、数年前に甥だというパルミアが妹の手紙を持ってフラリと現れたのだ。

手紙によれば、妹は隣国のノルガー帝国でそこそこ裕福な商人の妻におさまっているという。このたび、独立した一人息子が自分の故郷、カルクーラで商売をはじめたいと言い出したため、助けてやってほしいとあった。

手紙は確かに妹の筆跡。パルミアは、妹がカルファー家にいた頃につけていた紋章《もんしょう》入りの指輪も持参しており、身元に疑いはなかった。

当初、老公爵は、家出同然で飛び出した妹の虫のいい願いに、難色を示した。しかし会ってみた甥《おい》は、ウィットに富んだ会話を繰《く》り広げ、それでいて公爵の自尊心をくすぐる話題も熟知《じゅくち》している。話し相手として申し分のない男だった。

公爵は、親の顔色ばかりをうかがう息子夫婦や、可愛いものの能力が足りない孫息子より、パルミアを気に入った。そして甥をそばに置き、重用《ちょうよう》するようになっていた。

今も、そうだ。女王との一件によりブリザードを吹かせるほど機嫌の悪い老公爵に言葉をかけることは、本来、命知らずな行為。

しかし甥の話術により、公爵は不機嫌ながらも会話をしている。

「あの小娘、クレオは必要ないから来るなと言いおった。この私にも無理して参上するなと……。小娘がいい気になりおって、今まで誰が育ててやったと思っている。我儘《わがまま》の限りを聞き、どんな望みも叶《かな》えてきたものを」

それを育てたとは言わないだろうと内心思ったが、賢い甥は口答えせずに頷《うなず》いた。

「伯父上のご苦労をお察しします」

「しかも、毛嫌いしていたカルヴァンの息子をそばに置いて！　やはり、いざとなれば女は顔のいい男に靡《なび》くのだ。セレスティア様と変わらない！　同じ血が流れているだけある」

吐き捨てるように老公爵は言う。

セレスティアとはフレイアスの祖母、カルヴァン公爵家に降嫁《こうか》したかつての王妹だ。セレスティアが嫁ぐ時、カルファー公爵と当時のカルヴァン公爵、つまりフレイアスの祖父は争《あらそ》った。結局セレスティアはカルヴァン公爵を選んだのだが、その時のしこりがまだ両公爵家に残っている。

「そうとばかりも言えませんよ、伯父上《おじ》。女性によっては容姿よりも軽妙な話題ができるかどうか、知識の広さ、深さ、品性などを重要視される方もいらっしゃいます」

容姿で劣るクレオをかばった体《てい》だが、それらすべてにおいてフレイアスの方が優《すぐ》れていることを知る公爵は、一層焦る。

苛々《いらいら》して座っている豪華な椅子の肘掛けを指で叩く公爵のもとへ、家令が遠慮《えんりょ》がちに来訪者《らいほうしゃ》を告げにきた。「忙しいと言え」と素っ気なく公爵は断る。急いで部屋を出ていこうとする家令を、パルミアが引き止めた。

「どなたがお出でになったのですか？」

「ノルガー帝国の大使様です」

パルミアが相好《そうごう》を崩した。

「それはそれは……また贈りものですか？」

「はい。ノルガー産のいい酒が手に入ったからと」

ノルガー帝国の大使は、カルファー公爵にたびたび贈りものと称した貢《みつ》ぎものを持参していた。帝国の狙いは女王にあるようだったが、カルファー公爵は贈りものだけしっかり受け取り、のらりくらりと大使をかわし続けている。

「久しぶりにノルガーの話が聞きたい。伯父上、私がお相手してもよろしいですか？」

「好きにしろ」

楽しそうなパルミアに、一旦《いったん》はそう言ったものの……

「あぁ、待て、私が会おう」

カルファー公爵は、甥《おい》を引き止めた。

元王妹も女王もカルファーよりもカルヴァンを選ぶのなら、こんな国に忠誠を尽《つ》くす必要はない。

そう思い、老公爵は小さな目に暗い光を浮かべた。

パルミアは、そんな伯父の様子に笑みをより深めるのだった。

第五章　願い

リオン・マイダールは、ある部屋の入口で呆気《あっけ》にとられて立ちつくしていた。

先刻、宰相補佐の残していった言葉通りに部屋の移動を言い渡され、いやいや本塔へ移ることになったリオン。案内された部屋に足を踏み入れた途端《とたん》、彼はそこから動けなくなった。

案内役のバスツール将軍がリオンに声をかける。

「マイダール辺境侯?」

「……なんだ、この部屋は?」

呆然とするリオンに、バスツールはもっともだと思った。

その部屋は、淡いラベンダー色を基調にした、優しい印象のとても広い部屋だった。一面に広がるガラス張りの窓が開けられ、濃淡の異なる二色のラベンダー色に染められたカーテンがふわふわと揺《ゆ》れている。部屋の奥には、続き間への大きな扉が開け放《はな》たれており、その向こうに天蓋《てんがい》付きのキングサイズのベッドが見えた。ただの客間であるはずがない。

「……故王妃様のお部屋です」

バスツール将軍の声に同情の色がにじむのは、気のせいではないだろう。

「どうして、そんな部屋に、私が?」

リオンの質問への答えは信じられないものだった。

「こちらしか空《あ》いている部屋がないそうです」

「馬鹿を言うな！」

リオンは思わず、十歳以上も年上の将軍を怒鳴《どな》りつけてしまう。

バスツールもリオンの気持ちは十二分にわかるのだろう、黙《だま》って聞いていた。

「私は反乱の首謀者《しゅぼうしゃ》！　重大犯罪人です！　そんな者を本塔に移すだけでも問題なのに、王妃の部屋へなど……何を考えているのですか」

なんとか言葉を取り繕《つくろ》って、リオンは聞き直す。

対するバスツールはリオンの視線から微妙に目を逸《そ》らした。

「カルヴァン宰相補佐様が、どうせ空いているのだから使っていただきたいと」

バスツールはリオンに申し訳なさそうに言う。

（また、あの宰相補佐か）

リオンは苦々しい思いで美しい宰相補佐の顔を頭に浮かべた。『リオン様』と丁寧に呼びかけてくる彼の声は、妙にリオンの神経を苛立《いらだ》たせる。

カルヴァン公爵家の嫡男《ちゃくなん》に様づけされる覚えなどなかった。

（あの男は何を企《たくら》んでいる？）

『そのお考えを実行に移されたいとは、思われませんか？』

脳裏によみがえる、妙な甘さをともなう台詞《せりふ》。

（実行に移したくないわけがない。移したかったからこそ、戦ったのだ）

リオンは、女王の悪政を少しでもなかったことにしたかった。

だが、宰相補佐の言葉を安易に信じることはできない。何から何まで、不審《ふしん》な点ばかりである。

だいたい、女王と宰相補佐は、お互い顔を見るのも避けるほどいがみ合っていると聞いていた。

そばに寄れば鳥肌を立て、もう何年も口をきいていないと。

しかし、先刻の様子はそんな風には見えなかった。むしろ、この上なく信頼し合っている様子だ。

女王の変化が原因なのは間違いないだろうが、それにしても突然で不審すぎる。

そして女王の変化も謎だった。まるで別人だ。

悪政の限りを尽《つ》くす、威厳《いげん》など何一つない愚王《ぐおう》のはず。

しかし、あの戦いの最中に鮮《あざ》やかに変化してしまった。

戦闘中、彼女は女神のごとく戦場を支配し、リオンの言葉には儚《はかな》い風情《ふぜい》で涙を流した。かと思えば、何も知らない子供みたいに無邪気《むじゃき》に振《ふ》る舞《ま》い、おまけに先ほど訪ねてきた時のあの様子。

かつての王女そのままに、リオンの前で泣き出す始末だ。

女王の何を信じていいのか、まったくわからなかった。

（しかも、反逆者たる自分に与えたのが、この部屋とは）

空いているからといって、故王妃の部屋を罪人にあてがうなど、ありえない。警戒するなという方が無理な話である。

「バスツール将軍……宰相補佐殿は一体何がしたいのですか？」

疲れを声ににじませて、リオンは聞いた。

当然、答えは返ってこない。バスツールはわかりませんと首を横に振った。

「戦《いくさ》のことはともかく、私は城内での駆《か》け引きが苦手で……。しかし、陛下はマイダール辺境侯を悪いようにはしないと思われます。どうか、陛下を信頼していただけませんか？」

バスツールの言葉に、苦笑を漏《も》らす。

信頼できれば反乱など起こさなかっただろう。

「反乱軍の首謀者《しゅぼうしゃ》たる私に、それをおっしゃいますか？」

「はい。今の陛下は、私の命を賭《と》してあまりある主君でいらっしゃいます。以前の陛下を、とは言いません。せめて、今の陛下を偏見《へんけん》のない目で見ていただきたいのです」

まっすぐな瞳を向けるバスツールに、これはこれでたちが悪いなとリオンは思う。

宰相補佐の言葉とは異なり、胸に響いた。リオンはため息をつき、あきらめる。

「他に部屋はないのでしょう？　とりあえず、ここで我慢します。しかし、できるだけすみやかに部屋を移していただくことを要望します。私のような田舎者《いなかもの》に相応《ふさわ》しい、小さな監獄《かんごく》に」

顔をしかめながらも、バスツールはリオンに礼を返す。

「マイダール辺境侯のご協力に感謝します。騎士を一名扉の外に立たせますが、見張りではなく警護の者です。何かご要望があれば、遠慮《えんりょ》なさらずおっしゃってください」

(どいつもこいつも……。どうして俺を敵と認識しないのだろう？)

リオンは、心の中で愚痴《ぐち》をこぼした。

「では、敬愛される陛下と宰相補佐様に進言していただけますか？　反乱の首謀者をいつまでも飼い殺しにせず、さっさと処刑するなり幽閉《ゆうへい》するなりしろと。税金の無駄使いです」

「私は、そうは思いません」

バスツールははっきり否定すると、部屋を出ていく。

残されたリオンは、やわらかな椅子にぐったりと腰掛け、開け放《はな》たれた窓の外を見つめた。

（虜囚《りょしゅう》のいる部屋の窓が、こんなに開放的でいいのか？）

その時、窓の外に白い小鳥を見つけ、リオンは思わず立ち上がる。

小鳥は小さく首を傾《かし》げ、そのまま部屋に飛びこんできた。慣れた様子でリオンの肩に留まる。

「イル」

自分でつけた鳥の名を呼んでやる。間違いなく、幼鳥《ようちょう》の時からリオンが育てた鳥だった。

この鳥はマイダール領に多く生息する種だ。育てた人によく慣れて、不思議なことに育て親がどこにいても見つけ出し、そのもとへ飛ぶ習性を持っていた。また、育て親の思考をよく理解し、親が頭に思い浮かべた場所に誤《あやま》りなく飛ぶ能力も持つ、優《すぐ》れた鳥だ。リオンは数羽の鳥を育てていて、反乱軍の連絡に使っていた。

イルを見ると、足に白い紙が結びつけてある。

開けば、それはリオンの予想通り、彼の側近ギーブからの手紙だった。

ギーブは幼い時からずっとリオンに仕《つか》えていて、兄のような存在でもある。

反乱と同時にマイダールで事件が起こり、ギーブはその対処のため領地に残っていたのだ。

しかし、敗戦の知らせを聞いて、万に一つの可能性にかけてイルを放《はな》ったのだろう。

リオンの安否を心配する文面に、捕らえられて初めて、心からの笑みが漏《も》れる。

急いで無事である旨《むね》をしたためた。おそらくは、このやりとりも知られていると確信しつつ、ギーヴのもとに戻れと念じイルを空に放つ。監禁を解くと言った手前、手紙のやりとりが咎《とが》められることはあるまい。イルが見えなくなると、リオンは深く息を吐いた。

(ギーブは無事だった。他の仲間は大丈夫なのか?)

宰相補佐の狙いは、リオンにはわからない。待遇《たいぐう》がよくなっても、緊張がとれることはなかった。

『今の陛下を偏見《へんけん》のない目で見ていただきたいのです』

バスツールの真摯《しんし》な声が、リオンの頭によみがえる。

(そうできれば、どんなに楽になれることか)

「……疲れた」

リオンの呟《つぶや》きは、広い部屋に空虚《くうきょ》に響いた。

◆

「……疲れた」

夕食を終えて湯あみを済ませた茉莉は、アンナに寝る前の支度《したく》をすべて整えてもらった。そうして、座るのに慣れはじめた豪華な椅子に、ぐったりと体を沈《しず》める。

『三《み》つ巴《どもえ》大騒動』という変な呼称で城内に広まってしまった事件のあと、結局、休む暇《ひま》なく茉莉は働いた。まず、ドウシャに軍隊を派遣する命令を出した。次に昨日ほどではないものの、わけのわからないものが多数混ざった書類をフレイと二人で処理する。国民の命に関わる緊急の案件を最優先に決裁した。

そして、フレイを講師にこの国の現状を勉強した。

(頭を振ると、覚えたことがこぼれていきそう……)

間違いなく、大学受験の時よりも必死だった。茉莉の行動すべてが国民の生活につながるのだと思うと、手を抜けるはずがない。

フレイは彼の権限で行《おこな》えることは先に進めていると言っていたが、女王の裁決が必要な案件は多い。よって、茉莉が勉強している間は保留となる案件が多数あると自覚していた。

「頑張らないと」

小さな声で自分に言い聞かせる。

その時、扉がコンコンと控《ひか》えめにノックされた。

「誰?」

警戒気味《ぎみ》に尋《たず》ねると扉から顔をのぞかせたのは、夜の歩哨《ほしょう》に立つ近衛《このえ》騎士エルンスト・レオニールだった。

「レオニール」

「お疲れのところ申し訳ありません」

本当に申し訳なさそうに、レオニールは長身を折り曲げて礼をする。

「かまわないわ」

茉莉が頷《うなず》いて笑いかけると、レオニールも表情をゆるめた。

「昼間、時間の空《あ》いている時に街に出たのですが……」

長身の男は言いながら、おずおずと小さな可愛い箱を茉莉に差し出す。

「私に？」

「おいしいから買ってきてほしい、と妹に頼まれたお菓子です。陛下のお口に合うかどうか、わからないのですが」

筋肉質で可愛いお菓子とは縁遠そうな外見のレオニールが買い物する姿を想像して、茉莉はついくすくすと笑う。

「ありがとう。開けてみてもいい？」

レオニールは嬉しそうに大きく頷いた。

箱の中身は、チョコレートみたいなお菓子だった。綺麗な花をかたどったそれを、茉莉はパクッと口に放りこんだ。

「っ！　あっ、お毒見を」

「あなたが買ってきてくれたのだもの、必要ないわ。おいしい……！」

口の中で溶けるお菓子の甘さに、茉莉は思わず感嘆《かんたん》の声を漏《も》らす。

（間違いなくチョコレートだわ。しかも、すごく上質）

「ありがとう」

うっとりしながら、もう一度礼を言う。

レオニールは頬を染め、俯《うつむ》いた。そして突然顔を上げ、赤い顔のまま口を開く。

「陛下。その……夕食の時にホルグと一緒になったのですが――」

とつとつと話しはじめたレオニール。彼は遠慮《えんりょ》がちにではあったが、自分もホルグと同じように
ハンカチに包まれたコドゥが欲しいのだと茉莉に訴《うった》えた。

そんな可愛らしい望みを、断れるはずがない。茉莉は、レオニールの瞳と同じ綺麗な緑色のハン
カチにコドゥを包んで差し出した。彼はとても大切そうにそれを受け取る。

その様子に目を細めつつ、茉莉は別に用意したコドゥを取り出す。

そしてエルンスト・レオニール――エルを跪《ひざまず》かせると、彼の口元にコドゥを一枚つきつけた。

「はい。あ～ん」

目がぱちくりと瞬《またた》き、次《つ》いで彼の顔がポンッと真っ赤に染まる。

実は一度、誰かに「あ～ん」をやってみたかった茉莉である。

目を泳がせた背の高い騎士は、とても忠実《ちゅうじつ》に茉莉の要望に答えた。

「はい、エル、あ～ん」

やりとりの中でいつの間にかエルと愛称で呼ぶことになった彼、レオニールは大人の男性なのに
可愛らしい。そのため、彼を愛称で呼ぶことに茉莉はなんのためらいもない。

用意したコドゥはすべて、茉莉の手からレオニールの口の中に消えた。

彼の髪色や雰囲気は、以前茉莉が飼っていた愛犬のゴールデンレトリバーに似ている。レオニールとの楽しいひと時に、茉莉の疲れた心は癒《いや》されたのだった。

◆

執務《しつむ》を終えて夜遅くに女王の部屋に戻ったフレイは、扉の前で歩哨《ほしょう》に立つレオニールと顔を合わせた。昨晩は複雑そうにフレイを見ていたレオニールだが、今晩はなんだか明るい顔だ。

優秀な宰相補佐は、頭を下げるレオニールの胸ポケットが膨《ふく》らんでいるのに気がつく。フレイはだいたいの成《な》り行《ゆ》きに見当をつけ……小さくため息をついた。

「誤解のないように」

「わかっております」

短いやりとりだけで、通じる。レオニール伯爵家はカルヴァン公爵家の派閥《はばつ》に属する貴族。そのため、二人は以前より面識があった。

「そういえば、あなたはリオン様と親しかったですね？」

フレイがマイダール辺境侯を〝リオン様〟と呼んだことに驚きながら、レオニールは頷《うなず》く。

「はい、同じ学舎《まなびや》に通いました」

「そうですか。あなたから見てリオン様はどのような人物ですか？」

唐突な問いに、レオニールは眉をひそめた。

彼の怪訝《けげん》そうな視線に、フレイは慌《あわ》てる。

「あぁ、違います。警戒しないでください。心配しなくとも、リオン様の監禁はすでに解かれています。他ならぬ陛下のご要望がありましたから。監視はまだついていますが、居室もこの塔に移し、城内の中であれば自由な行動を許されています。さすがに城外へ出ることはできませんが、ご要望のものがあれば可能な限り用意させていただこうと思っています」

それは、反乱者としては破格《はかく》の待遇《たいぐう》だ。むしろ不安になったのだろう、レオニールは懸念《けねん》の表情を浮かべる。

彼を安心させるように、フレイは微笑《ほほえ》み――爆弾発言をした。

「実はリオン様に、陛下の伴侶《はんりょ》になっていただけないものかと思っているのです」

「伴侶!?」

「そう、王配にということです。大公位についていただくことになるでしょう。リオン様であれば、相応《ふさわ》しいと思うのですが」

驚きのあまり、レオニールは混乱した様子で呟《つぶや》く。

「大公。……確かに、リオンならば……いや、しかし」

隣国と接する辺境は領地が広く、そこを治める貴族はある種の特権階級。貴族の中では特に大きな権力を有している。なおかつ、マイダールは侯爵位だ。辺境に多い伯爵の上の侯爵位を持つマイダールは、特別な存在だった。先王の事故によりマイダールの名を忌《い》む者もいるが、公式には何一つ瑕疵《かし》はない。王族であるカルヴァン、カルファーなどの公爵に比べれば、もちろん下位になる。

しかし、大公となるには不足のない身分だった。

とはいうものの、彼は反乱の首謀者《しゅぼうしゃ》。なぜ、この状況で大公にする話になるのかという不審《ふしん》が、レオニールの態度にははっきり出ていた。

「まだあくまで、『思っている』段階です。私の個人的な意見として受け取ってください。先刻、陛下とリオン様がお会いになった際、お二人共、互いを気にかけているご様子だったので、つい。――このことは、ダリウス将軍も気がついたくらいですから、まるっきり私の勘違《かんちが》いでもなさそうですし」

内緒話をするみたいにフレイはこっそりと声をひそめ、レオニールに話しかけた。

レオニールは複雑そうな表情を浮かべる。

「ですから、リオン様と親しいあなたに、彼の人となりを聞かせていただこうと思ったのです」

「そうですか……」

答えながら、レオニールはまだ呆然としていた。

当然だろうとフレイは思う。個人的な意見と言ってはいるが、それがこの国をよく知り、現在女王に重用《ちょうよう》されている一宰相補佐としてのものであれば、政治の問題に関わる。ただの意見で終わるわけがない。

「驚かせてしまいましたね。後日でかまいません。時間のある時に話を聞かせてください。あぁ、あなた以外で、リオン様と親しい方のご意見も聞いておいていただけると助かります」

「はい」

混乱しつつ返事をするレオニールを横目に、フレイは部屋に入って扉を閉めた。そして、軽く息を吐く。

（これでいい）

口止めはしなかったものの、レオニールはおしゃべりな男ではない。彼の口が堅いことをフレイはよく知っている。

しかしフレイは、リオンについて情報を集めよと指示した。事情を何一つ明かさずに、他者の情報を集めることは不可能だ。

結果として、レオニールはリオンが王配候補であるという情報を、リオンをよく知る者達に伝えることになるだろう。

——リオンが大公になることを真剣に考え、おそらくは肯定的な意見を抱《いだ》くだろう者達に。

（外堀から埋めていくのも、一つの手段だ）

リオンはきっと、反乱を起こした自分が大公になろうとは、決して考えまい。フレイの考えを知れば固辞し、最悪の場合は逃げ出しかねない。

（逃がしは、しない）

フレイはすでに、マイダールの地に使いを出してあった。リオンを王都から帰せないため、すみやかに彼の弟に爵位を継《つ》がせるようにと指示している。

（逃げ道をすべて塞《ふさ》ぎ、必ず女王の傍《かたわ》らに立たせてやる！）

それが、反逆者リオン・マイダールにできる最大の償《つぐな》いだと、フレイは考えている。

（とりあえず、一刻《いっこく》も早くこちらに引きこもう）

そう決意し、フレイは女王の寝室に入る。

リオンのことを考えれば、自分は茉莉との間に距離を取った方がいいかもしれない。しかしそうすると、虎視眈々《こしたんたん》と王配の地位を狙っている者に入りこまれる危険がある。

（たとえば――クレオ・フォン・カルファーのような者に）

フレイは、宰相補佐で次期公爵という、地位も身分も自分と同じ男を思い出す。あんな輩《やから》を茉莉に近づけるわけにはいかない。

（だから、これは必要なことだ）

そう自分自身に言い聞かせ、フレイは今夜も先に寝入った茉莉に体を寄せる。茉莉の手には、昨日と同じ玉冠の入った小さな箱。その箱をそっと取り上げ、サイドテーブルに置く。

フレイは、茉莉の中に眠っているであろう、女王の残滓《ざんし》も気にかかっていた。もし今女王に出てこられては、すべて元の黙阿弥《もくあみ》だ。

（女王は、死んだ）

それでいいとフレイは思う。――なのに、ふと思ってしまう。

（もし茉莉が、玉冠など関係ない普通の女性であれば……）

そうすれば、はばかることなくフレイは茉莉を手に入れることができるはずだ。

何のしがらみもない、ただの茉莉と過ごす自分をフレイは夢想《むそう》する。

面倒なことを何一つ考えず自分の思いのままに彼女に接することを。茉莉を抱きしめ、自分の――自分だけのものにする夢を見る。

（……埒《らち》もないことを）

茉莉は女王の蘇生術《そせいじゅつ》のいけにえに選ばれたからこそ、ここにいるのだ。茉莉と王位は切り離せない。女王でない茉莉には、会うことができなかっただろう。

わかっていても、考えずにはいられない。

本心では、フレイは茉莉を誰の目にも触《ふ》れさせたくなかった。

（リオンはもちろん、ダリウスも。ホルグやレオニール、バスツールでさえ、茉莉のそばに寄せたくはない！）

叶《かな》わぬ想いに、自嘲《じちょう》的な笑みを漏《も》らす。

せめて今だけはと茉莉を自分の腕に閉じこめ、フレイは静かに目を閉じた。

◆

マイダール辺境侯が自ら女王の部屋に足を運んできたのは、明くる日の午後。

今日も、茉莉は疲れていた。

（……朝一番に見る美形のドアップは、心臓に悪いわ）

目覚めると、超至近距離にフレイの美しすぎる顔があったのだ。

茉莉は本気で寿命が十年は縮んだ気がする。

そればかりではない。キスマークをつける時、フレイのキスは昨日よりも随分《ずいぶん》回数が多かった。

どうやらダリウスにキスマークをつけられたことで、対抗意識を燃やしたようだ。茉莉は切実に、おかしなところで張り合わないでほしいと思う。朝食はまた〝あ〜ん〟でフレイに食べさせられた。

そして、張り合っていたのはホルグも同じだった。

「レオニール様が引き継《つ》ぎの報告で、陛下に手ずからコドゥを食べさせていただいたと言っておられました。レオニール様ばかり……ずるい」

茶色の瞳をうるうるさせて見つめてくる少年に、茉莉は頭を抱《かか》えた。

(エル……それは、引き継ぎ報告としてどうなの？)

何をしているのか。しかし泣き出しそうなホルグに耐えかねた茉莉は、コドゥを〝あ〜ん〟でホルグに与えたのだった。それを見るフレイの目が冷たくて、怖かった。

その上、呼んでもいないのにダリウスがやってきた。執務机《しつむづくえ》に向かう茉莉のすぐ隣に居座るダリウスに、なおさら神経を削られる。

「触《ふ》れられないのだから、そばにいさせろ」

そんなダリウスの主張は、わけがわからなかった。

(とにかく、疲れたわ)

もちろんその間も、政務と勉強は怠《おこた》らない。

(泣き言なんか言える立場じゃないけれど、疲れるものは疲れるのよね)

茉莉は心の中で一人ごちた。そんな茉莉のもとへ急にやってきたマイダール辺境侯は、執務机につかつかと歩み寄る。

「これは、どういうことですか？」

抑えた口調でそう言い、マイダール辺境侯は一通の手紙を茉莉の前に突き出した。

「近寄るんじゃねぇ！」

ダリウスが二人の間に入り、マイダール辺境侯を引き離す。

「ダリウス将軍」

フレイがそんなダリウスをたしなめ、マイダール辺境侯から手紙を預《あず》かった。そして手紙を一瞥《いちべつ》すると、茉莉に渡す。

手紙の差出人はドウシャの街の長《おさ》。内容は、軍隊派遣のお礼だ。昨日の今日で礼の手紙が届くあたり、ドウシャの街がどれほど困っていたかを物語っている。

茉莉は派遣が助けになったことを素直に喜んだ。

「よかった。少しは役に立ったようね」

「……やはり、あなた方の仕業《しわざ》ですか。どういうことです？」

茉莉の目に、マイダール辺境侯は昨日よりさらにやつれて映った。フレイが客人並みの待遇《たいぐう》を用意したはずなのに、彼の金髪はどことなくくすみ、目の下には隈《くま》が浮いている。

（もしかして、眠れていないの？）

ダリウスが引き離してくれて、よかったと思う。そばにいたら、茉莉はきっとマイダール辺境侯に手を伸ばして、大丈夫かと問いかけてしまっただろう。

（そんなことをしたら、いやがられてしまう）

茉莉は俯《うつむ》いた。彼女のかわりに、フレイが答える。

「ドウシャの復興《ふっこう》の手助けに、軍隊を派遣したのです」

「確かに、手紙にもそう書いてあった」

マイダール辺境侯は頷《うなず》いて、フレイに話の先を促《うなが》す。

「陛下のご提案です。軍は都市の復興に役立つはずだと。実際、期待通りに動いています。バスツール将軍からの活動報告では、昨日午後から瓦礫《がれき》を片付け、難民への食事の提供、行方不明者の捜索《そうさく》を行《おこな》っています。その他にも騎獣《きじゅう》を駆《か》って、王都や他都市との連絡を担《にな》っているそうです」

フレイは淡々と自分に届いた報告内容を話す。

マイダール辺境侯は、ゆっくりと瞬《まばた》きした。

「そうか……。軍に、そんな使い方が……」

呟《つぶや》く彼は、納得したようだ。

しかし、茉莉に目を向けると鋭《するど》く睨《にら》みつけた。

「行われた内容は結構です。問題は、なぜ私に礼状が届くのかということです」

そのもっともな疑問に答えたのも、フレイだ。

「陛下の名のみで軍を派遣するわけには、いきませんでしたので。陛下の派遣した軍隊を、ドウシャの民《たみ》は街に入れないでしょう」

「――軍を受け入れさせるために、私の名を利用したと？　私に何の断りもなく？」

「その通りです」

フレイの態度には、無断で名を借りたことへの疾しさの欠片もなかった。

「そうするのが、一番手っ取り早い方法でした。それはリオン様もおわかりのはずです。なぜなら、昨日の時点で私達がリオン様に名を貸してくださいと頼んでも、きっとあなたはお断りになった」

ぐっと、マイダール辺境侯は声を詰まらせる。フレイの言う通りだった。名を貸すなんて、承知するわけがない。だからこうして、手紙が届いてすぐに抗議に来ているのだ。

「今後もリオン様の名をお借りします」

すでに決定事項としてフレイは話す。

「どうか、協力していただけませんか？　協力されてもされなくても、名をお借りするのは変わらないのですから」

フレイの言葉遣《づか》いが丁寧な分、内容の傲慢《ごうまん》さがマイダール辺境侯の鼻につく。

「それが、人に協力を頼む言い方か？」

マイダール辺境侯は責めるが、フレイは少しも悪びれない。

「下手《したて》に頼んでも、リオン様には効果がなさそうですので」

茉莉ははらはらしながら、二人のやりとりを見つめていた。フレイの態度は、どう見ても協力を依頼する者のそれではない。助けを求めるようにダリウスを見るが、面白そうに見ているだけで、彼は高みの見物を決めこんでいる。

「あの……」

仕方ない。覚悟を決めて立ち上がり、茉莉は睨《にら》み合う二人の間に入った。

すると、生真面目《きまじめ》なマイダール辺境侯の端整な顔と、神々《こうごう》しくも美しいフレイの顔が同時に自分に向き、茉莉はうっと詰まる。

（……ド迫力）

一瞬気後《きおく》れするが、何とか踏みとどまる。茉莉はマイダール辺境侯に勢いよく頭を下げた。

「ごめんなさい！」

「陛下！」

フレイが制止の声をあげる。しかし、茉莉はやめなかった。

「黙《だま》って名を借りるのは、悪いことよ。悪いことをしたら、謝るのは当然だわ」

茉莉は毅然《きぜん》として言う。

「フレイも謝って」

続けてキッと彼女に睨まれて……フレイも頭を下げた。

「申し訳ありませんでした」

いかにもしぶしぶといった風ではあったが、謝罪はしたのでとりあえずよしとする。茉莉は改めてマイダール辺境侯に向き直った。言葉遣《づか》いに気をつけながら、話し出す。

「フレイの言い方は間違っているけれど、内容は間違っていない。私の力だけでは、ドウシャの人達を助けることはできない。彼らのために力を貸してほしい」

回りくどいことは苦手だ。必要な駆《か》け引きはいくらでもやるつもりでいるが、きっと今はその時ではない。それに、リオン・マイダール相手に、下手《へた》な小細工は通じないだろう。

綺麗な青色の瞳を茉莉はじっと見つめる。

(……綺麗だわ)

茉莉は心からそう思った。

「宰相補佐様の話はわかりました。勝手に名を使われた件は、謝罪を受け入れます」

長い沈黙の果《は》てに、マイダール辺境侯がようやく返事をする。

「ありがとう」

笑みを浮かべた茉莉に、男性三人が息を呑む。

「あ、では、協力の件は？」

続けて聞けば、マイダール辺境侯は頷《うなず》きかけ、慌《あわ》てて首を横に振った。

「それとこれとは、別です。虜囚《りょしゅう》の私が力を貸すなど、できません」

茉莉はがくっと肩を落とす。

「協力を得られないのであれば、仕方がありません。名をお借りすることだけでも、了承いただけませんか？」

フレイの言葉に、今度はマイダール辺境侯も頷く。

「それが、復興《ふっこう》にどうしても必要なのであれば」

「ありがとうございます。では、陛下。先ほど話していたドウシャの再建計画についてですが……」

フレイは話は済んだとばかりに、話題をマイダール辺境侯の来る直前のものに戻す。

退室の許可を得るタイミングをはずしたマイダール辺境侯は、所在なさそうに立ち尽くした。

「再建するに当たり、区域を分けた方がよいということでしたが？」

フレイが茉莉に聞く。そこで、茉莉は意識をドウシャの再建計画に戻した。

茉莉は以前、大学で開催された都市工学の公開ゼミを聞いたことがある。

違う分野を学んでいる茉莉にも、わかりやすい内容だった。その時になるほどと思ったことを思い出す。

（えっと、確か、都市計画区域を決めてから……）

「市街化区域――つまり、すでに市街地であるところと近年中に市街化する地域と、市街化調整区域――当分の間、市街化させせない地域を線引きしたいと思う」

公開ゼミを思い出しながら、女王らしい言葉遣《づか》いを意識して茉莉は話す。

「どうしてだ？」

政治の話なのに、めずらしくダリウスが聞いてきた。

「将来人口が増えたとき、無秩序《むちつじょ》に市街化することを避けるため。調整区域に当たる農地などの乱開発防止も必要だ」

ゼミの講師はそう言っていたはず。

「原状回復だけでなく、将来的な発展も踏まえて考えるというわけか」

納得したようなダリウスに、茉莉は頷く。

「できれば、用途別の地域分けもしたい。住宅地域、商業地域、工業地域などそれぞれ規制をかけ、お互いの都合を配慮《はいりょ》した配置にできればいい」

「……あぁ。そういう奴ら同士の諍《いさか》いは、どこの街にもあるからな」

傭兵《ようへい》として、各地を転々としてきただろうダリウスの言葉には、説得力があった。

「まずは、市街化区域の設定でしょうか。あまりに広ければ、整備が行き届かないでしょうし、狭《せま》ければ過密化し、地価が高騰《こうとう》しそうですね」

茉莉の拙《つたな》い説明を汲《く》んで、話を進めてくれるフレイが心底ありがたいと思う。

「ドウシャの将来像をできるだけ詳《くわ》しく推測したい。それによって方針を決め計画する。今現在の苦況を解決するのが急務だが、民《たみ》が安全で快適な暮らしができるように、計画してほしい」

茉莉の言葉に、フレイが静かに頷《うなず》いた。

その時、黙《だま》って聞いていたマイダール辺境侯が口を開く。

「統治者《とうちしゃ》が勝手に決めては駄目だ。民には民の意見がある」

茉莉は驚いて、マイダール辺境侯を見た。そして、嬉しそうに笑う。

「もちろん。都市に住む者の声も充分反映したい。住民参加の都市作りが前提だ。――そのためにも、マイダール辺境侯、あなたに協力をお願いしたい」

（お願い。『うん』と言って！）

祈りをこめて、茉莉はマイダール辺境侯を見つめる。しばしの沈黙のあと、彼は口を開いた。

「……何をなさるおつもりですか？」

返ってきた言葉が拒絶でなかったことに、茉莉は泣きたいくらい嬉しくなる。

「街の代表者や有識者の意見を聞くための場を持ちたい。こちらで作成した将来像や方針、計画を提示するから、それに対しての反応をもらいたい」

「その場を、私の名前で開催《かいさい》するということですか？」

茉莉はもう一度、マイダール辺境侯をまっすぐに見た。彼も、茉莉を静かに見返す。

「あなたが開催し、民《たみ》の意見をまとめてほしい。一緒にドウシャの……いいえ、この国全体の復興《ふっこう》と再建を手伝ってほしい」

誠心誠意《せいしんせいい》をこめて、茉莉は言った。

（お願い、お願い、お願い！　……頷いて!!）

マイダール辺境侯の青い瞳は、祈る茉莉を長く見返し……やがて、曖昧《あいまい》に揺《ゆ》れて伏せられた。

「私はまだ、あなたを信じられません――」

茉莉の顔が悲しげに歪《ゆが》む。マイダール辺境侯の悲しみと絶望の深さを知った。

フレイとダリウスが殺気に近い怒《いか》りを発し、ピンと張りつめた空気が部屋を支配する。

「――ですが、ドウシャの街の復興だけは、協力します。ドウシャを戦場にしたのは私です。あの街には私も責任がある」

「……っ!!」

目を見開き、茉莉は笑った。――笑いながら涙をこぼす。人は嬉しい時も泣くのだと、実感した。

「……嬉しい……」

嗚咽《おえつ》まじりに声を絞《しぼ》り出す茉莉に、フレイがハンカチを差し出す。茉莉はそれをありがたく受け取り、涙を拭《ふ》いた。

「ごめんなさい。マイダール辺境侯の前では、泣いてばかりで……」

「……リオンで結構です」

思いがけないマイダール辺境侯の言葉に、茉莉の涙が引っこむ。

「陛下は、すでに昨日、私をリオンと呼ばれています。今更呼び直されなくとも、結構です」

どこかぶっきらぼうに、マイダール辺境侯は言った。

(昨日？　私が、リオンと？)

さっぱり覚えていない茉莉だが、名前で呼ぶことを許され、なんだかくすぐったい。

「なら、私のことも……メアリと」

「馬鹿を言わないでください！」

即座に否定するマイダール辺境侯。彼の態度がちょっぴり寂《さび》しく、茉莉は眉を下げてしまう。

「かまいませんでしょう。それこそリオン様も、昨日はメアリ様と呼んでいらっしゃいました」

どことなく、フレイの言葉に刺《とげ》を感じる茉莉。それはともかく――

(えっ？　本当？　彼が私をメアリと呼んだの？)

――そちらも、茉莉の記憶に残っていなかった。

(この人が、リオンが、私を名前で呼んでくれたなんて)

茉莉は感激する。その時のことを覚えていなくて、損した気分だ。

美しすぎる微笑《ほほえ》みを浮かべ、フレイがマイダール辺境侯に依頼する。

「リオン様、私のこともフレイと呼んでいただけますか？」

フレイの言葉と態度に、マイダール辺境侯は思いっきり顔をしかめた。

「宰相補佐様が、私に様をつけるのをやめてくださるのなら」

いやいや返したマイダール辺境侯の言葉に、フレイは少し考えこむ。首を傾《かし》げる姿も一枚の絵みたいに美しい。

「承知しました。……リオン」

その声にはものすごい艶《つや》があった。聞いている茉莉の背中までぞくぞくして、彼女は改めて思う。

（美形って、怖い）

顔をしかめたマイダール辺境侯に、楽しげなダリウスも言葉をかける。

「俺も、ダリウスでいいぜ。……リオンに……フレイ」

ダリウスの声には、蕩《とろ》けるような甘さがあった。

とても不本意そうな顔が二つ、ダリウスを見返す。

（この人達、一体、何がしたいの？）

三人のやりとりに噴《ふ》き出した茉莉にも、色気を帯《お》びた声でダリウスが呼びかける。

「メアリ様」

「……っ！」

今まで以上の大きさの何かが、茉莉の背筋を駆《か》け上がった。悪寒《おかん》なのか別の何かなのか、茉莉には判断がつかない。

(ダリウスは、やっぱり危険だわ)

認識を改めながらも、やられっぱなしは茉莉の性に合わなかった。

「ダリウス。……フレイ。……リオン」

茉莉には色気を言葉にのせることはできない。けれどその分、ありったけの想いをこめて、三人の名前を呼ぶ。自然と溢《あふ》れてきたあたたかな想いが、笑みになった。

男性三人が虚《きょ》を突かれたように惚《ほう》け、茉莉を見返す。

「よ・ろ・し・く」

いつの間にか、名前の呼び合い大会になってしまったやりとりは、結局、茉莉の一人勝ちで幕を閉じたのだった。


そのあと、ドウシャの住民に提示する都市計画の将来像を四人で話し合った。

都市郊外が戦場となったため、現在のドウシャは主要な建物が壊され、水道が寸断された状態だ。軍の派遣で秩序《ちつじょ》が取り戻されつつあるが、早急な対応が必要とされていた。

騎士や貴族の存在に王政等、中世ヨーロッパのイメージの強いこの世界。実際ほとんどの社会制度はその時代と同じだが、上下水道等のインフラ整備は進んでおり、住民の生活レベルは案外高い。生活基盤《きばん》を再建するのは個人ではなく、国の仕事である。

交通整備の方針、下水道や河川整備、諸々《もろもろ》の公共施設について話し合う際に、茉莉は公開ゼミを思い起こしながら提案し、リオンが実際に統治《とうち》してきた経験を元にその是非《ぜひ》を検討する。ダリウスは他国を見てきた経験から鋭《するど》い意見を出し、フレイが現状で可能な予算、体制等の面から実効性を確認した。

時に議論は白熱し、声を荒らげることもある。それほどの熱意を持って進められた話し合いは、茉莉をはじめ男性三人にも充足感とやりがいをもたらした。

「叩き台としての計画案は、明日中にできるでしょう。明後日、これを元に話し合いの場を設けたいと思います。リオン、可能ですか？」

ある程度の議題の方向性が固まり、まとめの段階になって、フレイがリオンに確認する。

「明後日か……これからすぐ連絡を取る。ドウシャ側の都合もあるが、話の内容が内容だ。なんとか都合をつけるだろう」

「話し合いには、私も出ます。リオン、あなたは当然として、あとは……」

「私も行く」

フレイの言葉を遮《さえぎ》った茉莉に、男達は一様《いちよう》に反対の声をあげた。

「危険です」

「駄目だ！」

「お断りします」

フレイは心配そうに、ダリウスは頭ごなしに強く、リオンは眉間《みけん》にしわを寄せて、茉莉を止める。

「反乱はおさまったとはいえ、残党はいます。反乱軍の元本拠地に行くなんて、危険すぎます」

フレイの心配は、もっともだ。茉莉とて危険は充分に承知している。女王の命が失われてはならないものだということも。万が一にでも危険はおかさない方がいい。

「それでも、行きたい」

自分が戦ってしまったがために、被害の広がったドウシャの住民に謝りたい。

それに、〝女王〟が謝らなければならないと茉莉は思うのだ。

「不要です」

殊更《ことさら》冷たく、リオンが言う。

「民《たみ》の意見を聞くのは、私とフレイで事足ります。陛下がおられては、むしろ冷静な声が拾えなくなります。話し合いの場を無駄にするおつもりですか？」

茉莉は唇を噛《か》んだ。しかし――

「話し合いに立ち会えなくてもかまわない。街の住民に、一言だけでも直接謝りたい」

「不要だと言いました。陛下は勝ったのです。敗者に対して、謝罪の言葉は必要ありません」

リオンの冷たい言葉も、女王を心配してのものだと茉莉はわかっている。リオンは優しい人だ。優しすぎて、反乱を起こしてしまった。今も、女王が民衆に傷つけられるのを心配している。

体だけでなく、心にも傷はつく。剣から体を守ることができても、投げられる言葉は防げない。

反乱軍のリーダーだったのに女王側としてドウシャに赴《おもむ》くリオンだって、何を言われるかわからない。ましてや女王には、どんなひどい言葉が投げつけられることか。

フレイとダリウスも、同じように茉莉を心配している。

それがわかっていてもなお、茉莉は思う。

「行きたい」

茉莉は頑《かたく》なに呟《つぶや》いた。どんなに危険でも、傷つけられても、女王が女王自身の言葉で、民に直接謝らなくてはいけない。

「陛下」

フレイが懇願《こんがん》する。

「必要ありません」

リオンは重ねて拒絶する。

やはりだめなのかと、茉莉があきらめかけた時――

「……そんなに行きたいなら、行けばいい」

呆《あき》れた様子で、ダリウスが言った。

「ダリウス!?」

フレイとリオンから非難の声があがった。

「心配ならレオニールやホルグも連れて行けばいい。お前の体は俺が守ってやる。心は、自分で守れるだろう？」

何でもないことのように、ダリウスが言う。それは、茉莉への信頼の言葉だった。

「ダリウス」

茉莉は立ち上がり、向かいのソファーに座るダリウスに近づくとギュッと抱きつく。

「触《ふ》れるのは禁止じゃなかったのか？」

そう言いながら、ダリウスは茉莉を抱き返す。

「私からならいいわ。――っ！　調子に乗らない‼」

抱き返すだけでなく、ダリウスの手が怪《あや》しい動きをはじめたので、茉莉はさっと身を離してダリウスの手を叩き落とした。

「行く必要はないと言っています」

二人のやりとりを白い目で見ていたリオンが言う。

「反乱軍の憎《にく》しみの深さを、あなた達は知りません。何が起こっても不思議ではない状況なのです」

脅《おど》しみたいなリオンの言葉に、ダリウスは軽く肩をすくめた。

「リオン、過保護すぎだ。こいつはそんなに弱くない。むしろ、強い女だ。……こいつは、お前の可愛い王女様じゃない」

リオンと幼かった王女の話を、ダリウスもフレイから聞いていた。

なぜかフレイは、その話を皆《みな》に広めている節《ふし》がある。小さな恋の美談からはじまり、その想いゆえに戦ってしまった悲恋の物語としてだ。この物語は今、城内や城下の人々……主に若い女性の間で人気となっている。

自分がそんな悲しい恋物語の主人公になっているとは知らないリオンは、顔をしかめる。

「ダリウス、お前は軽すぎる。第一、陛下に対してこいつとはなんだ⁉　不敬《ふけい》にもほどがあるだろう」

「今更だな」

（それは、今更よねぇ）

ダリウスの言葉に茉莉も心の中で頷《うなず》く。

自分を敬《うやま》う気持ちがあれば、襲《おそ》ったりはしないだろう。

睨《にら》み合うリオンとダリウスの間に、フレイが割って入った。

「どうしても行かれるのですか？」

顔を茉莉に向け、フレイは確認を取る。

「私は反対です。あまりにも危険すぎる。それでも、どうしても行きたいとおっしゃるのであれば、全力でお守りすべく騎士を手配いたしましょう」

罪悪感にかられながらも、茉莉の気持ちはゆるがない。

「どうしても、行きたい！」

「承知しました」

覚悟を決めた様子で、フレイが一礼をした。

「ありがとう」

自分の意見を曲げて許してくれたフレイに、茉莉は感謝する。そして、絶対無事に帰ってくると決意した。

あとは、リオンだけだ。

茉莉はじっとリオンを見つめ、真摯《しんし》に言葉を重ねた。

「一言、謝るだけ。あとは何もしない。約束する」

何か言いたそうに開いた口を、リオンはあきらめたように閉じる。

「二対一では、私の負けだ」

そう呟《つぶや》いて、彼は俯《うつむ》いた。

「リオン」

茉莉の呼びかけに、リオンが顔を上げて小さく問う。

「……あなたは、本当に女王陛下なのですか」

茉莉は、思わず息を呑む。

しかし、その言葉は独り言のようで、茉莉に答えを求めてはいなかった。ドウシャに連絡を取ると言い、リオンは一人部屋を出る。

「……フレイ」

リオンが出ていった扉を見つめたまま、茉莉はフレイに声をかける。

「私は――――」

(言った方がいい？　私は女王ではありませんと。あなたがあとを追おうとした女王は、もう死んでいるんですすって)

茉莉の心の中を、苦い想いがせり上がる。

(……これは、何？)

「大丈夫です。リオンは、約束したことは必ず守るでしょう。陛下が行くことに納得していなくとも、話し合いの場はきちんと整えますよ」

茉莉の聞きたいことを充分承知しながら、フレイはあえて違う言葉を返す。

「そうね」

茉莉も、聞き直さずに小さく頷《うなず》いた。

それぞれに複雑な想いを抱《かか》え、とりあえずこの件の話し合いは終わった。

◆

リオンは自室となった優美な部屋の広い窓から、白い小鳥イルを空に放《はな》つ。
二、三度羽ばたいて、青い空に吸いこまれる小さな姿。その足には、側近ギーブへの手紙が託《たく》してある。簡単な経緯の説明に加え、詳細について相談したいから訪ねてくるようにとの命令を記したものだ。
リオンにはすでに、女王を疑う気持ちはなくなっていた。

あまりにも変わった彼女を思う。

自分に向けられた、なんの気負《きお》いもない素直な謝罪と、一途《いちず》な協力の依頼。

彼女はリオンの対応に一喜一憂《いっきいちゆう》し、涙までこぼしたのだ。

そして民《たみ》に謝るために、危険を押してドウシャに行こうとした。

自分を真正面から見つめた黒い真摯な瞳からは、一歩も引かない強さを感じた。

そのくせ時折、無邪気《むじゃき》な言動をするから、そのアンバランスさに目が離せなくなる。

女王の瞳を見ていた自分の視線が、女王の顔から首、胸へと移り——胸元の赤い痕《あと》に苛立《いらだ》ちを覚えた時には、愕然《がくぜん》とした。

ダリウスに抱きついた彼女には、思わずやめろ！　と怒鳴《どな》りつけたくなった。

(俺は、どうかしている)

戦いの中で女王を殺そうとしたのは、つい先日だ。実際に手を下《くだ》したわけではないが、策を練《ね》り命令したのは間違いなく自分である。

(本当に、どうかしている……)

窓から吹きこむ風が、ラベンダー色のカーテンを優しく揺《ゆ》らした。

自分の中にある感情が何なのかわからないほど、リオンは子供ではない。

ただ、それを自覚しても、なんにもならないことは理解している。

(女王を一人の女性として手に入れるなど、不可能だ)

手に入らない女に入れあげるほど無責任な立場に自分はない。反逆者の自分が侯爵位に戻れるとは思っていないが、自分に課せられた民《たみ》への責務は消えない。その上、戦いの犠牲《ぎせい》になった者に対する償《つぐな》いもしたい。

(この想いは、叶《かな》わない)

リオンは静かにため息をついた。想いを抱《かか》えたまま女王のそばにいることは、苦しい。

(すべてが終わったら、マイダールへ帰ろう。それが、罪人の自分に許されるのならば……だが)

自分の望みはそれだけだと、リオンは自身に言い聞かせた。

◆

心ここにあらずの状態で、茉莉は夕食後、寝室のベッドの上にいた。

昼の話し合いが終わってから、茉莉はずっとリオンのことを気にかけている。

おかげで、夕食でフレイに〝あ～ん〟される時も、レオニールにコドゥを〝あ～ん〟で食べさせる時も、あまり羞恥心《しゅうち》を抱《いだ》かずに済んだ。

フレイとレオニールは、そんな茉莉の様子を見て心配そうにしていた。だが、茉莉自身どうしてこんなにリオンのことが気にかかるのかわからなかったので、返す言葉がなかった。

なかなか寝付けずに、茉莉は手の中の箱を弄《もてあそ》ぶ。

両手に収まるサイズの小さな箱。それは豪華絢爛《ごうかけんらん》なこの部屋に不釣《ふつ》り合《あ》いなほど地味で、茉莉は見つけた時に思わず手に取ってしまった。それ以来ベッドの脇《わき》に置き、眠る前にひとしきり手に取り、眺《なが》めてしまう。ふたを開けたことはない。地味な箱に大《たい》したものは入っていないだろうから、安心して触《ふ》れられる。それが嬉しくて、手離せないのかもしれない。

箱をぎゅっと抱くと、ざわついていた心が静かになっていく。

「リオン」

自然に彼の名前が口から出た。なぜかという疑問に答えを出す前に、カチャリと扉が開かれる。

「フレイ？」

振り向くと、なぜかいつもより疲れた様子の美しい宰相補佐が入ってきた。

「今日は早いのね」

フレイはいつも夜遅くまで執務《しつむ》をしている。だから、この部屋に来るのは茉莉が寝入ったあとだ。

「仕事が早めに片付きましたので」

「そう、よかった」

茉莉はホッとする。眠る間も惜《お》しんで働くフレイを、茉莉は心配していた。すると、嬉しそうに笑う茉莉に、フレイはじっと視線を向ける。

「どうしたの？」

フレイのただならぬ様子に不安を感じ、茉莉は尋《たず》ねた。

「……いえ、案外自分は心が狭《せま》いのだと、自嘲《じちょう》していただけです」

なんでもないようにフレイは答えて、ベッドに上がってくる。

ギシリと鳴る音が、茉莉には不思議と大きく聞こえた。

「フレイの心が狭いなんてこと、ない」

慌《あわ》てて茉莉は否定する。否定しなければまずいと、なぜか思った。

「狭いですよ。好きな人が他の男のことを考えていると思うだけで、胸が焼けつきそうになる」

その台詞《せりふ》にびっくりして、茉莉は目を丸くする。

（そうか、フレイには誰か好きな人がいたのね？）

好きな人イコール自分だと、茉莉は欠片《かけら》も思わない。

美しすぎるフレイが、平凡な自分を好きになる可能性などないと思いこんでいるのだ。

「フレイでも、嫉妬《しっと》なんてするのね」

「嫉妬？」

「うん。そう。だって嫉妬よね、今フレイが言ったこと」

嫉妬、ともう一度フレイは呟《つぶや》く。

フレイらしくない戸惑《とまど》った様子に、なんだか茉莉は少しおかしくなる。

「大丈夫。嫉妬なんて誰でもするし、人間の感情としてありふれたものよ。……第一、心配無用よ。フレイに好かれているのに、他の男に惹《ひ》かれるような女性がいるわけないわ」

茉莉の無責任な励《はげ》ましに、フレイはふんわりと笑った。

「ありがとうございます。そう言っていただいて安心しました」

フレイの見せたふっきれた様子に、茉莉も安心する。

「よかった。じゃあ、寝ましょう。明日も早いのだし」

何気なく言っただけなのに、フレイから思いがけない攻撃が返ってきた。

「ええ、寝ましょうか。茉莉にはハンカチを受け取ってもらいましたからね」

「――――え!?」

言うと同時に、フレイにベッドへ押し倒された。

（えっ？　えええぇっ!?　……ちょっと待って、何それ？）

茉莉はふと、昼間の一幕《ひとまく》を思い出す。リオンの言葉に涙をこぼした茉莉に、確かにフレイはハンカチを差し出してくれた。

(えっ？　何？　あのハンカチって、そのハ、ハ、ハンカチなの？)

ここカルクーラでは、最近、夜のお誘いをする際にハンカチを渡すのが流行《はや》っているらしい。

(う、そ……嘘！　そんな)

確かに茉莉は、フレイからハンカチを受け取った。

(いや、いや、待って、あれって確か、女性が男性に贈る場合じゃなかったっけ？)

茉莉は、軽いパニックに陥《おちい》る。見上げれば、フレイの美しい顔があった。

「じょ、冗談？」

「いえ、本気です。ホルグやレオニールとは違います。私はハンカチを渡す意味を知りながら、茉莉に渡しました。そして、茉莉、あなたも知っていて受け取ってくださいましたよね？」

確かに知ってはいたが、あの状況でそんなこと考えられるわけがない。

そんなこと、フレイもわかっているはずだ。

(まさかの、確信犯？)

「そ、そのフレイ……」

「知っていましたよね？」

「……はい」

フレイの勢いに押され、茉莉は肯定する。それ以外の返事を許さない雰囲気があった。

「茉莉、気づいていますか？　私があなたに触《ふ》れても、もう、鳥肌が立たないことに」

幸せそうにフレイが言う。

それは、茉莉も気づいていた。けれどこれだけそばにいるのだから、慣れるのは当たり前だろう。

何も不思議なことではない。

「私を、受け入れてくださいますよね？」

そう囁《ささや》くフレイには、壮絶《そうぜつ》な色気があった。

（一体、何がどうなって……？）

頭の中が疑問符でいっぱいになった茉莉は、反応が遅れ——

気がつけば、茉莉の唇はフレイの唇に塞《ふさ》がれていた。

（……キ、ス？　……私、フレイにキスされているの？）

軽いキスなら、されたことがあった。ダリウスに、ままごとだと断じられたキスだ。

首筋や胸元への執拗《しつよう》なキスは、何回も。

だが、今のこのキスは……どれとも違う。

フレイはゆっくり、強く唇を押しつける。全体を覆《おお》い、上唇を舐《な》め、下唇を食《は》む。甘く優しく茉莉の唇を味わうと、フレイの唇は少し離れた。吐息のかかる距離で、彼は言葉を紡《つむ》ぐ。

「茉莉、口を開けて」

信じられぬほど色を帯《お》びた声で、フレイは懇願《こんがん》する。

「……フ、レイ」

彼の名を呼んだ隙《すき》にもう一度唇が重なり、舌が入ってきた。

「っ！　ふっ……う、うぅ」

茉莉の口から吐息が漏《も》れる。

口内に侵入したフレイの舌は歯列をたどった。中を蹂躙《じゅうりん》し、逃げる茉莉の舌を追いかけて絡《から》ませ、強く吸い上げる。

ダリウスの舌を噛《か》もうとした茉莉だが、フレイに歯を立てることはできない。

(だって……フレイなのよ)

息が苦しくなり頭が朦朧《もうろう》とするまで、茉莉は口中を明け渡した。

互いの唾液がまじりあい、口の端《はし》から溢《あふ》れたものが顎《あご》を伝《つた》う。

長い口づけがようやく終わり、フレイの舌は伝った唾液を追いかけた。

「フ、レイ？　……どうし……ひゃっ！」

茉莉の疑問の声は、フレイの舌が耳を舐め上げたことで悲鳴《ひめい》に変わった。

「……嫉妬《しっと》に狂ってしまったのです」

隠しきれない艶《つや》を帯《お》びたフレイの声が、茉莉の耳に届く。

「理性は駄目だと止めるのに、心が止まってくれません。……こんなことは、初めてで……つらくて、甘い」

熱に浮かされたような声に、茉莉の理性も飛びそうになる。フレイの息が耳にかかるだけで、体に震えが走る。なのに耳を舐めるから、茉莉はたまらずフレイにしがみついてしまった。

「きゃっぁぁ……ふぅぅ……うぅぁっ！」

嬉しそうに笑ったフレイの手は、茉莉の夜着にかかった——

◆

フレイは、自分の行動が信じられなかった。

茉莉に囁《ささや》いた言葉の通り、こんな行動は駄目だと冷静に思う自分がいる。

なのに、どうにもならないのだ。

女王の寝室に入る直前、リオンの名を呼ぶ茉莉の声が聞こえた。その時から、……いや、昼間、リオンと話す茉莉の様子を見た時から、フレイはおかしかった。

そんな態度を表面には出さなかった自信はある。

だが出さなかっただけで、心の内は荒れていた。

(そんな目で、リオンを見ないでほしい)

茉莉が優しい目をリオンに向けたから、彼女の言葉を遮《さえぎ》って自分がリオンと話した。

(そんな声で、リオンに話しかけないで)

なんのてらいもない、素のままの茉莉の、まっすぐな言葉。

(そんな顔で笑いかけないで)

清廉《せいれん》な花のごとく美しい笑《え》み。

リオンの言葉に嬉しそうに笑い、祈りをこめて彼を見つめる茉莉。

リオンの言葉に一喜一憂《いっきいちゆう》し、そして、笑いながら涙した。

「……嬉しい……」

嗚咽《おえつ》まじりの茉莉の一声が、フレイの理性を打ち砕《くだ》いた。

ハンカチを差し出した時、今宵《こよい》のこの展開を企《たくら》んでいたわけではない。だが、フレイにはそれを利用することに、ためらいはなかった。

リオンに茉莉をメアリと呼ぶことを勧めたのは、わざとだ。

（……茉莉と呼ぶのは私だけ）

それに――

（彼女には、私の名前だけを呼んでほしい）

そんな風にフレイの感情は荒れていた。自分が自分でなくなるのを、フレイはどうすることもできなかった。

四人で復興《ふっこう》の話し合いができたことは、純粋に嬉しかった。フレイが思い描《えが》いていた理想の通り物事は進んでいる。

女王を中心に、リオン、自分、そして思いがけないことにダリウスまでもが意見を言い合い、政策を検討した。自分一人では負《お》いきれなかった部分、それ以上のものまでも分かち合うことができたのは、喜ばしい。

そして、茉莉はリオンに惹《ひ》かれている。

女王を疑うリオンの一言に、見ていられないほど心を揺《ゆ》らす茉莉。そんな彼女の姿を見れば、あきらかだった。

帰り際《ぎわ》、ダリウスがフレイにだけ聞こえる声で呟《つぶや》いた。

「だから、言ったんだ」

ダリウスは、とても不機嫌そうだった。

しかし、フレイにとっては歓迎すべきことのはずだ。

フレイはリオンを王配に……大公にしたいと思っている。

自分とリオンを比べた時、自分にはないものをリオンは持っている。

民《たみ》からの全幅《ぜんぷく》の信頼。こればかりは、カルヴァン公爵家がどんなに力と権勢《けんせい》を誇《ほこ》っていても、手に入れることができない。

悪政の限りを尽《つ》くした女王。その伴侶になる者に必要なものは、他の何物でもない、民からの支持だった。

それなくして、女王が女王であり続けることはできない。

失った信頼を手っ取り早く取り戻すには、リオンは最適な駒《こま》だった。

もちろん、これから善政を行《おこな》うことで、失った信頼を地道に取り戻すという道もある。長く、苦しさのともなう方法だ。しかし、信頼を取り戻すのと、再び民に反乱を起こされるのと、どちらが早いかわからない。犠牲《ぎせい》と不安も多い。

リオンが手に入らなければ、どんなに困難でもそうするしかないと覚悟していた。

それを回避できる最善の策だ。

ならば、茉莉がリオンに惹《ひ》かれることは彼女にとって幸せなことだろう。自分の伴侶《はんりょ》を愛せるのは、女王という身分の者にとって得難《えがた》い幸運だ。

そう思うのに、茉莉がリオンに向ける目を見るたび、暗い想いが湧《わ》き上がる。

どうして、と詰りたくなる。茉莉とリオンの間に、惹かれ合うようなものはなかった。それに、自分がこれほどそばにいるのに、他の男に惹かれるなんて。そんな女性は今までいなかった。

理性的に考えれば問題はないのに、フレイの心はそれが許せない。

〝嫉妬《しっと》〟だと茉莉に言われて、ストンと腑《ふ》に落ちた。

したことがなかった嫉妬をするほど、茉莉が欲しいのだ。

(こんなに苦しい想いをするのなら。……茉莉を手に入れ、私が大公になり、リオンを排除してしまえばいい)

馬鹿な考えだとわかっているのに、振り払えない。

茉莉の唇は甘く、耳朶《みみたぶ》は柔《やわ》らかい。首筋は、扇情《せんじょう》的なまでに白かった。

脱《ぬ》がせやすい夜着の紐《ひも》はすぐに解《ほど》け、彼女の胸が露《あら》わになる。

自分が朝つけたキスマークが目に入る。フレイは、その上を唇でなぞった。

どうせ、リオンには見られている。女王の胸元を見て傷ついたような表情を浮かべていた。

リオンは、女王が夜ごと誰かに抱かれていると思っているのだ。それを事実にしてしまっても、悪くはないだろう。

予定では、そんなことはないと知らせて、リオンの想いを煽《あお》るつもりだったが……

（リオンを排除するのなら、もう何もかもどうでもいい）

フレイの理性は、『やめろ』と頭の中で騒《さわ》ぐ。リオンを大公にするメリットとそうできなかった時のデメリットを、声高《こわだか》に叫んでいる。

なのに、フレイは――ただの男の自分は頷《うなず》かないばかりか、問い返すのだ。

『だから、茉莉を渡せるのか？』と。

フレイは、歯止めがきかない自分を悟《さと》る。

露《あら》わになった二つの大きな双丘《そうきゅう》は、ふるふると震えてフレイを誘う。その柔らかさを両手で充分に堪能《たんのう》すると、フレイは尖《とが》りはじめた突起を口に含んだ。

「あっ！　……ん、ぅ……やぁ」

茉莉の嬌声《きょうせい》が、フレイをますます高ぶらせる。突起を舌でころがし、存分に舐《な》め、軽く歯を立てた。

「いっ！　……っ、あ、あぁ……ん」

茉莉の反応は、フレイの欲望をたまらなく煽る。口に含んでいない方の乳房を強く揉《も》み、硬く尖る乳首を手のひらでこすった。時折、突起を指でつまんで擦《こす》りあわせる。

「はっ……っ……あぁ」

快楽に呑まれ、茉莉の意識が混濁《こんだく》していく。瞳の焦点が揺《ゆ》れ、小さな口から赤い舌がのぞいた。

フレイの体に、ぞくぞくとした震えが走る。もう一度キスをして、茉莉をさらに追いこむ。自分のことしか、考えられなくしたかった。

ようやく茉莉を口づけから解放すると、彼女の夜着を完全に引き下ろすため、フレイは柔《やわ》らかな布に手をかける。一気に脱《ぬ》がせようとした、その時――

「……離せ、フレイアス」

冷《ひ》や水を浴びせられた気がした。信じられない思いで顔を上げる。すると、先刻まで半《なか》ば意識を失い、焦点の定まらなかった黒い瞳が、冷たい光を湛《たた》えてフレイを見ていた。

――その瞳に、フレイは熱情を失った。

それどころか、体の奥から怒《いか》りと共に嫌悪の感情が湧《わ》き上がる。

「あなたは、死んだ。……消えてください。陛下」

茉莉の中にいるのは、死んだはずの女王であった。

混濁《こんだく》した茉莉の意識を乗っとった女王は、皮肉げに笑う。

「やめろ、フレイアス。お前では、茉莉を引き留められない。お前が茉莉を手に入れれば、この娘を失うこととなる」

女王の言葉に、フレイの顔から一気に血の気が引いた。

「何をっ――」

女王は、フレイの知りえなかった茉莉の真実を語る。

「茉莉が生まれ育ったのは、災害の起こる国だ。この娘は人が災害を越えて生きていけることを知っている。この娘にとって、加護《かご》を持つ自分の命も他者より重いものではないのだ。優しいこの娘は、有事には間違いなく他の者のために自分を犠牲《ぎせい》にする。フレイアス、お前ならばわかるな。茉莉は、私とは違う。自分の命が他の何よりも代え難《がた》いものだと、疑いもせずに信じこんでいた、愚《おろ》かな私とは違うのだ」

フレイは呆然とする。女王の言葉には、自嘲《じちょう》と真実があった。

「一刻《いっこく》も早く、この娘をリオンにくれてやれ。……あの、悲しいまでに愚かな男に。フレイアス、お前では駄目だ。あの傭兵《ようへい》でも。お前達は強すぎる。お前達は、生きるのに他者を必要としない。どんなに茉莉を愛していても、茉莉なしで生きていくことができる。この娘に必要なのは、自分なしでは生きていけないと、認識できる相手だ。その者のためなら、すべてを犠牲にしても生きようとするだろう」

「……それが、リオンだと？」

フレイには女王の話がよく理解できた。茉莉とリオンはよく似ている。確かに二人であれば、互いを必要とし、共に生きていくことができるに違いない。

「しかし……それだけでは、リオンを助けるために茉莉が自分を犠牲にする可能性がある」

力なく答えたフレイに、女王は大丈夫だと答える。

「そのために、お前がいるのだろう。茉莉がいれば、きっとリオンも彼女のために生きようと足掻《あが》く。リオンと茉莉の足りないところを、お前や他の者達が補《おぎな》ってやればいい」

女王の言う通りだった。フレイは、わかりたくないのにその意味がわかってしまう。

フレイの中の茉莉を求めて暴れていた気持ちが、徐々《じょじょ》に抑えこまれていく。フレイは何を犠牲にしてもいいと思っていたが、たった一つ——茉莉だけは犠牲《ぎせい》にするわけにいかない。

女王は疲れた様子でため息をついた。

「よく考えろ、はとこ殿。そして急げ。私のすべてが消えて、万が一の時に茉莉を救えなくなる前に」

そう言って、女王はゆっくりとまぶたを下ろし、体を横たえる。

女王の言葉はフレイの心を否応《いやおう》なく冷静にした。死んでもいやな女だと思う。

フレイは、目の前で眠る茉莉を見つめる。仰向《あおむ》けになっても形の崩れぬ大きな胸を、おしげなく晒《さら》した彼女。

「……この状況を、今更どうしろと？」

どう考えても、取り繕《つくろ》うのは無理だろう。茉莉の夜着の乱れを直しながら、フレイは観念する。

そして、茉莉の瞳に光が戻るのを待った。

◆

茉莉の意識がフッと浮上する。

数度瞬《まばた》きし、茉莉はそばに座るフレイの姿を認めた。どうやら自分は眠っていたらしい。

「……フレイ？」

名前を呼んで、茉莉はフレイに笑いかける。

するとなぜか、フレイは「すみません」と謝ってきた。

さらさらの銀髪が、茉莉の顔の上にかかる。何とはなしに、茉莉はその髪を手に取った。

「……？」

フレイは何のことを言っているのだろうかと考える。彼は、頭を下げたまま複雑そうな顔で、じっと茉莉を見つめた。

（うっわぁ～。こんな顔も綺麗！）

反則だわ、と茉莉は思い――背中をぞわぞわと這《は》うような何かを感じる。

（……何、これ？）

ゆっくりと思い出したのは、自分を組み敷いた力強い腕。無理やり重ねられた強引な唇に、口中を貪《むさぼ》られた。その上、胸を露《あら》わにされ、硬くなった突起を口に含まれて……

――茉莉は驚愕《きょうがく》に目を見開く。

すべて、この神様みたいに綺麗な人が、したことだった。

「えっ！　ひゃっ!!　……ふぇっ、えっ……！」

支離滅裂《しりめつれつ》な叫び声をあげる茉莉。わけもわからず、手に握っていたフレイの綺麗な銀髪を、思いっきり引っぱった。

「つ！　痛っ!!」

フレイの顔が苦痛に歪《ゆが》む。歪んでも、その顔は綺麗だった。

「茉莉、茉莉、は、離してください！」

離せと言われても、パニック状態の茉莉はますます手に力をこめる。

フレイの碧《みどり》の瞳が涙でにじんだ。

「なんで？　……どうして!?」

茉莉の混乱はおさまらない。フレイは必死に懇願《こんがん》する。

「つっ!!　すみません！　謝ります。だから……髪をっ」

――茉莉がようやく落ち着いたのは、フレイの髪が随分《ずいぶん》抜け落ちたあとだった。

「で、最後までやっていないのね？」

茉莉が落ち着いて一番に確認したことは、それだった。

「はい」

引っ張られた髪を気にしながら、フレイは神妙《しんみょう》な態度で答える。

「何で、あんなことを!?」

興奮気味《ぎみ》に言う茉莉に、フレイはいささか腰を引く。

「……ダリウスと同じです」

「ダリウス？」

茉莉は、先日ダリウスにも襲《おそ》われたことを思い出す。

（……ダリウスは、あの時なんて言った？）

「私は、あなたが好きです」

思い出す前に、フレイが告げた。

『好きな奴は、抱きたくなる』

——そう、確かにダリウスは言ったのだ。

「えっ？　えっ？　嘘!?」

信じられなかった。だって、相手はフレイだ。神々《こうごう》しいほどに綺麗な人。おまけに、優しくて親切で、欠点のひとつも見つからない、完璧《かんぺき》だと、茉莉は思っている。

（そんな人が私を好きで、抱きたいだなんて……信じられるわけがないわ）

茉莉の言葉に、フレイは傷ついたように碧《みどり》の瞳を伏せる。

「嘘ではありません。どうしようもなく、私はあなたを愛しています。茉莉、あなたが好きです。あなただけを愛しています。どうすれば信じてくれるのですか？」

真正面から力一杯告白され、茉莉は顔を真っ赤に染めた。

「で、でも、私なんて」

「私なんてと言わないでください。茉莉、あなたは無自覚すぎます。私だけではない。誰もがあなたに惹《ひ》かれています。どうか、私の想いを否定しないでください」

そう言われても、恋愛感情をぶつけられた経験のない茉莉には、なかなか難しいことだ。茉莉の中では、ダリウスの告白でさえ、本気とは思っていなかった。ただ単にお預《あず》けをくらわされて、我慢できなかっただけだと処理していた。

（それに……誰でも、じゃないわ。……少なくとも、リオンは私を嫌っているもの）

リオンが好きだったのは、小さな時に会った王女だ。その王女と自分はあまりに違いすぎて、不信感を持たれているのだと思う。なんだか、ものすごく落ちこむ。

完璧《かんぺき》なフレイが自分を好きだと言ってくれているのに、あんまり嬉しくない。

（第一、いくら好きでも、無理やりはだめよ！）

「フレイも、アルウェアで踏んでほしいの？」

どこを、とは言わない。茉莉のすごみに、フレイの顔から血の気が引いた。

「すみません。謝ります」

もう一度、フレイは深々と頭を下げた。そのまま、上目遣《うわめづか》いで茉莉をうかがう。

「私も一ヶ月間、茉莉に触《ふ》れてはだめですか？」

綺麗なのに、なんだか情けない表情だった。

「……フレイに一ヶ月触れられないのは、困るわ」

茉莉の言葉に、フレイはホッと胸を撫《な》で下ろす。

茉莉は考えこんだ。なんといっても今、二人は恋人の演技中なのだ。そうでなくても、フレイにはいろいろと助けてもらっている。

（未遂《みすい》だったことだし……）

「そうだ！　食事の時の〝あ～ん〟を、なしにしましょう」

我ながらいい案だと茉莉は思った。あの羞恥《しゅうち》プレイから逃れられるのは、万々歳《ばんばんざい》だ。

対してフレイは、なぜか愕然《がくぜん》としていた。

「そんな。茉莉、その、別のものに……」

「駄目！」

「茉莉ぃ……」

フレイが茉莉に懇願《こんがん》する様子は切実だった。

そのあと、二人は真剣に話し合った。結局、粘《ねば》って粘って粘りまくったフレイに茉莉が折れ、夕食のみ〝あ〜ん〟禁止ということで落ち着いた。

◆

寝る前に、広いベッドの端《はし》と端で、茉莉はフレイを説教していた。

フレイはいつものように抱きしめて眠ることを禁止された。茉莉はベッドの真ん中に布団で堤《つつみ》を築き、絶対に自分側に来ないと約束させる。

「どんなに相手が好きでも、強姦《ごうかん》は犯罪よ！　人として許されないことよ！　ああいうことは、好きな人とだって覚悟がいるのに、いきなりだなんて」

どんなに彼女の口が辛辣《しんらつ》な批判を繰《く》り広げても、フレイは浮かれるのを止められなかった。自分を襲《おそ》った相手を警戒しつつもそばに置く。そんな茉莉の広い度量が嬉しい。

（……あれほど荒れていた心が、おさまっている）

なぜか、大丈夫だと思えた。茉莉はリオンに惹《ひ》かれている。リオンもまた茉莉を想っているのは、間違いない。それでも大丈夫だと、フレイは確信する。

二人が両想いになり心と体をつなげても、きっと茉莉の自分に対する態度は変わらないだろう。

「すみません」

神妙《しんみょう》さを装《よそお》い、フレイは謝った。そして先ほどの女王とのやりとりを思い出す。

女王は茉莉をリオンにくれてやれと言ったが、フレイにはそのつもりがなかった。

（反対だ。……リオンを茉莉にくれてやるのだ）

くつくつと笑いかけ、慌《あわ》てて笑みを引っ込める。その時、茉莉からの反応がないことに気づいた。見れば、茉莉はすっかり寝入っていた。この状況で眠ってしまえる女性なのだ。

フレイは、あっさりとベッドの真ん中の堤を取り払い、いつも通り茉莉を自分の腕の中におさめる。起こさないように、赤い唇にそっと口づけた。リオンが大公位に就《つ》けば、しばらく一緒に眠れなくなる。明日の朝、たとえ怒られるとしても、今のうちに堪能《たんのう》しなければ。

「茉莉、あなたを愛しています」

どんなことをしても、このぬくもりを失いたくない。そう決意して、フレイは眠った。

第六章　告白

翌朝の朝食後、茉莉はホルグとお喋《しゃべ》りを楽しんでいた。そこへ用事から戻って来たフレイの言葉に、茉莉は小首を傾《かし》げて聞き返す。

「リオンに、お客様？」

「はい。それでリオンは遅れると」

このあと、昨日と同じく四人で話し合いをする予定だったのだが、リオンから遅れると連絡が入ったらしい。

「リオンのそばに仕《つか》える者とのことです」

「そばに……」

「確か、名前は、ギネヴィア・ローチェ。マイダール辺境侯に古くから仕える、ローチェ家の人間です。長い赤髪が特徴《とくちょう》的な、美しい方だそうですよ」

「美しい……」

茉莉は、なんだか胸のあたりがもやもやして、また首を傾げた。

「あっ、僕、知っています。〝マイダールの紅薔薇《べにばら》〟ですよね。ものすごく綺麗なのにとっても強いって、騎士の間で評判の方です」

（マイダールの紅薔薇⁉　……いや、ちょっとそれは、引くかも？）

茉莉は微妙な表情で顔を引きつらせる。元気に言うホルグに、フレイは軽く額《ひたい》を押さえた。

「その異名を決して本人の前で言わないように。うっかり漏《も》らしてしまったせいで病院送りになった騎士を、十人以上知っています」

「マイダールの紅薔薇と呼ばれるのが、お嫌いなんですか？」

不思議そうに、ホルグが聞く。

（いやでしょう……それは）

茉莉だったら絶対ごめんだった。

「三十代半《なか》ばでその異名は、嬉しくないでしょう。もっとも、年齢を感じさせない美しさを持つ方だとは聞いていますが」

「年上の人？」

「リオンより、十歳近く上だと聞いています」

茉莉は赤髪の妖艶《ようえん》な美女を想像し、なんだか胸やけがひどくなった気がする。

その時、遅れてきたダリウスが、部屋に入るなり言った。

「リオンのところに、すごい美人が来ているって？」

「地獄耳《じごくみみ》ですね」

フレイの口から、いかにも呆《あき》れたため息が漏れる。

「美人と聞いちゃな」

ダリウスはにやにや笑いで答える。そして改めて茉莉とフレイをじっと眺《なが》め、落胆《らくたん》したように肩を落とす。

「なんで、手を出さなかった？」

ダリウスはフレイの耳元でボソリと問いかけた。

「まったく、あなたという人は……」

フレイは天を仰《あお》いだ。

二人の会話が聞こえていない茉莉の興味は、リオンの部屋を訪《おとず》れている赤毛の美人にある。茉莉がもんもんとしていたら、それを見透《みす》かしたのか、ダリウスに声をかけられた。

「見に行かないのか？」

「えっ？」

「噂《うわさ》の美人、気になるんだろう？」

「えっ？　……あの、その」

図星を指され、茉莉の顔は赤くなる。

「でも、そんな……理由がないし」

「美人を見に行くのに、理由なんていらないだろう？」

それはお前だけだろう、とダリウスを除く全員は思う。フレイが軽くため息をついた。

「私も噂の紅薔薇《べにばら》に挨拶《あいさつ》したいと思っていました。陛下、一緒にご足労《そくろう》願えますか？」

「あっ！　……その」

赤い顔で言い淀《よど》み、茉莉は結局、コクンと頷《うなず》いた。

「なんだその、紅薔薇ってのは？」

「マイダールの紅薔薇です。あだ名ですよ。騎士の間では、有名な人なんです」

ホルグが、楽しそうにダリウスに教える。カルクーラに来てまだ数年のダリウスは、その噂《うわさ》を知らないみたいだ。

（あんまり連呼しない方が……それに、ダリウスには教えない方がいいんじゃ……。ホルグ、さっきフレイに言われたこと覚えている？）

ホルグが心配になってしまう茉莉。同じことを思ったのだろう、眉をひそめるフレイと目が合う。

彼はあきらめた様子で首を横に振った。

胸にもやもやと心配をかかえながら、茉莉はリオンの部屋に足を向ける。

部屋の前で来訪《らいほう》を告げると、「どうぞ」と返事があった。

扉が開いた瞬間、茉莉は目を奪《うば》われる。優しいラベンダー色で統一された、落ち着いた雰囲気の部屋だ。女王の部屋より、よほど品があると思う。

次《つ》いで、部屋の中央で立ったまま頭を下げるリオンと、その横で跪《ひざまず》いて騎士の礼を取る人物に目を移す。

リオンの金髪が、窓から差しこむ朝の光にきらめいて輝く。茉莉はぼーっと見惚《みと》れてしまう。

そのあとようやく、リオンの隣にいる人物を見た。鮮《あざ》やかな赤髪に目が吸い寄せられる。赤髪といっても、ここまで赤い髪は見たことがなかった。元の世界の大学で髪を真っ赤に染めた人を見たが、その作り物めいた色とはまったく違う。

（ローズヒップティーみたい）

美容にいいという、爽《さわ》やかな酸味のきいたそのハーブティーは、茉莉のお気に入りだ。

（それにしても……？）

なんとなく違和感を覚え、茉莉はその人を凝視《ぎょうし》した。しかしフレイが茉莉を促《うなが》す視線に気づき、慌《あわ》てて口を開く。

「顔を上げなさい」

茉莉の言葉に応じて上げられた顔に、再び驚いた。

薔薇と称されるのも納得できる、華やかな美貌《びぼう》がそこにあった。

フレイや茉莉の神々《こうごう》しさとは違う。リオンの端整な顔、ダリウスの精悍《せいかん》な目鼻立ち、レオニールの穏やかさとも。ましてやホルグの可愛らしさとは、対極をなす大人の妖艶《ようえん》さをあわせ持つその顔。

瞳も赤い。その目は、紅玉《こうぎょく》みたいに澄《す》んだ光を湛《たた》えている。

彼の赤い唇が弧を描《えが》く。浮かんだ笑みは、底抜けに明るかった。

（……えっ？　えっ？　ちょっと、待って）

「なんだ……男か」

興味をなくしたといった声で、ダリウスが呟《つぶや》く。

そう、茉莉の前に跪《ひざまず》く妖艶な美人は、間違いなく男性だった。

確かにフレイもホルグも女性だとは言わなかった。今の言葉を聞く限り、ダリウスも茉莉と同じで、女性だと思いこんでいたらしい。

紅薔薇《べにばら》は、跪いていてもかなりの上背《うわぜい》がある。姿勢は美しく、服の上からでも引《ひ》き締《し》まった筋肉がわかる。ホルグの言っていた『とっても強い』との噂《うわさ》は真《まこと》である、と茉莉は感じた。

だが、この男の一番の印象は、美しさでも強さでもない。

お日さまのように明るい、その雰囲気だった。

(妖艶《ようえん》なのに……？　純粋？　無邪気《むじゃき》？　なんと言えばいいの？)

彼はニコニコと満面の笑みを浮かべ、茉莉を見つめている。

「陛下、私の側近ギネヴィア・ローチェです。ドウシャとの連絡役を任《まか》せます。お見知りおきください」

リオンの紹介を受け、茉莉は小さく顎《あご》を引いて了承の意を表した。続いて声をかける。

「立ちなさい」

彼はぴょんと擬音が聞こえそうな勢いで立ち上がった。思った通り、背が高い。

「お久しぶりでございます、女王陛下。もっとも、以前お目にかかった時、陛下は三歳でいらっしゃいましたから、覚えておられませんでしょうが。お噂通り、お美しく成長なさいましたね」

すらすらと言葉を紡《つむ》ぐ声は、男性にしては高めだ。テノールの音域だろうか、よく響いて、やはり明るいイメージを与える。

しかし、年齢不詳《ふしょう》の艶《つや》美人から『お美しく』と言われても、素直に喜べなかった。フレイの話が本当なら三十代後半のはずだが、このキラキラとした感じはなんなのだろう。

（アイドルみたい）

茉莉はため息を堪《こら》えた。

「まずは、リオンを咎《とが》めないでいただいたことに、お礼を申し上げます」

そう言うと、ギネヴィア・ローチェは美しい所作《しょさ》で頭を下げる。ローズヒップティー色の長髪が揺《ゆ》れ、周囲の者の目を奪《うば》った。

「ドウシャへの対応も、感心いたしました。実に素早く的確であらせられる。ドウシャの住民も感謝しておりました」

赤い瞳が、嬉しそうに笑う。茉莉もつられて笑い返した。

「そう、よかった」

茉莉の返事に、ギネヴィアの唇がますます楽しげに弧を描《えが》く。赤い瞳が艶《つや》やかにきらめいた。

（あれ？　この人……？）

茉莉が彼に、かすかな違和感を抱《いだ》いた時だった。

「リオン、私達もその方に紹介していただけませんか？」

フレイが、少し強引に間に入ってきた。茉莉に対し、視線で注意を促《うなが》してくる。

「あぁ、すまない。……ギーブ、陛下の右がカルヴァン宰相補佐様。左がダリウス将軍。後ろにいるのが近衛《このえ》のホルグだ」

リオンはギネヴィアの横から、すまなさそうな視線を茉莉に送ってくる。

（やっぱり）

自慢の側近を紹介するにしては不自然なリオンの表情を見て、茉莉は確信する。ギネヴィアは、ただ人当たりのいいだけの人間ではないようだ。リオンが彼をギーブと愛称で呼ぶほどの関係ならば、信頼できる人なのだとは思うが。

「初めまして、ローチェ様。かねがねマイダール辺境侯の右腕にお会いしたいと思っておりました」

フレイが、ギネヴィアに負けず劣らず美しい笑みで挨拶《あいさつ》する。

「光栄です、宰相補佐様。私も次期カルヴァン公爵様にお会いしたいと願っておりました」

にこやかに挨拶を交わしているはずなのに、見る者に冷気を感じさせる雰囲気が漂う。

「よもや、女王陛下とご一緒にお会いできるとは思ってもおりませんでしたが」

思わせぶりな台詞《せりふ》に反して、ギネヴィアの笑みはますます明るく美しい。

(……あやしすぎるわ。一歩下がってもいいかしら?)

そう思った時——

「こいつが、〝マイダールの紅薔薇《べにばら》〟?」

——突然、ダリウスがギネヴィアの地雷を踏んだ。

ギネヴィアはにこっとダリウスに笑いかけた。続いて、カチャッと音がする。

見ると、ギネヴィアはベルトからはずした剣を持っていた。すぐに別のカチャリという音が聞こえ、茉莉の体がスッと引かれると同時に、カン!! と大きな音が響く。

「大丈夫ですか。陛下?」

気がつけば、茉莉はホルグの腕の中にいた。

「ありがとう?」

何が起こったのかわからないまま、茉莉はとりあえず礼を言う。改めて周囲を見れば、鞘《さや》におさまった状態の剣を互いに交《まじ》えて睨《にら》み合う、ギネヴィアとダリウスの姿があった。

「ギーブ。陛下の御前《みまえ》で、剣を振り回すなど何を考えている」

苦りきった声で、リオンがギネヴィアを注意する。

「つい、条件反射で。大丈夫、お互い剣は抜いていないだろ?」

同意を得るように、ギネヴィアは剣を交えたままダリウスに笑いかけた。

「まぁ、な。……なんだ、気に障《さわ》ったのか?」

ダリウスも状況に合わない、のんびりとした声で尋《たず》ねる。

「とりあえず、剣をおさめてくれませんか?」

呆《あき》れた声でフレイに言われ、二人はようやく剣を下ろした。

「ホルグ。陛下を離しなさい」

続いた言葉に、ホルグがしぶしぶ茉莉を離す。そのまま茉莉はフレイに促《うなが》され、部屋の中央のソファーに腰を下ろした。

茉莉の向かいにリオンが座り、横にはフレイが腰掛ける。茉莉とフレイの後ろにダリウスとホルグが控《ひか》え、リオンの背後にギネヴィアが立った。

「さすがは女王陛下。いい護衛を持っていらっしゃいますね」

ギネヴィアはニコニコと悪びれずに、リオンの後ろから声をかける。

「ギーブ」

リオンの声は、ますます苦みを帯《お》びた。

「だってリオン。ダリウス将軍って言ったら、お前を捕らえた奴だろう。荷物みたいに騎獣《きじゅう》の上に乗せたって聞いたよ。しかもそのあと、リオンを殴《なぐ》ったって。そんな奴にあんな呼び方をされたら、ちょっとくらいキレたとしても仕方がないと思うだろ？」

「思わない！」

速攻で返事をするリオンは、こういった会話に慣れているようだ。

「なんでだ？　俺はこんなに、リオンを思っているのに」

「あだ名を呼ばれたって理由が大半だろう！　俺を口実にするな」

言い返すリオンは、茉莉の知る彼より少し子供っぽい。

「仲がいいの？」

茉莉がポツリと呟《つぶや》いた言葉に対して、リオンはいやな顔を、ギネヴィアは嬉しそうな顔をした。

「腐《くさ》れ縁《えん》です」

「さすが陛下。きちんと見ていらっしゃいますね。俺達は、とっても仲よしな主従なんですよ」

仏頂面《ぶっちょうづら》のリオンと明るい笑みで答えるギネヴィア。ギネヴィアの言葉遣《づか》いが、ぞんざいになってきていた。

「その仲よしなローチェ様は、ドウシャでの戦いには参戦なさらなかったそうですが、理由をお聞かせいただいてもよろしいですか？」

わざと「仲よし」と言ったフレイに、リオンの顔がますます険《けわ》しくなる。

「いやだなぁ。俺をリオンから引き離すために、反乱と同時にマイダールで事件を起こしたのは、カルヴァン公爵家の手の者だろう？」

ギネヴィアがさらりと明かした内容に、茉莉は目を見張る。

（フレイ、裏でそんなことをしていたの？）

「あぁ、そういや、こんな派手な頭、戦場では見なかったな」

ダリウスが納得の様子で頷《うなず》く。

「えぇ、そうです。とはいえ、事がうまく運びすぎましたからね。ローチェ様には参戦したくない理由がおありだったのかなと思いまして」

リオンは瞠目《どうもく》し、フレイを見る。

ギネヴィアは「あはっ！」と嬉しそうな声をあげた。

「やっぱり、カルヴァンの若様はいいね。俺、頭のいい子は大好きだよ。そうそう、俺は最初から反乱なんて反対だったんだ」

ギネヴィアはすっかり、くだけた言葉遣《づか》いになっていた。もうかしこまるのはやめて、地でいくつもりなのだろう。

「ギーブ！」

「いいじゃない、知られて困ることでもないし。……そもそも、反乱軍の甘い考えが気にいらなかったのさ。前はリオンが若くて優秀だからって妬《ねた》んで、陰で攻撃してきてたんだよ。それなのに、自分の領地が危機に陥《おちい》ったら、謝罪もなしにリオンに縋《すが》ってきた。どれだけ面《つら》の皮が厚いんだよって思うだろ。しかも、王都の中心にいる、本来なら女王を廃したいはずの王族や大貴族は動かない。なら、動けない理由があるって考える方が普通だろう。それなのに、俺の可愛いリオンは負《お》わなくてもいい責任を感じて、悲壮《ひそう》な覚悟決めちゃった。そりゃ、俺がそばにいれば女王の一人や二人、討《う》ち取れるけど……っと、ごめんね女王様。けど、勝ってもそのあとにリオンを失うんじゃ、俺にとっては負け戦《いくさ》じゃない？　だから、わざとそっちの策に乗って戦線離脱《せんせんりだつ》を図《はか》ったのさ」

ぺらぺらと明かされるギネヴィアの暴露《ばくろ》話に、茉莉は呆気《あっけ》に取られる。

「ぶちまけすぎだ」

不機嫌なものの驚いてはいないリオンは、すべて承知しているなのだろう。なんとも不思議な主従関係だ。

「しかし、それでリオンが討ち取られたり処刑されたりしてしまっては、それこそ本末転倒なのではないですか？」

フレイは冷静にギネヴィアに聞く。

「戦いの中で討たれるような、柔《やわ》な育て方してないからね。もし捕まったとして、これだけ民衆に支持されるリオンを処刑するなんて無理だ。そんなことをすれば、俺も黙《だま》ってないし、この国の王政は今度こそ完膚《かんぷ》なきまでに崩れるよ」

口調は軽いが、内容の深さに茉莉は心底驚いた。

ギネヴィアは脅《おど》している。――リオンを害せば、王政を崩壊させると。

確かに、フレイが目配せしてくるだけある。

「ま、思った通りリオンは無事。……かわりに、変なことに足を突っこんでいそうだけどね」

「ギーブ……」

すでに何度目かわからないが、リオンがため息まじりに側近を呼ぶ。

「で、今度は、こっちから質問していい？　その〝女王〟様は何？」

「ギーブ！」

ピン！　と緊張感が漂《ただよ》う。ダリウスとホルグが剣に手をかけ、リオンはギネヴィアを声で制する。

「何、とは？」

聞き返すフレイは、いつもと変わらず落ち着いていた。

ギネヴィアは周囲の様子など気にした風もなく、明るく笑う。

「全然違うんだよね、俺が持っている女王の情報と。俺が実際会ったのは、マイダールに来た時の〝くそ我儘《わがまま》なガキ王女〟だけど。そのあと、親が死んで、ぐれて、手のつけられない愚王《ぐおう》になったって聞いていたし。実際やることなすこと馬鹿だろうって思っていたのに……そこにいる女王様は違うだろう？　言葉は少ないけど、こっちの話をちゃんと理解している」

（ひょっとして、褒《ほ》めているの？）

だが、茉莉の居心地はすこぶる悪い。ギネヴィアの言葉は続いた。

「リオンが言うには、ドウシャに軍隊を派遣したのも、復興策《ふっこう》を練《ね》っているのも女王様。その話を聞いた時には、可愛いリオンが色ボケしたのかと心配したよ。けど、どうやら本当のことらしい。それに、カルヴァンの若様や、権力なんか歯牙《しが》にもかけない傭兵《ようへい》将軍までくっついている。……女王様、あんた、何者？」

茉莉は息が止まるかと思った。赤い瞳を凝視《ぎょうし》する。

リオン・マイダールの側近——この人物は敵に回してはいけないと理解した。

「陛下」

ギネヴィアの質問を無視して、フレイが茉莉に話しかける。

「ギネヴィア・ローチェは、リオン・マイダールの執政《しっせい》における陰の部分を一手に担《にな》う人物です」

フレイの言葉に、リオンは驚く。ギネヴィアは相変わらずの笑顔だ。

「どんな善政にも必ず、陰の部分があります。綺麗事だけで統治《とうち》はできない。ギネヴィア・ローチェは、表では側近としてリオンを支えています。一方、裏では政治の暗部を掌握《しょうあく》し、牛耳《ぎゅうじ》っている人物です」

フレイの遠慮《えんりょ》のない物言いに、リオンが腹を立てたように睨《にら》みつける。

「それを知っているんだから、カルヴァンも裏でいろいろとやってるってことだよね」

ギネヴィアは、フレイの言葉を気にした様子はなかった。

「私は、表も裏もきちんと自分で行《おこな》いますよ」

フレイの返答も、それはそれで気になる話だ。

「うん。そっちは、やりやすそうでいいよね。リオンは基本『駄目だ』って言うからね。何度も暗殺されかけて、自分だけじゃなく家族まで狙われたところでやっとGOサインを出すんだから。面倒くさいったらないよ」

それは、そんなに明るく話す内容だろうか。

茉莉は瞳をゆっくりと瞬《またた》かせ、ギネヴィアを静かに見つめる。そして、彼にしみじみと話しかけた。

「そう……たいへんなのね」

「あはっ！」

リオンは虚《きょ》を突かれ、ギネヴィアは楽しそうに笑った。

「うん。やっぱり違うね、女王様。それで……あんた、何？」

茉莉を見つめるフレイに、彼女は覚悟を決めて頷《うなず》いた。リオンには話したいと思っていた。

フレイは静かに、彼女に頷き返す。

「聞く気がおありだと、解釈していいのですね」

「気があるも何も、さっきからはっきり聞いているだろう」

フレイは、ギネヴィアに負けないくらい美しく微笑《ほほえ》んだ。リオンが額《ひたい》に手を当てる。

「ギーブ。お前の行動は時々、俺を抜き差しならない状況に追いこんでいると思うのは気のせいか？」

主従がそんなやりとりをしたあと、フレイがホルグに声をかける。

「ホルグ、席をはずしなさい」

ホルグが不満そうな様子を見せた。フレイはなおも続ける。

「あなたは陛下の騎士です。陛下がどうあろうと、それは変わらない。陛下が好きなのでしょう?」

「はい!」

間髪《かんはつ》容《い》れず答えたホルグに、迷いはなかった。

「あなたの見る陛下以外、何か必要ですか?」

「いいえ! 違います、カルヴァン宰相補佐様。僕は、〝マイダールの紅薔薇《べにばら》〟がいるのに、陛下のおそばを離れるのがいやなだけです」

〝マイダールの紅薔薇〟とホルグは、はっきり言い放《はな》った。ギネヴィアは顔を一瞬歪《ゆが》めるが、彼を正面から睨《にら》みつけるホルグに、呆《あき》れた様子で肩をすくめる。

茉莉は、ホルグの態度に驚いていた。可愛い男の子に見えても、ホルグはやっぱり自分の騎士なのだと思う。

「大丈夫よ、ホルグ。リオンがいるわ。彼は、少なくともリオンの目の前で私に斬《き》りかかったりはしないでしょう」

茉莉の言葉に、ホルグはまるで天使みたいに笑った。その笑みに茉莉は悩殺《のうさつ》される。

(すっごい、可愛い)

フレイはそんな二人を複雑そうに見ていたが、もう一度ホルグに命じた。

「ホルグ、扉の外で歩哨《ほしょう》に立ちなさい。誰も中に入れないように」

「はい!」

素直に返事をし、ホルグは部屋の外へ向かう。ダリウスもそのあとに続こうとした。

「ダリウス！」

思わず茉莉は立ち上がり、呼び止めた。どうせなら、ダリウスにも聞いてほしい。

「……面倒事は、ごめんだ」

そっけなくダリウスは言う。しかし、悲しげに沈《しず》んだ茉莉の顔を見て、ため息をつくと茉莉のそばに戻った。

「……ったく、俺もホルグと同じだ。お前がお前であればいい。余計な情報はいらない。それにその方が、いざという時に俺を切り捨てやすいだろう？」

「ダリウス！」

茉莉が非難をこめて呼ぶと、冗談だとダリウスは笑う。しかし彼の目が笑っていないことに、茉莉は気づいていた。

「心配しなくても、カルクーラにいる間はお前を守ってやる。それにまだ、借りを返してもらってないんだ。それまで、この国を出ていくつもりはない」

「無利息なのに？」

「自業自得だからな」

ダリウスは肩をすくめた。

茉莉の頭にちらりとある考えがかすめる。もし一生借りを返さないでいれば、この男はずっと自分のそばにいてくれるのだろうか。

「……今、悪いことを考えただろう？」

「えっ？　あっ、いや別に、踏み倒そうだなんて……」

「お仕置きだ」

正直すぎる茉莉に、ダリウスは呆《あき》れたように言う。そしてあっという間に茉莉を抱きすくめ、軽いキスを茉莉の唇に落とした。

キン！　という高い音が部屋に響く。いつの間にベルトからはずしたのだろう――ダリウスが鞘《さや》に入った剣で、ホルグの剣を後ろ手に受け止めていた。

「まったく、物騒《ぶっそう》な子供だ」

ため息をつきつつ、ダリウスが茉莉を離す。

「本当に、話を聞かないでよろしいのですね？」

こちらもため息まじりに、フレイはダリウスに聞いた。

「あぁ、必要ない」

ダリウスは答えて、ホルグを急《せ》かしながらさっさと部屋を出ていった。

「部屋を移りましょう」

フレイが示したのは、奥の寝室だった。

「ここでは、音が漏《も》れます。寝室であれば防音は完璧《かんぺき》です」

そんなものかと茉莉は思い、頷《うなず》いた。リオンはその意味するところを察し、少し動揺《どうよう》する。ギネヴィアはそんなリオンの姿を見て、なんだか楽しそうだ。

四人で奥の寝室に入ると、やはりこちらも感じのいい部屋だった。中央に大きな天蓋《てんがい》付きのベッドがある。

ベッドを囲む薄いラベンダー色のカーテンは、ひらひらと揺《ゆ》れて茉莉の乙女心をくすぐる。ここでリオンが寝ているのかと思ったら、なんだか顔が熱くなった。

窓際《まどぎわ》に、落ち着いた雰囲気の四、五人用の応接セットがある。長椅子のソファーは大きく、大人が楽に眠れそうだ。そこに無造作に置かれた毛布を見て、フレイがリオンに聞く。

「まさか、ソファーで寝ているのですか？」

「こんなベッドで寝られるか」

「寝心地よさそうなのにな」

忌々《いまいま》しそうにリオンは答え、ギネヴィアは軽い調子で言った。

乱暴に毛布をどけて、リオンはソファーを空《あ》ける。

茉莉は、なんとなく赤くなりながらそのソファーに腰掛けた。向かいには、リオンとギネヴィアが座る。

「よろしいですか？　……茉莉」

茉莉の隣に腰を下ろしたフレイが、彼女に確認した。

「茉莉？」

リオンが不思議そうに聞き返す。

リオンに初めて自分の名前を呼ばれ、茉莉の背中がざわつく。

「そうです。彼女は東條茉莉。女王の蘇生術《そせいじゅつ》に巻きこまれた、別の世界の人なのです」

リオンは息を呑み、ギネヴィアが軽く口笛を吹く。

フレイは、女王の持つ加護《かご》と蘇生術が行《おこな》われた経緯を静かに話しはじめた。

彼の話はわかりやすく簡潔で、少しの虚飾《きょしょく》もなかった。

この世界に来てからのことは、茉莉が話す。

「……気がついたら、戦場にいました」

わけもわからず戦ってしまったことから現在のことまでを、茉莉は平静を心がけて話す。

話が終わっても、リオンはしばらく黙《だま》ったままだった。リオンの判断を待っているのだろうか、ギネヴィアもやはり、口をつぐんでいる。

「信じられませんか？」

フレイが静かに尋《たず》ねる。信じてもらえないとしても、これが真実だ。

「……いや」

ようやく、リオンが口を開いた。ゆっくり首を横に振り、続ける。

「作り話にしては、突拍子《とっぴょうし》がなさすぎる」

フレイなら、もう少し現実味のある嘘をつくだろう。だからこれは、真実だと思うと。

「では陛下は、私の仕掛けた策によって、やはり命を落とされていたのですね」

リオンの口からこぼれたのは、感情のうかがえない平板な声だった。茉莉の心がキリッと痛む。

「間違えないでください。リオン！」

鋭《するど》い口調でフレイがリオンに訴《うった》えた。

「あなたが後悔し罪悪感を抱《いだ》くべき相手は、あの愚《おろ》かな女王ではない！　女王に巻きこまれて自分の肉体を殺され、無理やりこの世界に連れてこられた茉莉です」

ハッとしたようにリオンは茉莉を見た。その青い瞳には、犯した罪への恐《おそ》れと悔《く》いが溢《あふ》れている。

「すみません。……茉莉さん。謝って済むことではありませんが」

深く頭を下げ、リオンが謝罪する。

茉莉は泣きそうになって、リオンを見つめた。茉莉はこんなリオンが見たかったのではない。

「謝らないでください！」

思わず茉莉は叫んでいた。

「あなたは、自分が正しいと思うことをしたんです。女王の加護《かご》だって、蘇生術だって、あなたは何も知らなかったんでしょう？　あなたのせいじゃありません。あなたは、間違ったんじゃない……あなたは、優しすぎただけです！」

「……茉莉さん」

リオンが驚きをこめて茉莉を見る。

茉莉は、リオンが初めて自分自身を見てくれた気がした。それがとても嬉しい。

「茉莉でいいです。私、庶民です。貴族でも王でもありません」

「……茉莉。ありがとうございます」

リオンの礼に、茉莉は小さく微笑《ほほえ》みを返す。

その時、場の空気にそぐわない、のんびりとした声が部屋に響いた。

「――ふぅ〜ん。一大スペクタクルだねぇ」

ギネヴィアだ。

「っていうか、俺がいなかったのに、女王ってばリオンに討《う》たれちゃったの？　どれだけ不甲斐《ふがい》ないんだよ。つまり、リオンの命も危なかったんだなぁ」

やばい、やばいとギネヴィアは首を振る。赤い髪がゆらゆら揺《ゆ》れた。

「そういう意味では、女王が蘇生術《そせいじゅつ》を使ってくれて万々歳《ばんばんざい》だな。茉莉ちゃんには悪いけどさ」

「ギーヴ！」

リオンの怒鳴《どな》り声にごめんと謝るが、ギネヴィアには少しも反省した様子がない。

「カルヴァンの若様だって、そう思っているでしょう？　どうにもならない愚王《ぐおう》に、我慢して仕《つか》えなくちゃならなかった。それが、素直で気のいいお嬢さんを思い通りに操《あやつ》れることになったんだ。こんなラッキーないよね？」

さすがにフレイが立ち上がった。柳眉《りゅうび》を逆立《さかだ》て、ギネヴィアを睨《にら》みつける。

「あなたと一緒にしないでください！」

怒らないでよ、とギネヴィアはなだめる。なんとも軽いその姿に、茉莉は怒るよりも呆《あき》れてしまった。彼の派手な顔を見つめて、赤い瞳が笑っていないことに気づく。そして納得した。

（……あぁ、……そういうこと）

茉莉にも覚えがある。本当に落ちこんだ時は、空元気《からげんき》でも、明るくしていないとやりきれないことがある。

（この人、リオンが好きなのね）

茉莉は立ち上がると、赤い髪の男に近づく。彼は不審そうな顔で言う。

「何？　怒った？」

フレイとリオンが焦り、茉莉を止めようとする。

それを制してギネヴィアのそばにしゃがむと、茉莉は肘掛けの上に置かれた彼の手に、そっと自分の手を重ねた。

「怖かったのですね」

赤い瞳を見ながら、真剣に話しかける。ギネヴィアが固まった。

「知らない間に、リオンを失っていたかもしれないんですもの。怖いし、自分が許せませんよね。でも、他人《ひと》を攻撃しては駄目です。それはますます自分を傷つけます。大丈夫。リオンはここにいます。いなくなったりしませんよね？」

最後の言葉はリオンに向かって問いかけた。

ハッとしたリオンが、しっかりと頷《うなず》く。

「ずっと、ここにいる」

ギネヴィアの手の力が、ふっとゆるむ。

「……あ～あ、情けない」

大きくため息をつきながら、ギネヴィアは茉莉に笑いかける。今度はしっかりと目も笑っていた。

その綺麗な笑顔に、茉莉の頬が赤く染まる。

考えてみたら、とても距離が近かった。

「慰《なぐさ》められちゃったね。ありがとう、茉莉ちゃん。……ねぇ？　茉莉ちゃんって、ひょっとして異世界ではかなり年上だった？　俺、許容範囲が広いから、おばさんでも大丈夫だよ」

なんだか、わけのわからないことを言い出すギネヴィア。

「私は二十歳の大学生です！」

茉莉は思いっきり否定した。言うに事欠いて、何てことを、と腹を立てる。

（三十代半《なか》ばの男の人から、おばさん呼ばわりされる覚えなんてない！）

「蘇生術《そせいじゅつ》は同じ年齢の肉体を選びます。茉莉が女王より年上であることはありえません」

フレイもなんだか怒っている。

「褒《ほ》めているのになぁ」

残念そうに、ギネヴィアは肩をすくめた。

「まぁ、いいや。ダイガクセイって何？　とか聞きたいことはいろいろあるけれど。まず、本題。……カルヴァンの若様は俺達にこの話をして、どうするつもり？　俺達がこの話をいいように利用する可能性は考えている？　俺達は、女王陛下の味方ではないよ」

軽い口調での質問だが、赤い瞳は強い光を宿《やど》し、フレイの碧《みどり》の瞳を射ぬく。

「そちらに聞かれたからお話したのだ、ということを忘れてもらっては困ります」

フレイは言うと、少し間を置いた。

「……そうですね、実際リオンに会って、話しても大丈夫だと判断しました。我々の目的は傾いた国政の立て直しです。茉莉は、今までの女王とは違います。そちらは味方ではないとのことですが、敵対する理由もないでしょう。むしろ、協力していただけると思っています。リオンのためにも、積極的な助力をお願いしたいですね」

碧の瞳も怯《ひる》むことなく、赤い瞳を見つめ返す。

「リオンのため？」

「処刑できなくても、処罰までできないわけではありません。生涯軟禁《しょうがいなんきん》なんて、おいやでしょう？」

「俺達を脅《おど》すの？」

赤い瞳が楽しげに光る。

「そんなやり甲斐《がい》のないことに、時間をかけるつもりはありません」

「なんだ、つまらない。……いろいろやってみたかったのにな」

本当につまらなさそうに、ギネヴィアは肩をすくめた。

「まぁ、リオンはすっかり茉莉ちゃんに絆《ほだ》されちゃっているから、俺一人で反発しても仕方がないんだけどね」

「ギーブ！」

リオンは非難をこめて側近を呼ぶが、責められた本人はまったく気にしていない。ギネヴィアはわくわくしながらフレイに聞く。

「で、助力って、具体的に何をしてほしいわけ？」

「————リオンを大公位に就《つ》けます」

はっきりと、フレイは言った。

「はっ？」

「……えっ？」

驚いて聞き返すのは、リオンと茉莉。

「まあ、妥当《だとう》な策だね。手っ取り早く民《たみ》の信頼を回復できる、超便利な手段だものね」

ギネヴィアは納得の様子で相槌《あいづち》を打った。

「認めていただけて光栄です」

「いやだなぁ、認めてないよ。こういうのは本人同士の意志が一番だからね。まぁ、リオンは聞くまでもなさそうだけど。まずは、茉莉ちゃんだよね。茉莉ちゃん、どう？　リオンをお婿《むこ》さんにもらってくれる？」

「ギーブ！」

リオンははっきりと眉間《みけん》にしわを寄せる。というよりも、憤《いきどお》っていた。そして断言する。

「俺を大公に？　馬鹿を言うな！　そんなことはありえない」

「リオンに聞いているんじゃないよ。黙《だま》っていろ。……ねぇ、茉莉ちゃん、どう？」

リオンはなおもギーブに言いつのろうとしたが——

「リオン」

——フレイに止められる。怖いくらいに真摯《しんし》な瞳が、リオンの動きを縛《しば》りつけた。

「……お前」

フレイの顔を見返し、リオンは抵抗をやめる。フレイの表情はいつもと変わらず綺麗で、なぜかリオンを哀しくさせた。

一方、茉莉は大混乱だ。

（えっ？　えっ？　……お婿さんって？）

頭の中が、疑問符でいっぱいになる。

「大公って？」

落ち着かなければと思いながら、まず意味のわからない言葉を確認した。

「うん。そう。位で言うと女王の下で諸公の上。うちの国では、女王が伴侶《はんりょ》を決めるとその人が自動的に大公位に就《つ》く。茉莉ちゃんのお婿さんだよ」

（女王の夫ということ？　王配とかいう人？）

そう言われれば、以前フレイからもそんな説明を受けた気がする。

「それに、リオンを？」

「うん。そう！　どうかな？　お買い得だと思うんだけど」

（お買い得……？）

確かに、お買い得かもしれない。

陽光のような金髪に、澄《す》んだ青い瞳。端整な顔立ちで、細身の体は均整が取れている。剣の腕もなかなかだとフレイが言っていた。

（何より……優しい）

茉莉は、ゆっくりとリオンを見た。

どこか焦った様子で、リオンは茉莉を見返す。

優しすぎるほど、優しい人。多分、今も茉莉を心配しているのだろう。

茉莉はリオンのことを考えた。初めてその綺麗な金髪を見た時、茉莉の胸はトクンと鳴った。以来、いつだって彼が気になっていた。リオンが自分をどんな風に見ているのか。

女王を好きだった人。でも、さっき初めて自分を——茉莉を見てくれた。

そのことがとても嬉しかった。

（この気持ちは……）

茉莉は、頬が熱くなるのを感じた。胸がドキドキしてくる。

（私、リオンを好きなのかもしれない……）

浮かんだ想いは恥《は》ずかしくて、茉莉は思わずリオンから視線を逸《そ》らす。

（リオンと結婚？　付き合っているわけでもないのに？）

なんだか急すぎる。それとも、この世界では当たり前のことなのか。

茉莉はとにかく疑問を口にした。

「なんで、急に結婚？」

「まず、茉莉ちゃんの気持ちを聞きたいな。先に理由を聞いたら、断りづらくなるだろ？　女王になったからって、意に沿《そ》わない結婚なんてしなくっていいんだよ」

茉莉はギネヴィアの言葉に驚く。こんな風に言ってもらえるとは思わなかった。

政治の陰の部分を担《にな》う人だと聞いた。実際に交わされる言葉の端々《はしばし》からも、ギネヴィアは自分の意のままに物事を運ぶ人だと感じた。なのに、茉莉の気持ちを優先しようとしてくれる。

茉莉は、胸に浮かんだ感情をギネヴィアに告げた。

「ありがとう」

「茉莉ちゃんには、慰《なぐさ》めてもらっちゃったからね」

ギネヴィアが優しく微笑《ほほえ》む。まるで大輪《たいりん》の薔薇《ばら》が咲いたかのごとく、華やかだ。

「リオンのことは、嫌い？」

ギネヴィアに聞かれ、茉莉はふるふると首を横に振った。

「嫌いじゃありません」

茉莉を見るギネヴィアの綺麗な笑みが、深くなる。

「じゃあ、好き？」

「……多分？」

「――――多分!?」

叫んだのは、リオンだった。呆然としたような、情けなさのにじむ声だ。

茉莉自身がよくわからないのだから、曖昧《あいまい》な返事でも仕方ない。

「茉莉ちゃん、リオンと結婚してくれる？」

ギネヴィアの問いに、茉莉は途方《とほう》に暮れた。

「やめろ、ギーブ！」

我慢できなくなったリオンは立ち上がり、ギネヴィアに命じた。茉莉の胸のキスマークや、親しそうなフレイとダリウスの態度が彼の頭にちらつく。リオンの顔には、茉莉の否定の返事を聞きたくないとはっきり表れていた。

一方の茉莉は、リオンの制止の声を聞いた途端《とたん》、胸に走ったズキン！　という痛みに驚いていた。そして、自覚する。

（やっぱり私、リオンが好きなんだ）

そうでなければ、こんなに胸が痛いはずがない。ギネヴィアの足元から立ち上がり、茉莉はぎゅっと自分の手を握りしめた。

（私は好きでも、リオンは？　リオンが好きなのは……）

そう考えて、自然と言葉がこぼれ出る。

「駄目です。結婚できない。――だって、リオンは私を好きではないから」

言葉にすると、胸が痛くて、痛くて、苦しくなる。

茉莉の台詞《せりふ》に、三人は驚いて息を呑んだ。

「えっ？　なんで？　なんでそう思っているわけ？」

ギネヴィアが、不思議そうに聞く。

意地悪な人だと茉莉は思った。リオンが好きなのは女王だ。同じ姿でも、自分なんかを好きになるわけがない。目に涙が浮かんできて、茉莉は俯《うつむ》いた。

「リオン‼」

そんな茉莉を見て、ギネヴィアが怒声をあげた。鬼気迫《ききせま》る勢いだ。

「何をしたんだ？　お前。女の子は泣かしちゃいけないって、あれほど言って育てたのに！」

驚いたのはリオンである。急いで否定する。

「何もしていない！」

「じゃあ、それが悪い！　好きな女の子に何もしないなんて、男として最低だ！」

とんでもない言いがかりだった。

「彼女は女王で、俺は反乱者だったんだぞ！　何をどうやれば、何かできたんだ？」

リオンの抗議は、誰にも聞いてもらえない。

混乱するリオンを尻目に、フレイが茉莉に近づいてそっとハンカチを差し出す。

条件反射に受け取ろうとして、慌《あわ》てて茉莉はそのハンカチを断り、自分のものを使った。フレイからハンカチを受け取るわけにはいかない。

(油断も隙《すき》もないんだから)

そう思って少し落ち着いた茉莉に、フレイが笑いかける。

「大丈夫ですよ。茉莉、昨晩言った通りです。誰もがあなたに惹《ひ》かれている。もちろんリオンも」

「……リオンが好きなのは、女王でしょう？　私ではないわ」

茉莉の言葉に、リオンの目が見開かれる。

「どうして、そう思ったのですか？」

ギネヴィアとフレイの白い目に怯《おび》えながら、リオンは聞く。

「……ひょっとして、最初に私を訪ねてきた時の？」

以前「女王と心中《しんじゅう》するつもりだったのか」と問われたことを思い出し、リオンは眉間《みけん》にしわを寄せる。困ったように俯《うつむ》いてから、リオンは意を決した様子で茉莉の隣に立つ。

そして、耳元に口を近づけ――

「私は、M《エム》ではないと言ったはずですが」

――リオンはそっと囁《ささや》いた。茉莉が驚いて、勢いよく顔を上げる。

二人の目が合い……茉莉は笑い出した。

「あはっ、いやだ。……リオン」

笑いながら名前を口にされ、リオンは心持ち顔を赤らめた。

「茉莉。私はあなたが好きです」

その顔のまま、真剣に茉莉に告げる。

「違う世界から突然この世界に引きこまれ、混乱したでしょう。どれほど悲しく心細くても、凛《りん》として立つあなたに、惹かれずにはいられません。あなたをそんな目に遭《あ》わせた責任の一端《いったん》は、私にあります」

茉莉は否定しかけるが、リオンは優しく笑って止める。

「それは間違いのない事実です。なのにあなたは私に謝らないでいいと、私は優しいとすら言ってくださった。茉莉、あなたは優しくて強い。私は、そんなあなたのそばにありたい」

まっすぐに茉莉を見つめ、リオンは言葉を紡《つむ》いだ。

「どうか、誤解しないでください。あなたに泣いてほしくない。私は、自分が大公にふさわしいとは思っていません。でも、あなたのことを愛しています。それだけは信じてください」

好きだと自覚したばかりの人から愛を告げられて、茉莉の顔が真っ赤になる。

「可愛……」

何か言おうとしたリオンを遮《さえぎ》り、ギネヴィアが能天気に言った。

「よかった！　じゃあ、なんにも問題ないね。結婚式はいつにしよう？」

その問いに、茉莉とリオンはポカンとする。

「急ぎたいのですが、復興《ふっこう》がもう少し進まないと無理でしょう。一年後くらいでしょうか？」

いつの間にか茉莉から離れていたフレイが答えた。

「そんなに待ちたくないなぁ。復興には俺も全面協力するよ。さっさと片付けて、結婚式だ。子供ができたとしても、産まれる前に式を挙げたいからね」

明るく笑って、ねっ？　と茉莉に確認するギネヴィアを、茉莉はただ見返す。

（……どうして、そんな話に？）

呆気《あっけ》にとられていたリオンも、ようやく我に返った。

「待て！　人の話をちゃんと聞け。俺は、大公にはなれない!!」

リオンの憤然《ふんぜん》とした様子に呆《あき》れながら、フレイが返す。

「リオンこそ何を聞いていたのですか？　私はあなたを『大公位に就《つ》けます』と言いました。あなたの意見は聞いていません」

フレイは相変わらず高飛車《たかびしゃ》だ。

「俺は、反乱の首謀者《しゅぼうしゃ》だ！」

リオンは主張を繰《く》り返す。今回の戦いで命を失った者の家族や重傷を負《お》った者にとって、女王と反乱の首謀者との結婚など許せるものではないだろう。しかし、フレイの見解はリオンとは異なる。

「そう、必要なのは〝反乱の首謀者〟です」

その言葉に、リオンは目を見開く。

「私が女王の伴侶《はんりょ》に求めているのは、反乱を率《ひき》いることができるほどの民《たみ》からの信用。地に落ちた女王の評価を、補《おぎな》って余りある全幅の信頼です。それを持っているからこそ、私はあなたを大公とすると決めました。そうでなければ……誰が好《す》き好《この》んで、愛する女性を他の男に渡すものか！」

最後は強くはっきりと、フレイは言い放《はな》った。神と称される美しい顔を険《けわ》しく歪《ゆが》め、フレイはリオンを睨《にら》みつける。

「お前は……」

リオンが絶句《ぜっく》する。

「フレイ」

茉莉は複雑な思いでフレイを呼んだ。昨夜、彼はどんな思いだったのだろう。

「はい、はい。そこまで。ここはリオンが悪い。というより、リオンが負けてあげなさい。お前は茉莉ちゃんをお嫁さんにもらえるんだから」

仕方ないなぁと言わんばかりの様子で、ギネヴィアが二人の間に入る。

「リオン。一度、お前の罪悪感を棚に上げて、冷静に考えてごらん。カルヴァンの若様の言う通りだよ。今の女王の評判は最悪だ。このままでは、遅かれ早かれ再び反乱が起こる。暮らしがよくなったと民《たみ》が感じられるようになるまで、事が起こらない保証はどこにもない。必要なのは、今すぐ女王の悪評を消し去れる策だ。お前は、お誂《あつら》え向きなのさ。女王を信頼できない者も、民のために立場を顧《かえり》みず反乱軍を率《ひき》いてくれたマイダール辺境侯なら、信じられる。お前が女王の傍《かたわ》らにいて、この国を変えると言うなら、多くの民はそれを信じて待つだろう」

「……そんなことは」

「あるだろう？　自分のことだと思わなければ、すぐに納得できるはずだ」

子供に言い聞かせる調子で話されて、リオンは頷《うなず》かざるを得なかった。

「面倒に考えることはないよ。お前は自分の力で大好きな女の子を助けられるんだ。しかもその子をお嫁さんにもらえて、一生一緒にいることができる。こんな最高なことないだろう？」

「……軽すぎる」

唸《うな》りながらリオンはこぼす。

まだ葛藤《かっとう》する様子のリオンに、ギネヴィアがとどめの一言を突きつける。

「何より、リオン。お前は茉莉ちゃんを助けてやりたくないのか？」

「助けたくないはずがない！」

リオンの断言を聞いて、茉莉は自分の胸がキュンッと鳴るのを感じた。

「はい、決まり。よかったよねぇ、結婚できて。そろそろ身を固めろって、周囲がうるさくなってきていたものね」

ギネヴィアの言葉に、リオンは眉間《みけん》にしわを寄せる。ギネヴィアは三十代半《なか》ばでも、まだ独身だ。

「どの面《つら》下げてそんなことを言うんだ」

「いやだなぁ、リオン。いつも言っているだろう。俺のお嫁さんは、リオンのお嫁さんだって」

「えっ!?」

茉莉とフレイは同時に声をあげた。なんだか、とんでもないことを聞いた気がする。

「また、そんな戯《ざ》れ言《ごと》を」

リオンが苦い顔で言う。

「俺は、リオン以上に誰かを好きになることは、ないからね。お嫁さんっていうのは、世界で一番愛する女のことだろう。俺は誰よりもリオンが大切だ。そのリオンの愛した女以上に、他の女を愛せるとは思えないからね」

実際にそうなりそうだと小さく呟《つぶや》き、ギネヴィアは赤い瞳を茉莉に向ける。

「俺を口実にするなといつも言っている」

不機嫌なリオンの様子から、これが何度も繰《く》り返された言い合いなのだろうと茉莉は思った。疲れたリオンの姿には、本気にしている様子がない。

「ねっ！　茉莉ちゃん、お買い得だろう？　リオンをもらえば、もれなく俺がついてくるんだよ」

（お買い得……なの？）

冗談がすぎると、リオンはぶつぶつ怒っている。でも、と茉莉は思う。

（絶対、本気よね）

確信した。

同じ意見なのだろう、フレイが茉莉を見る。お互いこっそりため息をついた。

（……このまま流されていいの？）

茉莉は悩む。このまま いけば、リオンが大公になる。フレイやギネヴィアに口で勝てる気はしない。何より茉莉自身、リオンが伴侶《はんりょ》になることがいやではないのだ。

（っていうより、嬉しい）

しかし、リオンを巻きこんでいいのかと茉莉は考える。

不安が顔に出ていたのかもしれない。茉莉を見ていたリオンは、やわらかな金髪をくしゃりとかき上げ、覚悟を決めたように茉莉と向き合った。そのまま跪《ひざまず》き、茉莉を見上げる。

「茉莉、あなたを愛しています。あなたと共に生きていきたい。私を大公に迎えてくれますか？」

それは紛《まが》うことなきプロポーズの言葉だった。

茉莉の胸が詰まる。熱い感情がいっぱいに溢《あふ》れて、喉元まで押し寄せてくる。

（本当に、優しい）

リオンは、フレイやギネヴィアに言い含められたことにしても、いいのだ。それなのに茉莉を愛しているから、自分の意志で大公になりたいと言ってくれた。

（この優しい人と、私も一緒に生きていきたい）

「はい」

茉莉は頷《うなず》いた。心底嬉しそうにリオンは笑い、そっと茉莉を抱きしめる。その手が茉莉の頬にかかり、顔を上に向けた。リオンの端整な顔が近づいて、茉莉が目を閉じた瞬間――

バタン!! と大きな音を立てて、フレイが扉を開けた。

「ダリウス！」

フレイは大きな声でダリウスを呼ぶ。そして部屋を振り返って美しく微笑《ほほえ》み、釘《くぎ》を刺した。

「大公候補とはいえ、臣下です。人前では、節度を持って陛下に接してください」

リオンは忌々《いまいま》しそうに舌打ちすると、素早く茉莉の唇にキスを落とす。そして何気ない風を装《よそお》い距離を置いた。

ダリウスとホルグが部屋に入ってくる。

そこには、顔を真っ赤に染めた女王と、静かに佇《たたず》むリオン、ニヤニヤと笑うギネヴィアがいた。

不自然に立つ三人の様子にダリウスは眉をひそめ、ホルグは心配そうに茉莉を見つめるのだった。

第七章　晩餐会《ばんさんかい》

「晩餐会？」

ダリウスとホルグを部屋に呼び戻し、明日ドウシャへ提示する都市計画の細部をギネヴィアも交《まじ》えた五人で詰めた。話し合いが終わると、ギネヴィアはそれを持ってすぐにドウシャに走る。

残った彼らは、昼食がわりに遅めの軽食を食べながら、明日の日程や警備、会議の事前準備を行《おこな》った。

それらが一段落したところで、フレイがおもむろに持ち出した話題が晩餐会だ。

「大がかりなものではありません。本日行われる、王族や主立った貴族、軍の幹部など選ばれた者だけの夕食会です。本来は派手な戦勝祝賀会を行うところですが、陛下の意向で取りやめています。そのかわりに、と捩《ね》じこまれました」

眉をひそめて話す様子から、フレイにとって不本意なものだとわかる。

「私が陛下との食事を独占している、と身のほど知らずの馬鹿共から非難が出たのです。昨日まででしたら握りつぶしましたが、事情も変わったので了承いたしました。せっかくですし、リオンのお披露目《ひろめ》も行ってしまいましょう」

事情というのは、〝あ～ん〟ができなくなったことだろうか？　よもや、そんな理由ではないと思いたい。しかし昨日のフレイの懇願《こんがん》を思い出した茉莉は、遠い目になった。

「アンナにはすでに言ってあります。陛下はすぐにお支度《したく》にかかってください。リオンのもとにも私の家の者を向かわせます。覚悟を決めて着飾《きかざ》っていただきますよ」

リオンは思いっきり顔をしかめる。リオンとて侯爵だ。晩餐会や祝勝会に臆《おく》したわけではないが、面倒なものは面倒なのだ。

「あなたは、陛下の未来の伴侶《はんりょ》として陛下をエスコートするのです。失態《しったい》は許されません」

きつく言うフレイに、リオンは降参する。

「努力する」

「ギネヴィアは、何時に戻りますか？」

「なんとか、今日中にとは言っていたが」

「なるべく晩餐会に間に合わせるよう連絡してください」

「おい！　無茶を言うな」

ドウシャと王都を往復する時間に、街の代表者との話し合い。どうやっても無理に思える。

「着飾れと私は言いました。マイダールの紅薔薇《べにばら》は、あなたの最高の飾りです」

「……本人には言うなよ」

「もちろんです。まだ死にたくありません」

ギネヴィアに聞かれたら殺されかねないことを言っているという自覚は、フレイにもあるらしい。

「連絡だけは取ってみる」

「ええ。ギネヴィアならなんとかするでしょう」

フレイはリオンとの話は終わったとばかりに、今度はダリウスに向き直る。

「ダリウス、あなたも強制参加です。着飾《きかざ》ってもらいますよ」

「断る！」

先刻から微妙に機嫌の悪いダリウスは、取りつく島もない。

「拒否権はありません。ギネヴィアがリオンの飾りなら、私やあなたは陛下の飾りです。バスツール将軍やホルグ、レオニールも連れていきます。陛下のそばにいるのが誰なのか、見せつけなければなりません」

「……見せつける？」

「そうです。陛下のおそばにまとわりつき、媚《こび》を売ろうという輩《やから》は、いまだに山のようにいます。そんな馬鹿共を、あきらめさせなくてはなりません」

フレイの言葉に、そういうことならば、としぶしぶダリウスも頷《うなず》いたが——

「将軍の正装ですよ」

続いたフレイの追い討《う》ちに、勘弁《かんべん》してくれと天井を見上げた。

カルクーラの将軍の正装は、以前の女王の趣味でたいそう派手なのだ。ダリウスの好《この》みからは一八〇度はずれている。ちなみに言えば、近衛《このえ》の正装も将軍に負けず劣らず豪華絢爛《ごうかけんらん》で、ホルグとレオニールも後《のち》に深いため息をつくことになる。

支度《したく》をしてくださいとフレイに追い立てられながら自室に戻った茉莉は、アンナに捕まった。そして、筆舌《ひつぜつ》に尽《つ》くしがたい目に遭《あ》うことになったのだ。

――数時間後、上質な白いレースのカーテンがほのかに夕日のオレンジ色に染まる頃。

ぐったりとした、しかし、完璧《かんぺき》に仕上がった女王がソファーに座っていた。

複雑に結《ゆ》い上げられた、艶《つや》のある黒髪。金と銀の繊細《せんさい》な文様《もんよう》の髪飾りが光をはじく。大きな黒い瞳は施《ほどこ》された化粧《けしょう》によってますます美しく神秘的で、完全なシンメトリーの美を誇《ほこ》る。

白い肌に整った顔。唇は赤くふっくらとして、すべての男を誘うように濡《ぬ》れている。

折れそうに細く長い首には、首飾りをつけていた。リオンの瞳と同じ美しい青の宝石をあしらったものだ。

身に着けているのは、白を基調とした豪奢《ごうしゃ》なドレス。様々な宝玉《ほうぎょく》を縫《ぬ》いこみ、細かな刺繍《ししゅう》を施した衣装は、豊満な胸と引《ひ》き締《し》まった細い腰を強調する。レースに飾られたゆったりめの袖口から伸びる細い腕には、黄金の腕輪が輝く。

爪の先まで美しい指には、細工も石も極上な指輪が数個。

物憂《ものう》げに座すその姿は、美の女神にも劣らない美しさだ。

茉莉の支度が終わるのを待って、部屋に入ってきたフレイに、茉莉は思わず息を呑む。

フレイはいつもの文官服を脱《ぬ》ぎ去って、公爵家の嫡男《ちゃくなん》として相応《ふさわ》しい、豪華で品のある衣装に身を包んでいた。丈《たけ》が長く青みがかった白の上衣は、襟《えり》や袖口がレースでふわりと飾られている。

フレイは、この世のものとは思えないほど美しかった。

その美しい男が、茉莉の姿を見てしばし絶句《ぜっく》する。

「とても綺麗ですね」

どことなく潤《うる》んだ瞳で、フレイは言った。

綺麗なのはフレイだ、と茉莉は思う。流れる銀髪と深い碧《みどり》の瞳の、神のごとき美貌《びぼう》。

うっとりと見惚《みと》れていた茉莉は、フレイの白い首元に黒く輝く、シンプルな細い石でできた首輪に目を留めた。硬質な光を放《はな》ち、黒曜石を思わせる。完全な真円を形作るその首輪は、フレイに似合ってはいたが、衣装からはどこか浮いている。

フレイは茉莉の視線をたどり、「あぁ」と笑みをこぼした。

「気がつかれましたか？　これは、あなたが私を所有している証《あかし》です」

「所有!?」

思わぬ言葉に、茉莉は驚きの声をあげる。

「こちらの風習ですよ。永遠の誓いを立てた相手の瞳と同色の石を、急所である喉につけるのです。そうして、自分が相手のものであると知らせます。あなたの首飾りの青い石も同じ意味ですよ」

茉莉は、首飾りの石にそっと手を触《ふ》れる。

(リオンの瞳の色……)

どんな想いで、フレイはこの首飾りを茉莉に使うよう指示したのか。

「リオンも黒い石をつけてくるでしょう。……ダリウス、バスツール、レオニールにホルグもです。もっとも、ギネヴィアは青い石でしょうけれどね」

首の近くにあれば、首飾りでなくてもいいのだという。立襟《たちえり》のラベルピンや首の近くで揺《ゆ》れるイヤリングでもいいと、フレイは説明を足す。

茉莉は言葉に詰まった。もし、リオンが自分の瞳とは違う色の石をつけていたらと思うと、心が締めつけられるみたいに痛む。

そして、自分はフレイやダリウス達にそんな想いをさせるのだ。茉莉の黒い瞳が曇《くも》る。

フレイは衣装や髪形を乱さないように注意を払い、茉莉の頬にそっと手をかけた。

「大丈夫ですよ、茉莉。私は、私達はあなたがそんな風に心を痛めてくれるだけで報われる」

フレイの優しい手が茉莉の頬を撫《な》で、唇をたどった。

「もっとも、ダリウスが殊勝《しゅしょう》な心持ちになるかは、保証できませんが」

いたずらっぽく笑いながらフレイは言う。そして名残惜《なごりお》しそうに手を離し、自分の指先についた茉莉の口紅をペロリと舐《な》めた。

「アンナに怒られてしまいますね」

そう言って、フレイは笑う。

(う！　うっ!!　うっわあ!?)

あまりの色っぽさに、茉莉の顔が真っ赤に染まる。この美しさは反則だ。フレイは茉莉を可愛いと言って、ますます彼女を赤くさせる。

当然、アンナにはしっかり怒られた。

開宴時間が近づき、まずレオニールとホルグがやってきた。近衛《このえ》騎士の正装をした二人に、茉莉は身悶《みもだ》えそうになる。もちろん、女王がそんな真似《まね》をするわけにはいかない。必死に自分を制するのだが、これが難しい。

（眼福《がんぷく》よね）

茉莉の視線は二人の首に留まる。近衛の正装は襟《えり》が高い。そのスタンドカラーの正面に、二人共フレイの言った通り黒い宝石をつけていた。レオニールの石はなめらかな半円で、すべての光を吸収するかのごとく、底知れぬ深い黒。ホルグの石はおそらく黒水晶だ。かすかに光を反射し、誇《ほこ》らしそうに輝いている。

二人は茉莉の前に跪《ひざまず》き、騎士の礼を取った。レオニールの緑の瞳は深い感動を湛《たた》え、ホルグの茶色の瞳はキラキラと輝き、茉莉の姿を見つめる。

茉莉は改めて晩餐会《ばんさんかい》での護衛を依頼し、首の宝石を「よく似合う」と認めた。相手の石を認めることは、相手の想いを許すことになる。

その想いに答えるか否《いな》かは別として、石を首につけることを許す行為は必要なのだという。茉莉は先刻、フレイに身をもって教えられていた。

それは茉莉にとって、ものすごく恥《は》ずかしいことだった。

フレイときたら、茉莉の前に跪き、プロポーズさながらに熱っぽく懇願《こんがん》してきたのだ。

「貴方に永遠を誓うことを、どうか私にお許しください」

とてつもない破壊力だった。卒倒しなかった自分を褒《ほ》めてやりたいと、茉莉は思う。

しどろもどろになって許しを与えた。みんなにこんなことをされ、それに答えなければならないのかと聞いたら、ただ「似合う」と言えばいいのだとフレイは教えてくれた。

「私はあなたに言いたかったから、こうしたのです」

しれっと言われ、茉莉の頬がなお赤くなったのは言うまでもない。

ただでさえ疲れていた茉莉は、一気に体がぐったりした気がした。その経験から、レオニールとホルグには何か言われる前に自分から認めたのだ。

心底嬉しそうに自分を見返す二人の姿に癒《いや》される茉莉。

するとそこへ、ダリウスがめずらしく集合時間より早くにやってきた。

「っ！」

茉莉は、ダリウスの姿を見て絶句《ぜっく》する。

（ものすごく、派手だ。しかも似合っている）

服の基調は黒だ。ベルベットに近い素材の深い光沢のある黒で、燕尾服《えんびふく》に近い形の正装。前の丈《たけ》は腰のあたり、後ろは膝裏までと長い。詰襟の上の端から肩にかけて、クリスタルみたいな宝石をびっしりとついている。飾緒《しょくしょ》は本物の金と見紛《みまが》うほどの輝きを放《はな》つ金糸で編まれていて、優美に揺《ゆ》れている。

着る人を選ぶだろう礼服だが、ダリウスは見事に着こなしていた。

黒髪に黒い瞳で、鋭《するど》く男らしい美貌《びぼう》。鍛《きた》えられた肉体を包む黒い軍服は、ダリウスを闇《やみ》の化身《けしん》のように見せている。

そんな彼の両耳に下がるのは、金の鎖のピアス。鎖の先端、丁度首の頸動脈《けいどうみゃく》に当たる位置には、涙型の黒い石が揺《ゆ》れている。

（ダリウス…………なんて、無駄な色気なの）

圧倒された茉莉は、思わずその場に立ち尽くす。壮絶《そうぜつ》な色気を発するダリウスは、茉莉の前に跪《ひざまず》いて彼女を見つめた。

「命を懸《か》けてお前を守ろう。俺にお前の色を纏《まと》う許しをくれ」

（うわぁ‼　ダリウス、私を殺す気なの）

奇声を発して身悶《みもだ》えたくなるのを必死に抑え、茉莉は至高の女王として精一杯の威厳《いげん》をかき集め、「許す」と一言答える。

しかし、耳が赤く染まるのは隠せなかった。

その可愛い姿に、ダリウスはひどく満足そうだ。

そこに、リオンとギネヴィアがやってきた。

「遅いですよ」

咎《とが》めるフレイの声に、リオンは素直に「すまない」と謝る。一方のギネヴィアは「そもそも、間に合えと言う方が無茶だ」とぶつぶつ文句を呟《つぶや》いた。

リオンは茉莉を見つめ――うっとりと囁《ささや》く。

「あぁ……綺麗だ」

輝く金髪、澄《す》んだ青い瞳。整った顔立ちに、赤く薄い唇が優しい笑みを描《えが》く。

茉莉は恥《は》ずかしくなり俯《うつむ》いた。

美しいのはリオンの方だ。

リオンは、マイダールの正装なのだろうか、立襟《たちえり》のシンプルな藍色《あいいろ》の長衣に純白の貫頭衣《かんとうい》を重ねて着ている。純白ではあっても、そこには精微な美しい刺繍《ししゅう》がびっしりと施《ほどこ》されていた。両肩には長衣と同じ藍色の宝玉《ほうぎょく》が、絶妙《ぜつみょう》なギャザーを寄せてつけられている。

そして首には、黒玉を中央に据《す》えた豪奢《ごうしゃ》な首飾り。その深い黒の色に、茉莉の視線は吸い寄せられた。

リオンが照れくさそうに笑う。

「このような派手なものは、似合わないのですが、それでも私はこの黒を身に着けたい。お許しをいただけますか？」

「……許します」

茉莉は、夢見心地で答えた。

心から嬉しそうに笑い、リオンはそっと手を伸ばす。そして茉莉の首飾りについた青い宝石に触《ふ》れた。

「美しい陛下の首を私の青が飾るのを見て、飛び上がりたいほど嬉しいです。どうかこのまま、私の青を一生身に着けていただけますか？」

自分で許可をもらう前に、懇願《こんがん》されてしまった。フレイを見ると、不機嫌そうなものの駄目だという雰囲気ではない。いいのかと思い、リオンに肯定の返事をする。

リオンが幸せそうに微笑《ほほえ》む様子に、隣のギネヴィアも満足気に笑う。

ギネヴィアの美しさは語るまでもない。ドウシャからハードスケジュールで帰ってきたばかりのはずだが、完璧《かんぺき》な美貌《びぼう》に陰《かげ》りはない。リオンに似た形の衣服で、装飾《そうしょく》の少ない、丈《たけ》の短いものを着ていた。しかし、マイダールの紅薔薇《べにばら》に無駄な装飾は無用だろう。真っ赤な長髪と紅玉《こうぎょく》みたいな真紅《しんく》の瞳だけで、どんな衣装にも負けない華を咲かせている。これが三十代半《なか》ばの男性なのだから、茉莉は世の不条理《ふじょうり》を嘆《なげ》きたくなる。

首には青い石のついたラベルピンが留められていた。

「お揃《そろ》いですね」

ギネヴィアはそう言うと、ニコニコと茉莉に微笑みかける。彼の美しさに気圧《けお》された茉莉は、顔を引きつらせない努力をしつつ、無難《ぶなん》に頷《うなず》いたのだった。

そうして出向いた、晩餐会《ばんさんかい》がある大広間の扉の前。茉莉達は先に来ていたバスツール将軍と顔を合わせた。バスツールの礼装は黒一色で、彼に落ち着いた威厳《いげん》を与えている。黒くて地味に見えなくもないが、宝石の色や刺繍の色が黒に統一されているだけで、豪華さではダリウスの衣装に一歩も引けをとらない。

立襟には、一際《ひときわ》大きな楕円《だえん》形の黒い石が輝いている。

「よく似合っている。バスツール将軍」

茉莉は、バスツールの気持ちをありがたく受け止めながら、静かに言葉をかける。

「ありがとうございます」

バスツールは、深く頭を下げた。

「扉を開けよ。陛下をお席にご案内する」

大きな扉が開かれ、まばゆく輝く大広間が目の前に広がる。中央に巨大な卓が鎮座《ちんざ》し、席についていた煌《きら》びやかな集団が一斉《いっせい》に立ち上がって、頭《こうべ》を垂《た》れた。

左にバスツール、右にダリウスと二人の将軍に先導され、女王一行は入室する。

頭を垂れながらも様子をうかがっていた者達から、感嘆《かんたん》のため息が漏《も》れた。

美しく圧倒的な存在感を放《はな》つ女王。

女王の一歩後ろには、女王に似た美しさを持つ宰相補佐がいる。後衛は、これも見目麗《みめうるわ》しい近衛《このえ》騎士が二人、付き従《したが》っていた。彼らが軍で一、二を争《あらそ》う実力を誇《ほこ》る騎士であることは有名だ。

しかし、何より出席者を驚かせたのは、女王に寄り添いエスコートするリオン・マイダール辺境侯の姿だった。

反乱の首謀者《しゅぼうしゃ》たるマイダール辺境侯は、城の一室に監禁されているはず。なぜ、よりによって女王の傍《かたわ》らにいるのか、皆《みな》は理解できなかった。しかも、マイダール辺境侯の後ろには、マイダールの紅薔薇《べにばら》ことギネヴィア・ローチェが従っている。噂《うわさ》では、このたびの戦に勝てたのはマイダールの紅薔薇が参戦していなかったからだという。そのマイダール最強の人物が、当然のようにここにいる理由を、人々は心の中で求めた。

疑問と当惑、混乱の感情を堪《こら》え、誰もが固唾《かたず》を呑んで女王一行を見つめていた。

そんな空気の中、茉莉はエスコートしてくれるリオンの力強い腕に頼りながら席に着く。女王の着席を待って、他の者達も再び座った。

茉莉とリオンの席は、最奥。

茉莉の隣の席は、先日廊下で会ったカルファー老公爵だ。

リオンの隣は、フレイに似た面立《おもだ》ちの紳士――フレイの父であるカルヴァン公爵。少女と見紛《みまが》うほど可憐《かれん》な、公爵夫人も並んでいる。フレイの母であるカルヴァン公爵夫人は確か三十七歳と聞いたが、とてもそうは見えなかった。

カルファー公爵の隣には孫のクレオが座ると聞いたが、今回は来ていない。かわりに、甥《おい》だという青年ジェイク・パルミアを連れてきていた。しかし爵位も身分もない者を上座につけるわけにもいかず、彼はカルファー公爵の後ろに立ち控《ひか》えている。灰色の髪、伯父《おじ》と同じうす茶の瞳。ニコニコと目を細めて笑っているだけの、特徴《とくちょう》のない凡庸《ぼんよう》な男性に見えた。

なのに、なぜか茉莉はその男が気にかかった。

そのわけを考えていた茉莉の前に、美しい金彩《きんだみ》のグラスに入ったゾーラが差し出される。

茉莉は、目を瞬《またた》かせた。なぜなら、グラスは二つあったからだ。片方にいつも茉莉の食べていた白いゾーラ、もう片方にはイチゴヨーグルトみたいな赤いゾーラが入っている。

(……なんで?)

茉莉は周りを見回した。各人の前には、白いゾーラが配られている。配られていないのは、リオンだけ。一方、茉莉の前にはゾーラが二つ並べられている。

(ひょっとして、どっちかをリオンに渡せってことなの?)

茉莉は迷ってリオンを見るが、女王に差し出されたものを彼が手にするわけにもいかないのだろう。リオンは困ったように見返すだけだった。

考えこむ茉莉を見つめ、フレイは舌打ちしたい思いを堪《こら》えていた。

料理のメニューには、ゾーラとしか書かれていなかった。女王相手に、よもやこんなことを仕掛ける者がいるとは。

ゾーラを手渡すことは、その相手への親愛の情を表す行為のひとつだ。茉莉がゾーラをリオンに手渡せば、『女王がリオンを愛している』と表明することになる。しかし茉莉が自分のゾーラだけを手に取った場合、『リオンは女王の相手として認められていない』ということになる。

また、茉莉が手渡したとしても、それが白のゾーラか赤のゾーラかで意味が変わる。

白は、あくまで一時だけの戯《たわむ》れの恋人に渡すもの。

赤は、生涯《しょうがい》を共に過ごしたい伴侶《はんりょ》に渡すものだ。

フレイは、茉莉にこの説明をしたことがなかった。

ぎりぎりと歯ぎしりしたい思いを堪え、フレイは茉莉とリオンを見つめた。

ゾーラを晩餐会のメニューに仕込んだ黒幕のカルファー公爵は、動きを止める女王を、上機嫌で見つめていた。

(パルミアの言った通りだ)

老公爵は事前の情報で、女王がマイダール辺境侯をともなって晩餐会《ばんさんかい》に出ると聞いた。相手がフレイアスでないことには安心したが、反乱の首謀者《しゅぼうしゃ》たるマイダール辺境侯をエスコート役に選んだ女王に苛立《いらだ》ちを覚えた。

『遊びにしても、度が過ぎる』

怒《いか》りを抑えられぬ老公爵に、パルミアは言ったのだ。『ゾーラで女王の意向を試してみては？』と。女王は一時のきまぐれで、今までと毛色の違うマイダール辺境侯をそばに置いたのだろう。だから、ゾーラを与えるはずもなく、ましてや赤のゾーラを選ぶことはない。衆目《しゅうもく》の中で、マイダール辺境侯に自分の立場を教えてやればいい、とパルミアは提案した。

それはいい案に思えた。以前より、早く自分の孫を伴侶に決めろと迫《せま》っていた老公爵だが、女王はまだ結婚するつもりはないと断っていた。仮にマイダール辺境侯に心を惹《ひ》かれていたとしても、衆人環視《しゅうじんかんし》の中で伴侶を決めるなんて真似《まね》はしないだろう。

不安要素は早めに取り除くに限る。カルファー公爵は女王からの依頼と偽り、晩餐会の直前にゾーラの変更を押し通したのだった。

カルファー公爵の思惑など知らない茉莉は、どうしたものかと悩む。しかしあまり悩むのも変だろう。覚悟を決めて、二つのゾーラの載った盆に手を伸ばした。どうやら、どちらかのゾーラをリオンに手渡せばいいらしい。問題は、どちらを選ぶかということだが……

白と赤を見比べて、リオンに渡すのなら、と茉莉は赤のゾーラを選ぶ。マイダールの紅薔薇《べにばら》を付き従《したが》えるリオンなのだ。赤以外は考えられなかった。

女王が赤のゾーラを選び、それを自分より先にマイダール辺境侯に渡す。

周囲が息を呑んでそれを見つめ、物音ひとつしない静寂《せいじゃく》が広がった。

茉莉は内心、失敗したかと焦ったが、リオンは嬉しそうに微笑《ほほえ》んだ。

「謹《つつし》んでお受けいたします」

リオンの言葉に、ほっと息を吐く。なんだか、随分大仰《ずいぶんおおぎょう》な物言いだと思ったが、選択を間違えなかったらしいと安心した。

茉莉はわかっていなかったが、今の行為で、女王はリオンを自らの伴侶《はんりょ》と認めたことになる。また大公の地位に確定させただけでなく、自分と並び立つ権力を持たせると公言したことにも。

そのあとの晩餐会は、つつがなく進んだ。

しかし、隣に座るカルファー公爵の顔色があまりよくないことが、茉莉は気にかかっていた。そういえば、病《や》み上がりだったと思い出す。

(無理をして出てきているのかもしれないわ)

これ以上具合が悪くなりそうなら退室を勧《すす》めようとひそかに決心した茉莉。

終盤《しゅうばん》に差しかかり、以前、茉莉がパンと間違えた食べ物が果物と一緒に出てきた。

やっとデザートが出てきて、何とか乗り切ったと茉莉は安心する。

しかしその時、大広間の入口付近が騒《さわ》がしくなった。

何事かと見れば、何やら覆《おお》いをかけられた品が、運びこまれるところだった。

再び起こった予定にない出来事に、フレイが慌《あわ》てて立ち上がろうとする。

「座れ、フレイアス。晩餐会《ばんさんかい》で女王陛下の許可もなく立ち上がるとは、何事だ！」

カルファー公爵がフレイの行動を叱責《しっせき》する。

フレイは唇を噛《か》み、腰を下ろした。

品は、レオニールやホルグが警戒する視線の中、女王の近くへ運ばれた。なぜそんな危険なことがまかり通るのか、とフレイはそれを睨《にら》みつける。

すると品のそばに立つ一人の男の姿に気づいた。

彼は隣国ノルガー帝国の大使だ。それならば、迂闊《うかつ》に制止できないのも頷《うなず》ける。下手《へた》に手を出せば、外交問題になりかねない。

ノルガーの大使は女王のそばに来ると、女王の言葉を待つべく、頭《こうべ》を垂《た》れた。

茉莉は、突然現れた人物と品に当惑する。

その外見と異国風の衣装で、フレイから受けた講義を思い出す。そしてなんとか、該当する人物であるノルガー帝国大使の記憶を引っ張り出した。

ノルガー帝国は、カルクーラの西に位置する大国で、国土面積はカルクーラの二倍を優に超える。人口は三倍だ。しかし、勢いのある新興《しんこう》国家で王家の歴史は浅い。女王の悪政はあるものの、長期に渡って安定を誇《ほこ》るカルクーラには、国としての格は到底及《とうていおよ》ばない国だった。

また、ノルガーは災害の多い国でもある。大河は毎年氾濫《はんらん》を起こし、恵みをもたらす一方で被害も甚大だ。ノルガーの山脈は鉱石を多く含むものの活火山で、数十年に一回は噴火する。災害の被害に苦しむノルガーにとって、災害のないカルクーラは憧《あこが》れと妬《ねた》みを同時に向ける国だった。

（ノルガー帝国の大使が何の用？）

確か今日は内輪《うちわ》の晩餐会であり、招《まね》いていないはずだ。不審《ふしん》に思いながらも茉莉は立ち上がり、大使と向かい合う。

（確か、最近はあまり会っていないってフレイが言っていたから……）

「久しいな、大使殿。今宵《こよい》は何用か？」

大使に声をかける茉莉の一歩後ろに、リオンが寄り添った。目的のわからない大使に警戒しているらしい。

「お久しぶりです。陛下。まずはこのたびの戦勝、お祝い申し上げます」

大使が頭を下げる。特徴《とくちょう》のない中年の男だ。

「相変わらず、お美しい。どのような美の女神も、陛下の前では裸足《はだし》で逃げ出すことでしょう。我がノルガーの国王が、恋《こ》い焦《こ》がれるのも当然です」

歯の浮きそうな台詞《せりふ》のあとに続けられた話は、本当のことだ。ノルガー国王は、女王にたびたび求婚していた。しかし、ノルガー国王には正妃も側室もいる。女王を第一妃に迎えたいと公言するのは、女王を称賛《しょうさん》しているようでいて、一歩間違えれば侮辱《ぶじょく》となりかねない行為だった。戦争の火《ひ》種《だね》にもなりそうなやりとりを、女王は面白い趣向《しゅこう》だと寛容《かんよう》に認め、求婚されては断るというゲームを楽しんでいた。

「本日は陛下に、わが国王の真心の証《あかし》をお持ちいたしました」

ノルガー大使が再度、腰を折って礼をする。茉莉は彼に訝《いぶか》しげな視線を向けた。

「陛下は以前、側室が七人もいる者に嫁《とつ》ぎたくないと、わが国王におっしゃいました」

当然ながら茉莉に記憶はないが、それはそうだろうと頷《うなず》く。

（側室が七人？　……絶対いやだ！）

「ですから、我が国王は、側室をすべて排しました。……これが、証拠の品です」

そう言うと、大使は品にかけてあった覆《おお》いをバッ！　とはずした。

「……ッキャー！」

鋭《するど》い悲鳴《ひめい》が大広間の空気を切り裂《さ》く。

周囲の令嬢や婦人、給仕の女官があげた声だった。女性達はふらつき、ある者は耐えきれずに気を失う。

男達も皆《みな》、一様《いちよう》に息を呑んだ。

茉莉は声を出すこともできず凍りつき、その物体を凝視《ぎょうし》する。

それは、女のものと見られる七つの生首だった。


フレイはギリッと歯ぎしりする。

大使のこの無礼な行為も、以前の女王であれば一笑に付《ふ》して終わらせたことだろう。面白い余興《よきょう》だと大使を褒《ほ》めさえしたかもしれない。女王とは、そんな人間だった。

あの生首は、おそらく作り物だ。女王の趣向をよく知る大使の、許容範囲内の悪ふざけだとノルガー側は言うだろう。

しかし、ここにいるのは女王ではなく茉莉。茉莉の反応次第で、女王への不信が煽《あお》られる。いや、とフレイは考え直す。すでに、女王の変化を疑う者がいるのだろう。だからこそ、この事態が起こった。

フレイは憂《うれ》い、それ以上にいきなり生首を見せられた茉莉の心情を心配する。今は何もできない己《おのれ》を悔《く》やんで、フレイはただ茉莉を見守った。

一方のリオンは、あまりのことに一瞬硬直し、すぐに茉莉を抱きしめようと手を伸ばした。

こんな状況、普通の女性に耐えられるはずがない。

「っ！」

ところが、伸ばした手は茉莉に届くことなく止まった。

茉莉の纏《まと》う空気が変わっていた。

キン！　と硬質な音が聞こえそうなほどの鋭い冷気。他者を寄せつけない、圧倒的な覇気《はき》を放《はな》っている。

（……茉莉？）

息を呑むリオンをよそに、茉莉は静かに顔を上げた。

「……首の数が、足りない」

「へっ？」

その言葉に、大使が間抜《まぬ》けな声を出す。

「側室は七人で、首は七つ。……では、正妃は？　ノルガー国王は正妃を排さずに、私を側室として召《め》すおつもりか？」

感情を見せず淡々と語る茉莉に、大使は顔を引きつらせる。

「はっ。あっ！　………いえ」

大使の動揺《どうよう》を前に、茉莉がニッと笑った。

「足りないのだ。ひとつ、加えてさしあげよう」

妖《あや》しく、恐《おそ》ろしさすら感じさせる笑みなのに、誰もが魅《み》せられた。茉莉から、目を逸《そ》らせない。

「ダリウス」

茉莉の声に、この状況下で席に座ったままだったダリウスが、立ち上がる。

「抜剣《ばっけん》を許す。ノルガー大使の、首を刎《は》ねよ」

主《あるじ》の命令を受けて、ダリウスがためらいなく剣を抜いた。

「ギーブ！」

ギン!!　という高い音が響く。

リオンの呼び声と同時にギネヴィアが動いた。

大使の首に当たるぎりぎりの位置で、抜身《ぬきみ》のダリウスの剣と鞘《さや》つきのギネヴィアの剣が、交差して止まる。

静寂《せいじゃく》の中、腰を抜かした大使がどさりと床に崩れ落ちる音が響く。

茉莉はゆっくりと、リオンを見つめた。

底の見えない黒い瞳が、何の感情もなくリオンに向けられてる。

（……これは、本当に茉莉なのか？）

心の中で焦りつつ、リオンは茉莉に話しかけた。

「陛下、何卒《なにとぞ》ご寛容《かんよう》を。大使は悪ふざけが過ぎただけです。陛下のお気を損ねるつもりなど、毛頭ありませんでしょう」

我に返った大使が、その通りだとこくこく頭を縦に振る。

しかし大使には目もくれず、茉莉はリオンに笑った。美しい、見る者すべての魂を絡《から》め取る魅惑《みわく》の笑み。

「リオン、あなたがそう言うのなら」

うっとりと艶《つや》を含んだ声を響かせ、たおやかな体をリオンに預ける。

（……震えている）

茉莉の体を受け止めたリオンは、その体がカタカタと小さく震えているのを感じた。

（……茉莉‼）

リオンがグッと茉莉を抱き寄せる。周囲の者達の目に、それは愛し合う恋人同士のやりとりとして映った。

震えを微塵《みじん》も感じさせせない毅然《きぜん》とした声で、茉莉は大使に話しかける。

「ノルガー国王の証《あかし》は受け取れぬ。私はすでに永遠の伴侶《はんりょ》を決めた。国王に伝えよ、二度と求婚するなと」

大使に言葉をかけながら、しかし茉莉は、壁際《まどぎわ》に佇《たたず》むカルファー公爵の甥《おい》パルミアに視線を向けた。

晩餐会《ばんさんかい》の最初からずっと笑っていたパルミアの表情は、その視線を受けても何も変わらない。強《し》いて言えば、口角がほんの少し上がったかもしれない。そう、生首が出された瞬間でさえも変わらないその笑みは、異常だった。

茉莉は視線をパルミアから逸《そ》らして、リオンに向ける。

「リオン、晩餐会はもう飽《あ》きた。部屋に戻ろう」

媚《こび》を含んだ声で、茉莉はリオンに話しかける。

「陛下の仰《おお》せのままに」

リオンの答えに、茉莉は満足そうに微笑《ほほえ》む。そして表情を冷たく変えると、大広間を見渡した。

「このような会は、当面開くな。私とリオンの時間を削る真似《まね》は、二度と許さない」

絶対零度の女王の声に、晩餐会を開くことを強要した一部の者達の顔が青ざめる。

「フレイ、あとを任《まか》せる。私のかわりにこの場を仕切れ。バスツール、ダリウス、ホルグはフレイの補佐を。レオニール、私の護衛につけ」

茉莉の指示を聞くと、呼ばれた者が次々に頭を下げて了承の意志を伝える。その様子にふわりと笑いかけてから、茉莉はリオンにぴったりと寄り添い、広間をあとにした。


大広間を出てしばらく歩き、人気のない廊下にさしかかる。それと同時に、茉莉の体はガクリと崩れ落ちた。

「陛下！」

リオンが慌《あわ》てて茉莉を支える。

「レオニール、君は先に陛下のお部屋へ。陛下が戻られることを、アンナに知らせてきなさい」

当然のようにリオンについてきたギネヴィアが、レオニールに指示する。リオンと親しいレオニールは、ギネヴィアとも面識があった。

「しかし……」

「ここは、リオンと俺がいる。大丈夫だから」

マイダールの紅薔薇《べにばら》にそう言われてしまえば、レオニールは頷《うなず》くしかない。女王を心配しながらも、彼は女王の部屋へ走った。

「……茉莉」

レオニールが去り周囲に他人《ひと》がいないことを確認して、リオンは茉莉の名前を呼ぶ。

力の入らない手で、茉莉はリオンにしがみついた。リオンは、しっかりと茉莉を抱きしめる。

「リ、オン……怖か、った」

「私……生首、を見て……頭が、真っ白になって……。でも、自分が、何をしなければならないかは、わかって……怖かったけれど……でも」

茉莉は無我夢中《むがむちゅう》だった。生首を前に意識を飛ばしそうになった茉莉は、すんでのところで自分は女王だと思い出した。女王である限り、茉莉にはやらなければならないことがある。それだけが茉莉を動かした。

怖かった。叫びたかった。泣き出したかった。

——けれど、そうしてはいけないとわかっている。

自分は女王なのだ。望んでこの地位に就《つ》いたわけではなかったが、女王として道を正すと決意したのは、間違いなく自分。

ならば、無様《ぶざま》な姿を見せるわけにはいかない。

しかし、緊張の糸はここでプツンと切れた。

「リオン、誰か来る。茉莉ちゃんを運べるかい？」

ギネヴィアの言葉に、リオンが茉莉を抱き上げる。豪奢《ごうしゃ》なドレスに寄るしわは、気にしていられなかった。

いわゆるお姫様抱っこだったが、それについて茉莉が何かを思えるほど余裕《よゆう》はない。リオンの首に腕を回して、しがみつく。リオンのぬくもりだけが、壊れそうな心の支えだった。

「行こう」

リオンはそのまま早足に歩き出す。本当は走りたかったが、いつ誰と会うかわからない状況で、そんなことはできない。愛する女性の悄然《しょうぜん》とした様子に心を痛めつつ、リオンは足を速めた。

マイダール辺境侯に抱きかかえられて部屋に帰ってきた女王の姿に、アンナはひどく驚く。彼女を椅子に座らせ、一刻《いっこく》も早くくつろいだ服に着替えさせるべく、男性陣《じん》を追い出そうとした。

しかし、女王はマイダール辺境侯の袖を離さない。白い手に血管が浮き出るほど強く握りしめ、離すように促《うなが》すアンナの言葉にも、頑《かたく》なに首を横に振る。

アンナはついに、折れた。

「マイダール様は、そのままに。レオニール様とローチェ様は出ていってください」

不安げにアンナを見るマイダール辺境侯は無視し、二人を追い出したアンナは女王の服を脱《ぬ》がせはじめた。

彼の顔が赤くなる。

「気になるなら、そちらを向いていらしてください。でも離れずに」

マイダール辺境侯に指示すると、アンナはてきぱきと女王の服を脱がせていく。首飾りや装飾品《そうしょく》を次々とはずし、腕を抜くだけというところまでドレスを脱がせ、アンダードレス姿にした。そのあと、髪飾りをはずし複雑に結《ゆ》い上げた髪を下ろす。

視線を彷徨《さまよ》わせていたマイダール辺境侯だったが、再び女王を見たらしい。剥《む》き出しの肩に長い黒髪がばさりと広がる様子に、ゴクリと喉を鳴らした。

(まったく、男ときたら……)

アンナは内心、ため息をつく。

「マイダール様、陛下の反対のお手を握ってさしあげてください」

アンナに従《したが》い、彼は服を握っていない方の女王の手を取る。

女王はピクリと震えた。

「陛下、おわかりになりますか？　マイダール様がお手を握ってくださっています。こちらの手を離してください」

アンナの言葉にのろのろと自分の手を見た女王は、驚いたように「あっ」と声をあげた。慌《あわ》ててこわばった手を開き、袖を離す。

その隙《すき》に、アンナは素早く女王の腕からドレスを抜き取った。豪奢《ごうしゃ》な衣装を脱《ぬ》いだ女王は、アンダードレスのみを纏《まと》い、髪も下ろしている。美しさは変わらないが、儚《はかな》げなただの二十歳の女性に見えた。

（陛下がこれほどまでにショックを受けるなんて……。一体、何があったの？）

アンナは疑問を抱《いだ》くが、今それを知っても、自分にはどうしてやることもできない。

ダリウスやフレイにも臆《おく》さないアンナはため息をつき、マイダール辺境侯に向かって口を開いた。

「マイダール様、陛下を寝室にお連れください。寝室の奥の扉が、浴室へ続いています。湯は常時沸いています。〝こと〟が済みましたら、陛下をお風呂に入れてさしあげてください。私がしてもいいのですが、おそらく陛下は恥《は》ずかしがられるでしょうから。……私はこの部屋に控《ひか》えています。湯に入る前に、声をおかけください。入られている間にシーツを換え、ベッドを整え、着替えを用意いたします」

アンナの話を聞き、マイダール辺境侯の顔がみるみる赤くなる。何を言われているのかは、理解できているらしい。

しかし、彼は声を荒らげる。

「馬鹿なことを！　こんなにショックを受け、傷ついておられる陛下に、何を！」

予想通りの答えに、アンナは失礼とは思うものの舌打ちしたくなる。マイダール辺境侯は、本当に生真面目《きまじめ》で優しい人物だった。

それがどうにも、アンナを腹立たせる。

「陛下に……いいえ、こんな時の女に必要なのは、ショックをすべて忘れさせてくれる男です。そんなものの欠片《かけら》も思い出させないほどに、愛してさしあげてください」

はっきり言ってやる。

この際だからと、言葉を重ねた。

「フレイアス様は、陛下をとても大切にされていました。それこそ、大切すぎて抱くこともできないほどに。そんなあの子が、どうして大切な陛下をあなたに託《たく》したのか……私にはわかりません。どうせくだらない、政治的理由とか言うものなのでしょうけれど」

「くだらない？」

容赦《ようしゃ》ないアンナの物言いに圧倒されつつ、マイダール辺境侯が聞き返す。

「くだらないでしょう？　愛する者を手離す理由に、どんな価値があるというのです？　……それでも、どんな理由であっても、あの子は陛下をあなたに託した。あの子の大切な陛下を、このまま放っておかれるおつもりですか？」

そんなことは許さないとばかりに、アンナは彼を睨《にら》みつける。フレイの乳母《うば》だという女性の迫力に、マイダール辺境侯はそれ以上逆《さか》らわなかった。

それよりも彼は、すぐそばでこんなやり取りをしているのに、心ここにあらずな女王の様子が気にかかるらしい。何度も彼女に視線を送る。

表情を引《ひ》き締《し》めたマイダール辺境侯は、女王を抱き上げた。

「きゃっ！　……リオン？」

やっと反応を示した女王を安心させるように笑いかけ、リオンはそのまま寝室へ向かう。

アンナは寝室の扉を閉めると、黙《だま》って頭を下げた。


「茉莉……茉莉？」

ぼんやりとした意識の中で、穏やかな声で名前を呼ばれた。リオンの声だ。同時に、あやすみたいに体を揺《ゆ》すられる。

「……リ、オン？」

茉莉が気がつくと、リオンは優しい笑みで自分を見ていた。

「あれ……私……？」

「大丈夫ですよ。ここはあなたの部屋です。あなたと私しかいません」

その言葉に、茉莉はほっと息をつく。

リオンはなだめるように茉莉の頭を撫《な》でた。

視線を巡《めぐ》らせると、確かにそこは女王の寝室だ。

茉莉は、ベッドに腰掛けたリオンの膝の上に横抱きにされていた。

「怖い思いをさせてしまいましたね」

リオンの言葉に、茉莉の体はピクリと震える。

先刻の出来事が頭をよぎった。

そして茉莉は静かに首を横に振る。

「怖かったのは、自分、なの」

「自分？」

優しいリオンの声に促《うなが》され、茉莉は不安を言葉にする。

「生首も怖かった。けど本当に怖いのは、あんなことが平気な大使と……女王。……そして、自分」

茉莉はまた体をぶるりと震わせた。

「女王ならどう反応するか、わかる。どうしなければいけないのかもわかって、行動できる自分が、怖い。……わたしはいつか、女王と同じに、なるかもしれない」

「そんなこと……！」

何かを言いかけるリオンに、茉莉はなおも食い下がる。

「だって！　できるんだもの。女王と同じにできるのなら、心も本当は同じかもしれない」

「違います！」

きっぱりとした否定の言葉に、茉莉は驚いてリオンを見た。

「できることと、それを行《おこな》うことは違います！　できることでも、実際にそれを行うか行わないかは、人それぞれです。茉莉、あなたは女王と同じことをしたいとは思わないでしょう？」

茉莉は慌《あわ》てて頷《うなず》いた。

それを見て、リオンが茉莉に笑いかける。

「あなたは、女王と同じにはなりえません。私が保証します」

「リオン……」

「私が、信用できませんか？」

茉莉は、今度は首を横に振った。リオンは嬉しそうに、ギュッと茉莉を抱きしめる。

大丈夫だと思える。茉莉は、不安が嘘みたいに溶けて消えていくのを感じていた。この優しい人がそばにいて〝茉莉〟を見てくれるのだ。たとえこれからまた似たことが起こったとしても、自分は今までの女王と同じにはならないと思う。

茉莉は決意する。

茉莉として、自分らしい女王になろうと。

（そしてこの国を幸せにするの）

茉莉は心地よい安心感に包まれて、体をリオンに預《あず》けた。

リオンは、抱きしめた茉莉の頭に、そっと口づけを落とす。

そのまま茉莉の髪を撫《な》でて、指で梳《す》いた。

優しくてどこかくすぐったいその感覚に、茉莉はうっとりする。髪を梳いていたリオンの手が、茉莉の耳から首筋に触《ふ》れ、肩や腕、胸を撫でるのを受け止める。

（気持ちいい）

リオンの手は大きくて優しい。その手に撫《な》でられると、心がほんわかと温かくなってくる。

リオンの右手は、茉莉の手の指一本一本を確かめるように触《ふ》れた。最後に手のひらを優しく擦《こす》り、持ち上げてそこに口づけを落とす。

「あっ」

軽く手のひらを吸い上げる感触に、思わず声をあげる。

リオンの青い瞳が、今まで見たことのない熱を孕《はら》んで茉莉を見つめていた。

「こちらの世界では、手のひらへのキスは懇願《こんがん》のキスです」

優しく笑いながら、リオンが言う。

手のひらに息がかかり、くすぐったくて手を引こうとして——びくともしないことに茉莉は驚く。男の人の力だった。

「あっ、私の世界でも、そんな話、聞いたことがある。……本当かどうか、わからないけど」

茉莉は何だか、焦ってしまう。

「こちらの世界では、本当ですよ」

くすりと笑って、リオンはもう一度、手のひらに口づける。

(……懇願のキス)

その意味を考える。

頭がふわふわして、思考がまとまらなかった。

リオンは茉莉の手を引き寄せ、今度は手首の内側、トクトクと脈打つ場所に口づけを落とす。

「手首へのキスは、欲望のキスです」

隠しきれない熱を持って、青の瞳が茉莉を見つめる。そしてもう一度、彼は少し強めに吸いついた。

「ふあっ！」

ゾクリと背中を走るしびれに茉莉が声をあげた途端《とたん》、リオンは唇を重ねた。

「……ん……」

信じられないほど優しいキスに、茉莉の心が溶けていく。

唇を合わせるだけの長いキスのあと、リオンの舌が茉莉の唇をトントンとノックする。茉莉は自ら口を開く。リオンの舌が柔《やわ》らかく絡《から》みつき、茉莉の舌を吸い上げる。

「あっ……ん……」

舌を吸われて口内を舐《な》められ、甘いしびれが体を駆《か》ける。口中のすべてを隈《くま》なく舐めたリオンの舌が離れる時、茉莉はいやだと思った。

（もっと……欲しい）

「リオン」

名前を呼んで、視線を合わせる。

（……私、何を考えているの？）

茉莉は、自分で自分がわからなかった。

「もっと、私の名前を呼んでください」

リオンは今度は右の手のひらに口づけながら言う。

（今のは、名前を呼んでほしいっていう、懇願《こんがん》？）

「リオン？」

呼んでみると、リオンは笑って頷《うなず》いた。そしてご褒美《ほうび》みたいに、再び茉莉の口を塞《ふさ》ぐ。

（……これでは、名前が呼べないわ）

心を蕩《とろ》けさせるリオンのキスに酔《よ》いながら、茉莉は不満を抱《いだ》く。

その不満をなだめるように、リオンの手は茉莉の白い肩を撫《な》で、細い肩紐《かたひも》をはずした。そのまま背中で結ばれていた紐をほどき、アンダードレスをはだけさせる。茉莉の体を包んでいた衣服は頼りない布となり、なめらかな肌の上を滑り落ちた。

「えっ？　えっ……きゃっ」

その感触に慌《あわ》てて服を掴《つか》もうとした茉莉の腕が、リオンの手に押さえられる。滑りのいい上質な布は、茉莉の腰で止まった。

「あ、あのっ、リオン！」

アンダードレスの下は、下着だけ。やたら薄く、ひらひらしていて心もとない。溶けてしまうのではないかと思える小さな布が、茉莉の秘処《ひしょ》を守るすべてなのだ。露《あら》わになった胸も恥《は》ずかしいけれど、腰のあたりも見られたくなくて、茉莉はじたばたした。

びくともしないリオンの手に焦る。少しも力を入れているように見えないのに、リオンの力は圧倒的だ。今度は右手首を強く吸われる。

（……手首へのキスは、欲望のキス……）

茉莉に見せつけながら、リオンの赤い舌が茉莉の手首を舐《な》め上げた。

「……あ、あ、リオン」

欲を溢《あふ》れさせた青い瞳が、焦《こ》がれるかのごとく茉莉を見る。それでもリオンは優しかった。

「……茉莉？」

かすれた声で、名前を呼ばれる。茉莉が同意しなければ、おそらくリオンは茉莉を抱かないのだろう。その優しさが嬉しくて、いやだった。

自分がどうしてほしいかを思い知らされ、茉莉は歯噛《はが》みする思いで口を開いた。

「手を……離して」

リオンの青い瞳に、悲しげな色が走る。縋《すが》るように見て、それでもリオンは言われた通り茉莉の手を離した。

次の瞬間――

茉莉は、自由になった両手でリオンの右手を捕まえる。引き寄せ、その手のひらに噛みつくみたいにキスをした。

呆然とするリオンの手首に、今度は強く吸いつく。

もしこれでもためらうなら、歯を立てたってかまわないと思った。

「茉莉！」

リオンは情熱をこめて茉莉を抱きしめた。三度、唇が重ねられる。

（あ……この、キスは、反則……）

茉莉の思考を奪《うば》うキスが、存分に与えられる。それだけでなく、大きく温かな手が茉莉の裸の胸に触《ふ》れ、柔《やわ》らかく揉《も》みしだき、刺激を与えた。

優しい手は、気持ちよさとしびれを帯《お》びた快楽を茉莉にもたらす。

全身に震えが走った。リオンの唇が茉莉の口から離れ、尖《とが》りはじめた左の乳首に吸いつく。

「きゃっっ！」

ピリッと走った刺激に、思わず声をあげた。

「あぁ、すみません。……痛くありませんか？」

顔を胸から上げず、乳首を口に含んだまま、リオンが尋《たず》ねる。

「っ！　あっ、口に、含んだ、ま、ま、話さ、ないで……」

感じてしまうのが恥《は》ずかしくて、いやいやと首を振りながら茉莉は懇願《こんがん》する。リオンが笑う様子が乳首に伝わった。

（わざと、なの？　……さっきの、意趣《いしゅ》返し？　……案外、意地が悪い）

かすかに浮かんだ茉莉の不安は、リオンがもたらす快感の波にあっという間に呑まれて消えた。

言われた通り黙《だま》って、リオンは茉莉の胸をじっくり堪能《たんのう》する。左の胸をすみずみまで愛撫《あいぶ》し終わると、右の胸にも同じく愛撫を施《ほどこ》してきた。

尖った乳首に触《ふ》れられるたびに、茉莉の体はピクピクと震えてしまう。

茉莉はリオンの膝の上に横抱きにされたままだ。彼女の胸は、リオンが腰に回した左手を少し持ち上げるだけで、彼の目の前にのけぞるように差し出され、たまらない迫力で彼を誘っていた。

乳輪ごと口に含み、舌で思う存分こね回しながら、リオンの右手は茉莉の体の下に向かう。その手は、腰の辺りにまとわりついている布に阻《はば》まれた。

リオンは、形のいい眉を少し寄せて布を見る。そして左手にぐいっと力を入れて茉莉の腰を体ごと浮かせると、アンダードレスと一緒に下着まで引き抜いてしまう。

「え!?」

一糸纏《いっしまと》わぬ姿にされ、茉莉は硬直した。リオンは、そっと脱《ぬ》がせてくれるものだと思っていたのだ。

再び胸に吸いつかれ、体を跳ねさせる茉莉は気がつかない。自分のそんな反応のひとつひとつが、リオンの余裕《よゆう》を奪《うば》っていることに。

リオンの手が茉莉の秘処《ひしょ》に伸びた。茉莉は咄嗟《とっさ》に足を閉じるが、一瞬早くたどりついたリオンの手をはさみこむ形になる。

「あっ!　あぁあ!!」

なぜ、触れるだけでゾクゾクと快感が走るのだろう。自分の手では決して感じ得ぬ感覚に、息を詰まらせた。

真っ赤になって喘《あえ》ぐ茉莉に、リオンは優しく微笑《ほほえ》みかける。

「……足を開いてください」

確かにこのままでは、リオンは手を離せないだろう。茉莉は、おずおずと足を開く。

離れると思ったリオンの手は、そのままためらわずに茉莉の秘裂を撫《な》で上げた。

「や！　……やぁっ……」

茉莉の全身に、しびれが走る。

のけぞらせた首筋に、リオンが吸いついた。さらにリオンの指は茉莉の秘部を丁寧に擦《こす》る。

「ん……ぅふ………ぁ」

蕩《とろ》けそうな快感に、茉莉の体の自由が奪われた。

執拗《しつよう》なほど秘部をくすぐっていたリオンの指が、膨《ふく》らみはじめた花芯を強くこねる。

「あ、っんんっ」

茉莉の内奥が潤《うる》む。経験こそないものの、茉莉にも知識はあった。自身の体の反応に、茉莉は羞恥《しゅうち》で顔を赤く染めた。

溢《あふ》れはじめた蜜のぬめりを利用して、リオンの指が茉莉の蜜口《みつぐち》に侵入する。

「い、痛……っ」

かすかに走る痛みと違和感に、声をあげる。すると、リオンが口づけをくれた。

ゆるゆると揺《ゆ》れる指に痛みが消えて、かわりに、じんとしびれが下肢に広がる。

「はぁ……ふ、んっ」

解放された茉莉の口から、堪《たま》らず熱い吐息が漏《も》れる。

トロトロと蜜がこぼれ出すのを見て、リオンは指を二本に増やした。

与えられる強い快感に、茉莉の体は蕩けていく――

徐々《じょじょ》に指を大きく動かし茉莉の中を解《ほぐ》しながら、リオンはその狭《せま》さにため息をこぼした。

ふと晩餐会《ばんさんかい》の前のことを思い出す。黒玉を中央に据《す》えた豪奢《ごうしゃ》な首飾りを身に着けたリオンに、ギーブが楽しそうに話しかけてきたのだ。

「蘇生術《そせいじゅつ》って言ったよねぇ。体の悪い状態をそっくり入れかえるのだって。どうだろう？　処女じゃないって、悪い状態に入ると思うかい？」

「っ!?　……何を！」

「だって、茉莉ちゃん、どう見たって処女でしょう？　傭兵《ようへい》将軍のあの色気を、見事にスルーしていたものね。……男を知っていたら、あの程度の反応ですまないよねぇ」

一人で納得の様子のギーブ。

「女王は、毎日何人も相手にしていたって聞いたことがある。けれど、茉莉ちゃんが処女なら、蘇生術の判断次第で今の体は処女って可能性が高いだろ？　よかったね、リオン」

明るい笑顔と声が脳裏によみがえる。

（……ギーブの言った通りだったわけだ）

このキツさは、間違いない。茉莉に与えてしまうだろう痛みを思って、リオンの胸中は複雑に曇《くも》る。茉莉の初めてが、嬉しくないわけではない。しかし、茉莉につらい思いをさせたくはなかった。

指を三本に増やし、きつく締《し》めつける茉莉の中を探《さぐ》る。感じる場所を執拗に愛撫《あいぶ》し、やわらげていく。

茉莉はいやいやと首を横に振り、嬌声《きょうせい》をあげた。

リオン自身の熱も高まってくる。

（なるべく痛みを与えたくない）

さぐり当てた彼女が感じる場所を、強く弄《まさぐ》った。湿った音が、大きく響き……

「ひっ、ぁあ！　きゃあぁっ」

一際《ひときわ》高い声をあげて、茉莉の体がビクッと跳ね、のけぞり……弛緩《しかん》する。

イッたであろう茉莉の中はまだ痙攣《けいれん》し、リオンの指を締めつけていた。リオンは恍惚《こうこつ》としながらその感触を味わう。湧《わ》き上がってくる自身の欲望を、必死に堪《こら》えた。

（まだだ。もう少し、解《ほぐ》さないと……）

膝の上でぐったりする茉莉の反応をあまさず見ていたリオンは、落ち着いてきた彼女をベッドの上に横たえる。

そして力の抜けた彼女の両足首を持った。衝動《しょうどう》的に、白く小さな足の甲に口づけを落とす。

足の甲へのキスは、隷属《れいぞく》を意味する。

自分が女王を討《う》ってしまったために、この世界に来た女性。今までの生活も、家族や親しかった人も、すべて奪《うば》ってしまった。それらのかわりになれるとは思っていない。それでも、自分は茉莉にすべてを捧《ささ》げようとリオンは誓う。

（何より、茉莉を愛している）

出会ってほんの数日だ。それなのに、自分を縛《しば》る強い想いに自分でも驚くほかなかった。

茉莉の足首を持っていた手をゆっくりと太腿に動かし、抱《かか》えながら足を広げる。

「いやっ……やあっ！」

恥《は》ずかしかったのだろう、茉莉の足に力が入る。閉じようとする彼女の足を止めた。

「大丈夫です。そのまま動かないでください」

優しく笑うと、リオンは茉莉の秘処《ひしょ》に端整な顔を……埋《うず》めた。


「ひぁっ……あ！　んん……」

茉莉の体がビクビクと跳ねる。秘処を丹念《たんねん》に舐《な》められ、何も考えられなくなる。しびれみたいな快感が、体中を駆《か》け巡《めぐ》った。

「あぁ、んぅ……っ」

自分があげていると思えないほど甘い声が恥ずかしい。

リオンの舌が茉莉の突起を探《さぐ》り当て、強く吸った。

「あっ、あぁーっ！」

羞恥心《しゅうちしん》と快感が茉莉の体をより熱くする。その熱はついさっき感じた高みよりも一段と高い場所へと、茉莉を押し上げ……はじけた。

一瞬意識が飛んだのだろうか。茉莉の気づかぬうちに少し離れていたリオンのぬくもりが、茉莉の上に戻ってくる。

「茉莉、目を開けて」

手のひらに懇願《こんがん》のキスをされて、茉莉は目をゆっくりと開けた。リオンの引《ひ》き締《し》まった綺麗な裸体が、視界に飛びこんでくる。茉莉は、真っ赤になって慌《あわ》てて目をそむけた。

「私を見てください」

悲しそうに懇願され、傷つけたのだろうかと目を合わせる。するとリオンは、嬉しそうに笑った。茉莉の心臓がドクンと跳ねる。自分よりも年上なのに、そんな可愛い笑顔はずるい。彼の笑顔のためならば、何もかも許してしまいそうだ。

力の入らない茉莉の体を、リオンが抱きしめる。

「痛い、と思います。私につかまって」

言われた通り、リオンの背に手を回す。この先に何があるのか知らないほど、子供ではなかった。リオンの指が茉莉の蜜口《みつぐち》に触《ふ》れる。追って、熱く硬い高まりが押しつけられた。

それは、ゆっくりと茉莉の中に入ってきて……

「あ、ぁっ」

狭《せま》くてきつい茉莉の中を、それはこじ開けるように突き進んだ。

あまりの痛みに縋《すが》りついていた茉莉が、リオンの背に爪を立てる。

ぎゅうぎゅうと締めつける茉莉の中の痛みと背中に走った痛みに、リオンの顔が歪《ゆが》む。顔をしかめながらも幸せそうに笑ったリオンは、そっと茉莉の髪を撫《な》でた。破瓜《はか》の痛みに震える茉莉の体を抱きしめ、なおも腰を進める。

「あっ……ぁあ」

ようやくすべてをおさめたリオンは、ホッと息を吐く。そしてしばらく動かず、茉莉の反応を見ていた。しかし何かに耐えるように眉間《みけん》にしわを寄せ、リオンは低く声を漏《も》らした。

「……キツい」

その声は、あまりにも官能《かんのう》的な響きだった。

痛みに耐えていた茉莉の耳に、リオンの声が届く。その甘さに、体が震えた。自分の中がリオン自身に絡《から》みつき、強く締《し》めつけるのを感じる。

「茉莉、大丈夫ですか？」

その動きに気づいたのだろう。どこか苦しそうにリオンが聞く。

茉莉は、こくんと頷《うなず》いた。

鈍《にぶ》い痛みはあるものの、我慢できないほどではない。

「動いても？」

もう一度、茉莉は頷いた。

嬉しそうに笑ったリオンは、茉莉を抱きしめたままゆるゆると体を揺《ゆ》すりはじめる。

痛みが徐々《じょじょ》に引き、かわりにじわじわと快感が駆《か》け上がってきた。

「あ、あ、んっ……」

茉莉の喘《あえ》ぎ声に一層艶《つや》がまじる。リオンはさらに腰を動かした。

快楽が高まる。激しく強く、奥まで突き上げられる。穿《うが》たれるたびに茉莉の体が跳ねた。

リオンの硬さはなおも強く大きくなり、茉莉の中で暴れる。

「ああっっ！」

視界が何度も白く染まる。

(私……初めてなのに、こんなに感じるものなの？)

強い愉悦《ゆえつ》に体が震えた。

「……リ、オン」

嬌声《きょうせい》の切れ目にリオンの名を呼ぶ。するとリオンが嬉しそうに、リオンが笑う。

「茉莉」

そして、リオンも茉莉の名を呼ぶ。嬉しくて幸せで、茉莉の目から涙がこぼれた。

リオンが自分の奥ではじけるのを感じながら、何度目かの絶頂《ぜっちょう》で、茉莉は意識を飛ばした。


ふわふわした意識の中で、茉莉は温かな腕に抱きしめられていた。

(リオン………)

擦《す》り寄る腕が自分の愛する人のものだと、茉莉にはわかる。

この世界に来て、まだ一週間も経《た》たない。なのに自分は随分《ずいぶん》変わった、と茉莉は思う。

はじめは何もわからず女王になり、不安だらけだった。

しかし今は仲間を得て、愛する人ができた。幸せなことに、その人に愛してもらい、自分の持てる精一杯で国を立て直そうと誓った。

今日の晩餐会《ばんさんかい》での試練を乗り越えたことは、茉莉が不安の中に見出した大きな希望だ。

（大丈夫。フレイがいて、ダリウスがいて……そして、リオンがいてくれる）

愛する人達がいて、自分を助けてくれる限り、茉莉は頑張れると思う。

（リオンを、みんなを……この国の人々を幸せにできる、女王になりたい）

それは茉莉の心からの望みだった。

（――それが正しい道よね。……叔父《おじ》さん）

もう二度と会うことのできない、元の世界の家族を思い出す。

（きっと、みんな泣いている）

茉莉は家族を愛し、愛されていた。自分を失った家族が嘆《なげ》き悲しんでいるのは、間違いない。

（私、頑張るわ）

たとえそれを伝えることができなくとも、頑張って生きていく。それこそが、家族にできる今の自分の精一杯だ。

眠りの中で、ぬくもりを唇に感じた。リオンが口づけてくれたのだとわかる。

（このぬくもりと共に、この国で生きていく）

眠りに引きこまれながら、茉莉は改めて心に誓った。

大学時代から近所のコンビニで働き続ける、23歳の藤森奏楽《ソラ》。今日も元気にお仕事——のはずが、何と異世界の店舗に異動になってしまった! 元のコンビニに戻りたいと店長に訴えるが、勤務形態が変わらないのに時給が高くなると知り、奏楽はとりあえず働き続けることに。そんなコンビニにやって来る客は、王子や姫、騎士など、ファンタジーの王道キャラたちばかり。次第に彼らと仲良くなっていくが、勇者がやって来たことで、状況が変わり……

◉定価：本体1200円+税 ◉ISBN978-4-434-20199-8 ◉illustration：chimaki

風見くのえ（かざみ くのえ）
2012年よりWebにて小説の発表を開始。2015年に「悪の女王の軌跡」で出版デビューに至る。甘い小説やお菓子が大好き。

イラスト：瀧順子

本書は、「ムーンライトノベルズ」（http://mnlt.syosetu.com/）に掲載されていたものを、改稿・改題のうえ書籍化したものです。

悪《あく》の女王《じょおう》の軌跡《きせき》

風見くのえ（かざみ くのえ）

2015年 2月6日初版発行

編集－見原汐音・宮田可南子
編集長－塙綾子
発行者－梶本雄介
発行所－株式会社アルファポリス
〒150-6005 東京都渋谷区恵比寿4-20-3 恵比寿ｶﾞｰﾃﾞﾝﾌﾟﾚｲｽﾀﾜｰ5F
TEL 03-6277-1601（営業） 03-6277-1602（編集）
URL http://www.alphapolis.co.jp/
発売元－株式会社星雲社
〒112-0012東京都文京区大塚3-21-10
TEL 03-3947-1021
装丁・本文イラスト－瀧順子
装丁デザイン－ansyyqdesign
印刷－大日本印刷株式会社

価格はカバーに表示されてあります。
落丁乱丁の場合はアルファポリスまでご連絡ください。
送料は小社負担でお取り替えします。

ISBN978-4-434-20198-1 C0093